海外ミステリーBOX

闇のダイヤモンド

Diamonds in the Shadow

キャロライン・B・クーニー 作
武富博子 訳

評論社

闇《やみ》のダイヤモンド——目次

〈主な登場人物〉

ジャレッド・フィンチ……フィンチ家の長男。十六歳《さい》の高校生。
モプシー・フィンチ……フィンチ家の末娘《すえむすめ》。十一歳。本名はマーサ。
ドルー・フィンチ……ジャレッドとモプシーの父親。
カーラ・フィンチ……ジャレッドとモプシーの母親。
マトゥ・アマボ……アフリカの内戦をのがれてきた十六歳の少年。アマボ家の長男。
アレイク・アマボ……同じくアマボ家の長女。内戦時のショックで口がきけない。
アンドレ・アマボ……マトゥとアレイクの父親。内戦で両腕《りょううで》を失った。
セレスティーヌ・アマボ……マトゥとアレイクの母親。
ヴィクター……アマボ家と同じ飛行機でアメリカにやってきたアフリカ難民《なんみん》。

闇《やみ》のダイヤモンド

マクシマスへ

1
始まり

アフリカで、五人が飛行機に乗った。

アメリカで、十二人がフィンチ家の居間に集まって委員会を開いていた。家で会合があるのは、別にめずらしいことでもない。だがジャレッド・フィンチは、どうして自分まで出席させられているのか、わけがわからなかった。

ジャレッドの両親はこれまでも、教会の増築のためにウン十万ドルもの寄付を集めたり、字の読めない大人《おとな》に読み書きを教えたりと、教会のさまざまな活動をおこなってきた。今回はアフリカから難民《なんみん》を呼《よ》びよせるつもりらしいが、これもまたジャレッドにはまったく興味のない話だ。

母さんと父さんはジャレッドの視線《しせん》を避《さ》けているようだった。しかもずっと部屋の反対側にいる。さらに奇妙《きみょう》なのは、牧師のニッカーソン先生が始まりのお祈《いの》りを唱えたあと、こう言ったことだった。

「ジャレッド、モプシー、参加してくれてありがとう」

全員がジャレッドとモプシーに向かってにっこり微笑《ほほえ》んだ。十二人の大人《おとな》が、コネティカット州で最大にうっとうしい妹に感謝しているなんて、あり得るのか。自分でもかなりうっとうしいティーンエイジャーを自負するジャレッドに微笑んでいるなんて、何なんだ。

「難民《なんみん》の家族のために見つけてあったアパートが、だめになりましてね」ニッカーソン先生が委員たちに告げた。「明日、四人が到着《とうちゃく》するというのに、住むところがないのです」

どこかの難民一家がどこに住もうと、ジャレッド・フィンチにはどうでもよかった。

ニッカーソン先生は続けた。

「ドルーとカーラ・フィンチは、親切にも、その家族を受け入れると申し出てくれました」

部屋じゅうの人が拍手《はくしゅ》した。

ジャレッドはぎょっとして両親の顔を見た。え、難民がウチにやってくるわけ？

いつもバカみたいに幸せそうな妹のモプシーが歓声《かんせい》をあげた。モプシーが頭を使ってものを考えるところを、ジャレッドは見たことがない。

「うれしいな！」モプシーがさけんだ。「毎晩《まいばん》お泊《と》まり会みたいになるのね」

ジャレッドはむせそうになった。

「ほら、ジャレッド、うちにはきれいな客用寝室《しんしつ》があるでしょ」母さんが言う。まるでジャレッドがここに住んでいなくて客用寝室を知らないかのような口ぶりだ。「ご両親に使ってもらえるわ。専用《せんよう》のバスルームもあるもの」

ということは、客用寝室を使わない子どもたちがいるのだ。そいつらは、具体的には、どこで寝《ね》るのか。

「ジャレッド、あなたの部屋もモプシーの部屋もあんなに広いのよ」母さんが続ける。「友だちが泊まりにきたときのためにベッドも二台ずつあるし。バスルームだって部屋ごとについているわ。ちょうどいいじゃない。ね？」

母さんと父さんは、ジャレッドの部屋をアフリカの難民たちに提供《ていきょう》したというのか？　本人に断りもなく？

「知らない人と部屋を分けあえってこと？」

ジャレッドは問いただした。ジャレッドは人と何かを分けあうのが苦手だ。幼稚園《ようちえん》のときから引きずっている問題だった。

レーンさんが口を開いた。わくわくしているようだった。

「だからこそ、あなたのご家族の申し出はすばらしいのよ、ジャレッド」

ジャレッドは、いい年して若《わか》い子のように笑う、この太ったおばさんが大きらいだった。モプシーの将来《しょうらい》を見るようで、怖《こわ》いのだ。

レーンさんの名字は、「レーム（ボケ）」のまちがいなんじゃないか。

「あなたは、まったく知らない世界に来た若《わか》い人たちが、とまどったりおびえたりしないように、教え導いてあげるのよ」レームおばさんが高らかに言う。

このおばさんは明らかに勘《かん》ちがいしている。ジャレッドは誰《だれ》かを教え導くつもりなどさらさらない。それに自分の部屋は自分の要塞《ようさい》だ。自分の音楽に、自分のゲーム、自分のテレビ、自分のパソコンでかためている。自分の電話もそこでかける。アフリカなんて、そんな大陸のことはまったく知らない。せいぜいテレビの自然番組で、野生動物が移動したり食いあったりしているのを見るくらいだ。アフリカ人そのものとなると、ときおり出てくるジープの運転手以外、そもそもテレビにも映《うつ》らない。ニュースではいつもアフリカより重要なことを取りあげている。気象とか有名人とか。

ジャレッドは、英語がしゃべれず、体に合わない服を着た、援助《えんじょ》が必要なやつと、むりやりつきあわされるのだろうか。そいつを自分の学校に連れていけって？　喜んでいるふりをしろって？

「辞退《じたい》します」ジャレッドは言った。

「ジャレッド、教会は契約書《けいやくしょ》に署名《しょめい》したのだよ」ニッカーソン先生がさとした。「わたしたちにはこの家族に対して責任がある」

「ぼくは署名してません。だから責任もないはずです」

委員たちはジャレッドをにらみつけた。ジャレッドはにらみかえした。この人たちは自分の部屋を分けあわないですむ。そう、その役目を、子どもふたりに都合よく押《お》しつけたのだ。

「あの、実際に分けあうのって、妹とぼくだけなんですけど。みなさんは、その人たちが自分の家に移ったときに、どうせいらないような古い家具や売れないテレビなんかを寄付するだけですよね？　でもモプシーとぼくはその人たちと同じ部屋で寝《ね》るんですよ？」

ジャレッドは委員たちをうしろめたい気持ちにさせたかった。実際、みんなはうしろめたい顔をしていたが、同時にほっとしているようでもあった。寝室《しんしつ》を分けあいたい人なんか、もちろんいないに決まっている。

「すごく楽しみ！」モプシーがうれしそうな声をあげた。「女の子も来るんですか？　親友になってくれるといいな」

ますます風向きが悪くなってきた。みんなはジャレッドにも、生活を侵略《しんりゃく》してくるやつと親友になれと言い出すかもしれない。

「借りるはずだったアパートはどうなったんですか？」

ジャレッドは問いつめた。アパートを手に入れた人を殺してやりたいくらいだ。そうすれば難民《なんみん》が入居できる。

「大家《おおや》さんにおばあさんがいて、八十歳《さい》で目が不自由なんだそうだが、そのおばあさんがヘルパーさんといっしょに引《ひ》っ越《こ》してくることになったのだ」

何だ、それ。嘘《うそ》に決まってる。ヘルパーさんといっしょに突然《とつぜん》引っ越してくるような目の不自由な八十歳のおばあさんなんか、そうそういるわけない。どうせその大家は、アパートを百万ドルで売っぱらうために、改築を始めるつもりなんだ。

「ジャレッド、どうすればいいというのだね」ニッカーソン先生はいかにも敬虔《けいけん》な牧師らしい声でたずねた。「四人の人間を見捨《みす》て、道端《みちばた》に放り出すのか」

どっちみち見捨てられてたんだ。難民ってそういうものじゃないか。ジャレッドが口を開こうとしたとき、父さんの動きが目に入った。椅子《いす》にしずみこんでいく。話し合いを見ても聞いてもいないようだ。父さんも難民一家を家に受け入れるつもりなどなかったのだろう。母さんが勝手に決めたのだ。父さんは今回の委員会に参加していないし、最後に参加していた委員会はとんでもないことになった。共同で委員長を務めていた人が、実はろくでなしの犯罪者《はんざいしゃ》だったと判明したのだ。だが、今のジャレッドにはもっと心配しなくてはいけないことがある。

「その人たち、いつまでウチにいるんですか?」

「わからないのだよ」ニッカーソン先生は打ち明けた。「この町は物価が高い。最低賃金《ちんぎん》で暮《く》らす人のために家賃の安い物件をさがすのはたいへんだ。やっと見つけた一軒《けん》も、なくなってしまったからね。これからは近隣《きんりん》のニューロンドンやニューヘイヴンの町も調べないといけないだろう。それも治安の悪いところを。こんなことになるとはな」

ジャレッドはふだんお祈《いの》りなどしない。愛に満ちた神という概念《がいねん》は、世の中の現実とあまりにもかけはなれている。にもかかわらず、今は祈った。神さま、お願いします。その家族に男の子がいませんように。分けあう役目は全部モプシーにやらせてください。ぼくの部屋の余っているベッドは、自分でモプシーの部屋に押《お》しこみますから。それも笑顔で。

「その人たちについて、わかってることは？」

「ほとんどわかっていないのだ」

ニッカーソン先生は手にしていた一枚《まい》の紙をふった。それをジャレッドから一番遠い席の人にわたしたため、ジャレッドが恐《おそ》ろしい事実を知るのは最後になる。

「だから今日、こうして集まっているのだよ。それでは、ご紹介《しょうかい》しましょう。この活動で、わたしたちの担当《たんとう》をしてくださる、難民援助《えんじょ》協会のカーク・クリックさんです」

そんな名前、あるのかよ？　モプシーが集めていそうな人形みたいな名前じゃないか。それにカーク・クリックはなんで全員分のコピーをしてこないんだ？　ジャレッドはカーク・クリックの実務能力をおおいに疑《うたが》った。

「これからわたしたちがしていく奉仕《ほうし》活動の内容と、それに伴《ともな》う困難《こんなん》や喜びについて話していただきます」牧師が告げた。

よそ者が四人、いつまで自分の家にいるかわからないのに、喜びがあるっていうのか？

カーク・クリックが微笑《ほほえ》まなかったので、ジャレッドはほっとした。愛想をふりまきすぎる人に、ろくなやつはいない。モプシーがいい例だ。

「わたしの名前を聞くと、みなさん、とまどわれるようです」カーク・クリックが言った。「ですが、覚えやすい。カークでもクリックでも、どっちで呼《よ》んでいただいても、あるいは呼んでいただかなくてもかまいません」

これにはジャレッドも異存《いぞん》はなかった。この男とも、この男が連れてくる難民《なんみん》とも、なるべくなら関わりたくない。

カーク・クリックは長々と退屈《たいくつ》な説明を始めた。

ジャレッドに押《お》しつけられるアフリカ人家族は、おそらくスーパーに入ったことも、室内で料理用コンロを使ったことも、コンピューターに触《さわ》ったこともないらしい。車を運転したこともないだろうし、クレジットカードの存在も知らないかもしれない。お湯の出るシャワーを浴びたことも、寒い気候を経験したことも、ショッピングモールを見たこともないだろう。彼《かれ》らの国にはＡＴＭが一台もない。十年前から電気の供給も不安定だとか。

「おそらく運転はできません」カーク・クリックは続けた。「郊外《こうがい》のこの町だと、それが困《こま》りますね。バスや、場合によってタクシーには慣れているでしょうが、どこかに行くときはたいてい歩きます。あるいは走ります。なにしろ内戦から逃《に》げた人たちですから。ナイジェリアの難民キャンプでは数年間、ほとんど吹《ふ》きっさらしの囲いの中に六千人で暮《く》らしていました」

ジャレッドに、自分の生活に侵入《しんにゅう》してくるやつらを気の毒に思わせようと、わざとおおげさに話しているのだろう。

「ありがたいことに、この家族は英語が話せます。リベリアは英語が公用語で、現地の部族の言葉はおもに家で使っている。発音が聞き取りにくいかもしれませんが、みなさんの言うことは問題なく通じるはずです。

資料によると、両親は八年生を修了《しゅうりょう》。子どもたちはおそらく難民キャンプの学校に通ったと思いますが、そういう学校はたいていノートや鉛筆《えんぴつ》や教科書がありません。先生がいないこともある。子どもたちは十五歳《さい》と十六歳ですが、名前だけでは男の子か女の子かわかりません。空港に迎《むか》えにいってみるしかないですね。この家族が来るのは一か月先の予定でしたから、みなさんがこうして柔軟《じゅうなん》に対応してくださり、ありがたく思っています」

柔軟に対応しなきゃいけないのは、おれだけだろ、とジャレッドは思った。

突然《とつぜん》、レーンさんがコーヒーをいれようと思いたった。カーク・クリックがまだしゃべっているのに、台所に入っていくから、母さんもついていくはめになった。やがてふたりで部屋をまわりながら、ふつうのコーヒーとカフェイン抜《ぬ》き、全乳《ぜんにゅう》と無脂肪乳《むしぼうにゅう》、砂糖《さとう》と黄色にピンク、青の袋《ふくろ》に入った三種類の甘味料《かんみりょう》を配っていった。こうした物の種類選びも、ほかのたくさんのこととともに、アフリカ人一家は覚えなければならないだろう。自分が教えなくてすむかぎり、ジャレッドにはどうでもよかったが。

カーク・クリックはだらだらしゃべり続けた。彼《かれ》がまだそこにいると認識《にんしき》しているのは、ジャレッドくらいのものだった。母さんも父さんも確実に話を聞いていない。あんなに人の話を聞かないで、よく大学を卒業できたものだ。ふたりとも物事を最大限に同時進行させる。テレビを見ながら料理をし、新聞をめくり、電話をかけ、家計簿《かけいぼ》をつける。今ここに生活を一変させる情報があるというのに、ふたりとも別のことを十ぐらい考えている。

フィンチ家の居間は広々としていて、黄色とクリーム色で美しくしつらえられ、ふかふかのすわりごこちのよいソファが三台と、ゆったりした肘《ひじ》かけ椅子《いす》が四脚《きゃく》あった。壁《かべ》一面の窓《まど》の向こうで日がしずむと、みんなは眠《ねむ》くなってクッションに身をうずめた。

「難民《なんみん》というのは」カーク・クリックがしゃべっている。「何も持っていません。つまり書類もないのです。血迷った男たちにまうしろから鉈《なた》や自動小銃《しょうじゅう》をつきつけられ、命からがら村を逃《に》げ出《だ》すのだから、出生証明書や予防接種証明書なんか持ち出している場合じゃない」

母さんはデザートの用意をしていた。教会の女性たちの得意技《わざ》だ。ジャレッドは料理上手なウォールさんの奥《おく》さんが何を持ってきたかと期待した。

それから思い出した。エミー・ウォールは来ていない。エミーのご主人のブレイディ・ウォールは、父さんとふたりで資金集めの委員会を率いていた。その委員会は教会の新しい建物のために、バザーやオークション、コンサートやディナーを催《もよお》し、寄付金をつのり、二年間で七十五万ドルを集めた。ところが三日前、ブレイディ・ウォールがその資金を使いこみ、フォックスウッズのカジノで全部すってしまっていたことが発覚した。資金はただ盗《ぬす》まれただけではない。なくなってしまったのだ。

母さんはエミー・ウォールの友だちだった。近いうちにエミーがやってきて、台所で母さんに泣きつくんじゃないかと、ジャレッドは恐《おそ》れていた。そうなったら台所は大混雑だ。そのころにはおおぜいのアフリカ人もいて、母さんに泣きついているだろうから。母さんが耐《た》えられるといいけど。というのも、ジャレッドはたった今、学校主催《しゅさい》のスキー合宿にすべて申しこもうと決めたからだ。そうすれば金曜から日曜まで家にいなくてすむ。分けあう機会は少なければ少ないほどいい。

「難民をアメリカに呼《よ》びよせるのに、飛行機の席を確保するのもひと苦労です」カーク・クリックが説明している。「便《びん》が少ないですから。今回は急に空《あ》きが出たか、予定していた四人が行けなくなって、順位がくり上がったのかもしれません。みなさんが受け入れる家族は、まずロンドンに飛んで、そこでニューヨーク行きの便《びん》に乗りついでケネディ国際空港に着く予定です。さて、委員会でいくつかの係を決める必要があります。医療《いりょう》や病院関係はどなたが担当《たんとう》されますか？」

「待って」ジャレッドが口をはさんだ。「病院関係って？　その人たち、腸《ちょう》チフスやマラリアなんかにかかってるんですか？」

「いいえ。そういうものはアフリカで検査をすませています。でも子どもたちは破傷風《はしょうふう》などの予防接種を受けるまで学校には行けない。初めて学校に通うほかの子と同じです。だから病院通いにはかなり時間がかかるでしょう。また、こちらに来る家族の素生《すじょう》も調査してあります。アフリカの内戦では凄惨《せいさん》な殺しあいがおこなわれる。そのため、わたしどもの調査チームでは、村を破壊《はかい》したような大量虐殺者《ぎゃくさつしゃ》や、血のダイヤモンドの売人や、凶暴《きょうぼう》な少年兵が来ないようにしっかり確認《かくにん》しています」

「少年兵っていうのは聞いたことあるな」レーンさんのご主人が口を開いた（ジャレッドは、レームおばさんと結婚《けっこん》した人がいることにも驚《おどろ》いていたが、その人にしゃべる機会があることにはもっと驚いた）。

「十歳《さい》の子どもが、人の手を切り落として、平然と行っちまうんだ」レーン氏は解説した。

そんなことをする子どもがいるわけがない。どうせ、この世の中を実際以上に暴力的《ぼうりょくてき》に見せようと、衛星ラジオが煽《あお》っているだけだろう。

そもそも人を調査しても意味がない、とジャレッドは思った。そんな調査は、先生が期待する答えを書く小論文テストのようなものだ。難民《なんみん》は、わたしたちはおとなしくていい人です、と答えるに決まっている。人を傷《きず》つけるなんてとんでもない。わたしたちは被害者《ひがいしゃ》なんですよ、と。

「血のダイヤモンドって何ですか？」モプシーがたずねた。

「西アフリカで採掘《さいくつ》され、戦争の資金にするために利用されるダイヤモンドのことです」

カーク・クリックはくわしく説明しようとしたが、ジャレッドはダイヤモンド採掘には興味がなかった。もうすぐひとつ屋根の下で暮《く》らすことになる、よそ者のほうに興味がある。

「その家族に書類がないなら、難民援助《えんじょ》協会ではどうやってその人たちの身元を確認しているんですか？」

「それは非常に気をつけて確認しています」

ジャレッドは怪《あや》しんだ。自分たちの教会だって気をつけていたのに、ふたを開けてみたら、資金集め委員会に大泥棒《おおどろぼう》がいたじゃないか。

「少年兵なんて、本当にいるんですか？」ジャレッドはたずねた。

「います。村が襲撃《しゅうげき》されるとき、少年たちはたいてい外で家畜《かちく》の世話をしています。親は捕《つか》まり、殺され、あるいは手足を切られる。少女たちはレイプされて殺される。村は焼きはらわれる。でも少年たちはかり集められる。そしてむりやり、身近な人に銃《じゅう》や鉈《なた》を向けさせられるのです」

じょうだんじゃない。これまで知りあった人全員にメールを出して、今回の騒《さわ》ぎが終わるまでずっと家に泊《と》めてくれる人をさがそう、とジャレッドは思った。

「一日じゅう、原っぱで牛とすごしてる少年が、二十一世紀のアメリカの郊外《こうがい》生活になじめるとは思えないんですけど」ジャレッドは指摘《してき》した。

「そうさせてやるのが、まさにきみの役割《やくわり》だ」カーク・クリックが答えた。「さて、アフリカ人の家族は過去の話をしたがらないかもしれません。彼《かれ》らは未来が見たい。過去ではなく。この家族はめずらしく一家そろっています。でも四人はもがき苦しんできて、これまでの恐怖《きょうふ》と決別したいと願っている。みなさんの教会は、この家族の住居と食料を三か月間まかない、両親の仕事をさがすという契約《けいやく》に署名《しょめい》されました。三か月たったら、家族は自立することになります。うまくいかない場合は援助《えんじょ》協会が引きつぎますが、難民には闘志《とうし》がありますから、たいていうまくいきます」

三か月だって？　と、ジャレッドは思った。三か月も？

これが正気の沙汰《さた》ではないと思っているのは、ジャレッドだけのようだった。

「みなさんは、よいおこないをなさっているのです」カーク・クリックが言った。

委員たちは、善良《ぜんりょう》で寛大《かんだい》だとほめられるのが大好きだった。みんなは誇《ほこ》らしげに胸《むね》を張った。そしてデザートのレモンバーとダブルチョコレートブラウニーに手を伸《の》ばした。父さんは小声で誰《だれ》かのご主人と話し始めた。ブレイディ・ウォールの話にちがいない。今の父さんは、その話しかしない。母さんはレーンさんにアーモンドケーキのレシピを教わっている。ほかの人たちは車の鍵《かぎ》をさがしていた。

カーク・クリックの話を聞いているのはジャレッドだけだった。

「内戦では、善人はいないのです。誰もが何らかの罪を負《お》っている。だからみなさんが援助する人たちも、罪のない人ではないでしょう。内戦では罪のない人などいないのです」

ジャレッドは難民《なんみん》を見たことがない。だが難民援助協会の人は何千人も見てきたはずだ。何万人かもしれない。その結論が、「難民に善人はいない」なのか？

難民問題はにわかに刺激《しげき》に満ちてきた。ジャレッドの部屋にやってくる人は、数々の戦いや殺しを見てきたにちがいない。だがはたしてジャレッドは自分の寝室《しんしつ》で、どれだけ戦いや殺しについて聞きたいだろうか。

難民一家について書かれた一枚《まい》の紙が、やっとジャレッドのところにまわってきた。

そこには四人の白黒写真があった。もともとピンぼけで粒子《りゅうし》が粗《あら》かったのだろう。コピーや送信をくり返すうちに、ますますぼやけて、四人の顔はほとんど特徴《とくちょう》がなくなっていた。写真は肩《かた》から上のもので、髪《かみ》はうしろにきつくしばってあるか、短く刈《か》りこんである。ジャレッドが見たかぎりでは、誰《だれ》だかまったくわからない。同じ人を四回撮《と》っている可能性だってある。それぞれの写真の下に日付があった。生年月日かもしれないが、汚《よご》れがついていて一部しか見えない。

じっくり見つめた結果、上の写真のふたりが年上だとジャレッドは判断した。たぶん両親だ。写真の下に名前がタイプしてある（しかもコンピューターではなく、タイプライターで！）。「セレスティーヌ・アマボ」と「アンドレ・アマボ」。左下の写真は「マトゥ」、右下の写真は「アレイク」となっている。発音が定かではないし、男か女かもわからない。

うちの家族は何か月もの間、よそ者を家に迎《むか》え入れるんだ、とジャレッドは思った。生年月日も読めない。性別も不明。写真を見ても顔が判別できない。

わかっているのは、その人たちが善人《ぜんにん》ではないということだ。

2　入国審査《しんさ》

ロンドンで、五人の乗客が飛行機を乗りつぎ、ニューヨークシティに向かった。ジャレッドたちの教会が支援《しえん》する四人の難民《なんみん》は、エコノミークラスの最前列にならんですわった。四人はたがいに話をしなかった。たがいを見ることもない。その何列もうしろに、五人目の難民がいた。その男はときどき通路を歩いてきて、四人を見つめた。四人はその男のほうを見なかった。

コネティカット州で、ジャレッドは目を覚ました。吐《は》き気《け》がするほど強烈《きょうれつ》な思いにとらわれていた。〈この難民たちを受け入れてはいけない〉

ジャレッドはその思いを両親に明かさなかった。自分の生活や、自分の部屋、それどころか自分のトーストひと切れだって分けあおうとしない、わがままな人種差別者だと思われるのがおちだ。

フィンチ一家は空港に行くために、とんでもなく早い時間に出発した。

「だってね」母さんが言った。「九十五号線が五十キロ以下ののろのろ渋滞《じゅうたい》になるかもしれないし、ホワイトストーン橋もわたらないといけないし、駐車《ちゅうしゃ》もしないといけないのよ」

一家は教会のワンボックスカーに乗っていた。運転しにくく、死角が多く、ラジオの音が悪いから、父さんはこの車をきらっている。母さんはしゃべりどおしだった。そわそわしている。父さんまでそわそわしている。旅慣れていて、どんなときも落ち着きはらっている父さんが心配そうにしているのを見て、ジャレッドは驚《おどろ》いた。父さんもやはり「難民《なんみん》に善人《ぜんにん》はいない」というあの言葉を聞いていたのだろうか。それとも、資金なしで教会を増築する計算をしているのだろうか。そんな計算ならかんたんだ。資金がないなら、増築もなし。

それともしかして、父さんはブレイディ・ウォールのことを考えているのだろうか。ゴルフやテニスやフットボール観戦や子育てをともにした友人のことを。ブレイディが刑務所《けいむしょ》にいるところを想像しているのだろうか。苦しめばいいと思っているのか。それとも心配し、理解し、許そうとしているのか。

だがジャレッドは、大事なことについて親とは話さない。むしろ、大事なことほど、親には最後まで相談しなかった。

妹のモプシーは、はねまわりそうなほどわくわくしていて、シートベルトでやっと押《お》さえつけられているありさまだった。モプシーが息をするだけで、ジャレッドははずかしかった。これからモプシーはアフリカ人の前で、ジャレッドに恥《はじ》をかかせるのだろう。

ジャレッドはｉＰｏｄを取り出した。

◆

飛行機が着陸態勢に入ったとき、乗客は席についてシートベルトをするよう求められた。着陸があまりになめらかだったため、数人の乗客が歓声《かんせい》をあげるまで、四人の難民《なんみん》は着陸したことに気づかなかった。難民たちはシートベルトをはずすのに手間どった。客室乗務員が手を貸した。

それでも四人はほとんど最初に飛行機をおりることができた。

はじめにナイジェリアからイギリスに飛んだとき、四人は、大きな飛行機から乗客がおりるのには長い時間がかかることを学んだ。うしろの座席《ざせき》の乗客が、通路を走って前の乗客に追いつくことはできない。ほかの数百人がゆっくり出ていくのを待たなければならない。だから五人目の難民が追いついてくるまで、何分もかかるだろう。

四人はそのことを話しあわなかった。客室乗務員について飛行機をおり、傾斜《けいしゃ》するせまい通路を通った。この通路がターミナルにつながっているのを、四人は今では知っている。やがておおぜいの人やたくさんの椅子《いす》、いくつもの列でごったがえす広い部屋に着いた。ひとりの男が、「アマボ一家」と書いた大きなボール紙の札《ふだ》を持って立っていた。

「ようこそ」男は前に進み出た。

難民《なんみん》たちはあとずさりした。それでも男は微笑《ほほえ》んだ。

「難民援助《えんじょ》協会の、ジョージ・ネヴィルと申します。これから、みなさんの入国手続きをお手伝いして、受け入れ先の家族にご紹介《しょうかい》します。その家族は外で待っていて、みなさんに会うのを楽しみにしているんですよ」

アフリカ人たちは当惑《とうわく》した顔をした。

ジョージ・ネヴィルは別に驚《おどろ》かなかった。アフリカとニューヨークは物理的に遠いだけではない。アマボ一家にとって、ここはあらゆる意味で新しい世界となる。不安になるのも当然だ。アマボ一家をまとめているのが誰《だれ》なのか、ジョージにはわからなかった。たいていどの難民のグループにも、ほかの人より少しだけ落ち着きがあり、はっきりと話す人がいて、その人がグループのまとめ役になる。ジョージ・ネヴィルは一家の父親に握手《あくしゅ》を求めたが、ファスナーつきのくたびれたスウェットの上着を着こみ、疲《つか》れてちぢこまっている父親は、ジョージの手をにぎらなかった。

アマボ夫人は、目を引くような大柄《おおがら》な女性で、鮮《あざ》やかなオレンジ色のプリント柄《がら》の布を頭に高く巻《ま》き、床《ゆか》まで届《とど》く強烈《きょうれつ》な幾何学模様《きかがくもよう》の布を身にまとっていた。夫人は札に書かれた言葉を小声で読んだ。

「アマボ一家」

だしぬけに、ティーンエイジャーの少年が口を開いた。

「ネヴィルさん、お会いできてうれしく思います」

ジョージは驚いた。少年はみごとなイギリス英語を話し、アフリカの難民キャンプではなく、イギリスの寄宿学校にいたのではと思わせた。

「マトゥ・アマボです」少年が名乗った。

アマボ夫人が飛行機から続々とおりてくる乗客を見て言った。

「ネヴィルさん、急ぎましょ」

母親の英語は息子《むすこ》とまったくちがい、なまりがきつく、ジョージにはやっと意味がわかるくらいだった。だが内戦というのは家族を引《ひ》き裂《さ》く。おそらく息子は別の場所で、それどころか別の国で暮《く》らしていたのだろう。一家は再会できて運がよかったのだ。

アフリカ人はふつうは急がない。アメリカ人のように、時間どおりに目的地に着こうとあちこち走りまわらないものだ。

「急がなくていいんですよ」ジョージ・ネヴィルは母親を安心させようとした。「これからたくさんの列にならばないといけませんから」

母親は広いターミナルの向こうを指さした。ほかの乗客がみんな、そちらに向かって歩いている。

「こっち？」母親は歩き出した。

ジョージは足を速めてついていった。

「長旅のあとなのに、お元気ですね」

アマボ夫人は答えない。ますます急いで歩いていく。

ジョージのうしろでは、父親と息子《むすこ》がちらちらふり返っていた。ジョージはそれに気づかなかった。娘《むすめ》は半分しか存在《そんざい》していないかのように、半分しか人間ではないかのように、力なく歩いている。ジョージはそれにも気づかなかった。

◆

ジャレッドの母さんは携帯《けいたい》電話を拳銃《けんじゅう》のようににぎりしめていた。ついに鳴ったときには、これが待っていた電話だとみんなにわかるように、わくわくした様子でうなずいた。だがすぐにがっかりした顔になった。

「入国審査《しんさ》に時間がかかるんですって。しばらく待ってくださいって」

カーラ・フィンチは待てない人だった。何でも今すぐやることを、人生の一番の目標にしている。何時にどこに行って、何をして、何を買って、何を見て、何時に帰り、誰《だれ》を連れていくといったリストをつくり、分刻《きざ》みの予定を組むのはお手のものだ。気の毒なアフリカ人たちに心の準備ができているといいけど、とジャレッドは思った。アメリカ人のおばさんが、彼《かれ》らを五分でびしっとまとめあげようと、てぐすねひいて待ちかまえているのだから。

だだっぴろい到着《とうちゃく》ロビーにはほとんど椅子《いす》がなく、立ち止まらずに車に乗って早く出ていけ、と暗に告げているようだった。

フィンチ一家は歩きまわって席を見つけたが、隣《となり》同士にはならなかった。ジャレッドはほっとした。くだらないおしゃべりをするモプシーの隣にだけはすわりたくない。ところが意外にも、ジャレッドは家族とのこのへだたりを強く感じた。まるでこれからフィンチ家の四人が、知らない者同士になってしまうかのように。

◆

モプシーは家族とはなれてすわるのがうれしかった。そんな機会はめったにない。ふだんはきびしく管理されていた。学校から帰ったあとに食べるおやつから、見てはいけないテレビ番組まで決まっている。スポーツをするときは、必ずグループでおこない、監督《かんとく》がついた。友だちに会うときは、前もって親同士が電話で話しあった。ショッピングに行くときは必ず誰《だれ》かのお母さんがつきそい、隣《となり》の家に行くにも携帯《けいたい》電話を持たされた。

ショッピングモールに入りびたり、勝手に好きなところに行ける女の子たちがいることは、モプシーも知っていた。でも、まわりにそういう子はひとりもいない。生まれたばかりの赤ちゃんの世話を、よその十歳《さい》の子どもにたのんで出かける親がいることも知っていたが、モプシーの住む地域《ちいき》では、十歳の子どもにベビーシッターがつけられ、その様子が隠《かく》しカメラに映《うつ》される。

モプシーは、コネティカットでは見たこともないような人であふれる、この広い空港ロビーが気に入った。人々の服装《ふくそう》も気に入った。厚手の冬のズボンの上にきらびやかなサリーをまとったインド人の女性たち。ターバンを巻《ま》いたアラブ人の男性たち。日焼けしておみやげを持ってディズニーワールドから帰ってきたアメリカ人たち。

前の晩《ばん》は、新しく来る家族のことばかり考えてほとんど眠《ねむ》れなかった。クリスマスイブのようにわくわくしていた。そのかわいそうな家族に息子《むすこ》がいないといいな、とモプシーは思った。ジャレッドの部屋なんかで寝《ね》させられたら、アフリカに帰りたくなっちゃうに決まっている。

下の段《だん》にならんだ写真の一枚《まい》は、絶対に女の子のはず。どんな子だろう。モプシーにとって、今年は親友がいなくてつらい年だった。ベスとケリーは引《ひ》っ越《こ》していってしまい、メガンはエイミーの親友になってしまった。レイチェルはスポーツにのめりこみすぎていてついていけないし、クイニーは転校してきたばかりでまだよくわからない。モプシーは新しいルームメイトと親友になろうと思った。

アフリカ人がどんな人たちなのか、モプシーには見当もつかなかった。カーク・クリックの話はよくわからなかった。とくに「善人《ぜんにん》はいない」というところが。そんなことは信じられない。誰だって根はいい人なのだから。

でも、誰でもいい人なら、ブレイディ・ウォールはどうなんだろう。教会からお金を盗《ぬす》んでも、いい人だって言える？

モプシーは盗みをするような悪い人のことを考えるのは好きではない。話をするのが好きだった。隣にすわっている知らない人に話しかけた。

「こんにちは。あなたはアメリカ人？　帰ってきたところ？　それとも出かけるところ？　あたしたちはね、どっちでもないんです。待ってるところ。誰を待ってると思います？……」

◆

五人目の難民《なんみん》は最後列にいた。しかも窓側《まどがわ》の席だ。同じ列の人が動き出すまで、立ち上がることすらできない。

母国では、彼《かれ》は誰《だれ》にも進路のじゃまをさせなかった。だが、飛行機は誰の母国でもない。通路の人を押《お》しのけてほかの難民たちに追いつくことはできなかった。

母国では、彼は武器を持っていた。だが飛行機の中では、男は武器を持てない。アメリカでもアフリカと同じくらいかんたんに武器が調達できるだろう、と彼は思った。

男と出口の間にいる乗客は、誰もが年取っているか、太っているか、体が不自由か、くだらない文句を言っているようだった。荷物をまとめるのにいつまでもかかり、通路に出てからもぐずぐずしている。

彼は腕時計《うでどけい》をにらんだ。腕時計をするのは初めてだ。かつての生活では、彼が時間を支配していた。時間を計ったことなどなかった。巨大《きょだい》な飛行機が空《から》になるまで十一分かかった。

だが彼が気にかけていたのは、何分かということではない。何日かが問題だった。あと三十九日。

その週末に、その週末だけに、業者がニューヨークシティに来る。

ニューヨークについて知りたいことを知るのに、まだ時間はたっぷりある。五人目の難民は、戦いのときのように胸《むね》が熱くたぎるのを感じ、思わず通路の人々を蹴散《けち》らして前に行きそうになった。

◆

アフリカ人一家は神経を張りつめ、きょろきょろあたりを見まわしていた。

母親は、アメリカに来ることになった難民に必ずわたされる、スパイラルの背《せ》がついたペーパーバックの本をにぎりしめている。『アメリカ合衆国《がっしゅうこく》にようこそ——難民のためのガイドブック』。ジョージがこれまで会ってきた難民の多くは、このマニュアルを読んでいただけでなく、ほぼ暗記していた。「アメリカでは、」と彼らは話しかけてくる。「仕事を持つことが重要です。働いて自立することは、難民の最優先《さいゆうせん》課題です」と。アマボ夫人がこの本を読んでいるらしいのはよい徴候《ちょうこう》だ。

ジョージはアマボ夫人から一家の書類をもらい、それぞれの束を確認《かくにん》しながら、名前をひとりずつ呼《よ》んだ。

「アンドレ」

父親がうなずいた。ジョージは難民《なんみん》が荷物を持っていないことは想定していたが、それにしても父親は何も持っていなかった。両手を長そでのフードつきの上着のポケットにつっこんでいる。暑い国から来たにしてはめずらしい服装《ふくそう》だ。だが今は一月で、イギリスは寒いだろうから、そこでその上着をもらったのかもしれない。

マトゥはすでに名乗っている。彼《かれ》だけが機内に手荷物を持ちこんでいた。灰色《はいいろ》の箱をふたつ。マトゥは背《せ》が高くやせていて、まるで空腹《くうふく》のマラソンランナーのようだった。ジーンズの丈《たけ》は短すぎ、ローファー靴《ぐつ》は左右があっておらず、Tシャツは小さすぎた。頬《ほお》に細長い傷跡《きずあと》が縦《たて》に走っているのに、ジョージは気づいた。

「マトゥ、そこは？」

「鉈《なた》」マトゥはそっけなく答えた。

マトゥはまさに紙一重で死を免《まぬが》れたのだろう。ジョージは、マトゥが逃《に》げるさまを思い浮《う》かべた。もしかしたら、みじめな顔をしてそこに立っている妹を、助けながら逃げたのかもしれない。ひょっとすると、ほかに助からなかった小さな弟や妹がいたのかもしれない。

「では、あなたがアレイクですね？」ジョージは娘《むすめ》に話しかけた。

娘は痛々《いたいた》しいほど細い体に黄色い木綿《もめん》のズボンと色あせたTシャツを着ていた。髪《かみ》は汚《きたな》い鳥の巣のようにもつれている。手のこんだ編みこみではないことが、ジョージには意外だった。難民キャンプを出るときは、幸運な仲間を見送ろうとみんながかけつけるものだ。そのときに誰《だれ》かが娘の髪を編んでいてもおかしくない。だが娘のうなだれた姿勢《しせい》と表情のない顔からは、内戦で負《お》った傷の深さがうかがえた。名前を呼んでも反応がないのもむりはない。

ジョージはアフリカ人たちを入国審査《しんさ》へと連れていった。長蛇《ちょうだ》の列で、進みがおそい。

一家はずっと黙《だま》っていた。たいていの難民は心配そうに自分たちの言語でささやいてはげましあい、はなればなれになるのを恐《おそ》れて身を寄せあう。だがアマボ一家は、たがいのことが目に入ってさえいないようだ。

四人の一番うしろにいたティーンエイジャーの少年は、何か決断をしたようだった。背すじを伸《の》ばし、深呼吸《しんこきゅう》をすると、ふたつの紙箱を床《ゆか》におろし、しばらく見つめていた。それから箱に背を向けた。

列のうしろにならんでいた人は、前につめなかった。箱を見おろしている。マトゥ・アマボは荷物を手放したわけではない。それは空港では禁止されている。だが手放そうとしているようには見えた。あっというまに武装した警備員《けいびいん》たちがかけつけた。

「これは、あなたのですか?」

警備員がきびしい口調でたずねた。礼儀《れいぎ》正しくしているが、ジョージにはマトゥがおびえるだろうことがわかった。マトゥのいたところでは、武装した警備員《けいびいん》は人を殺す。

マトゥは見るからにふるえながら箱を拾い上げたが、緊張《きんちょう》のあまり、ひとつ落としてしまった。十センチほどの高さからだったが、箱の片《かた》すみがへこんだ。白い粉がかすかに漂《ただよ》い出た。警備員は手をふってまわりの人を追いはらった。人々はすぐにあとずさりした。どんなときも、正体不明の白い粉のそばにいたい人などいない。

ジョージ・ネヴィルの心はしずんだ。あの箱に危険《きけん》な物が入っているわけがない。ニューヨークに着く前、マトゥはすでに二か所で手荷物検査場を通ってきているはずなのだ。

マトゥの説明は短く、痛《いた》ましいものだった。

「箱に入っているのは、祖父母の遺灰《いはい》です」口調はおだやかだ。右手の箱を見おろす。「こちらが祖母」。左の箱を見てうなずく。「こちらが祖父」

ジョージは西アフリカに火葬《かそう》の習慣があるとは知らなかった。内戦が何年も続くなか、少年が祖父母のことを見失わなかったのは驚《おどろ》きだ。ましてその遺灰を持っているとは。ジョージはマトゥの意志の強さに感銘《かんめい》を受けた。この少年は祖父母を新世界で埋葬《まいそう》するつもりなのだ。祖父母をたたえ、その名を子どもや孫へと残すために。つまりアマボ一家には不屈《ふくつ》の意志がある。移民にとってすばらしい資質だ。それが彼《かれ》らを救うかもしれない。

ジョージはアマボ夫妻に目をやった。ふたりは紙箱ではなく、乗客があふれだしている広いロビーを見つめていた。

「封《ふう》はしていません」マトゥが続けた。「どうぞ中を見てください。ただ、ふたを開けると大事な灰《はい》が飛ばされてしまうかもしれません」

航空会社は遺骨《いこつ》や遺灰を通常の機内持ちこみ手荷物としてあつかう。そのことをジョージはいつも薄気味《うすきみ》悪く感じていた。そうした手荷物が検査されることはめったにない。遺族にとって大切な遺灰を損《そこ》なう危険は冒《おか》したくないものなのだ。

警備員は疑《うたが》っていた。

「なぜ、下に置いたのか？」

「腕《うで》が疲《つか》れたんです」

警備員は納得《なっとく》したようだったが、それもマトゥと父親がふたりとも唇《くちびる》をかみ、肩《かた》で息をしながら、思わずふり返ったときまでだった。一家は列からはずされ、箱の中身を再確認《さいかくにん》するために、X線装置《そうち》がある遠まわりの順路へ連れていかれた。

ジョージはアマボ一家をなぐさめようとした。

「だいじょうぶ。ただの安全対策《たいさく》ですよ。たいしたことじゃない。みなさんは今回の旅で二回もX線検査を通っているはずですから。もうベテランじゃないですか」

少年はしぶしぶベルトコンベヤーに箱を載《の》せた。係官が、遺灰は無事に向こう側から出てくると約束してなだめすかし、ようやくマトゥを歩かせた。係官たちはベルトコンベヤーを一時停止させて中身を調べた。

「骨《ほね》が完全に灰《はい》になってはいないようだ」ひとりがつぶやいた。

ジョージ・ネヴィルは両親が火葬《かそう》だったため、遺灰《いはい》を見たことがあった。どんなに高温で焼いても、すべてが灰になるわけではなく、必ず骨のかけらが残る。骨壺《こつつぼ》に入った父親の骨を誤《あやま》ってカタカタ鳴らしてしまい、怖《こわ》くなったことをジョージは思い出した。難民《なんみん》キャンプには近代的な設備などないだろう。おそらく祖父母の亡骸《なきがら》をたき火で焼いたのだと思い、ジョージはぞっとした。そしてこの勇敢《ゆうかん》な少年が遺灰をかき集めているところを思い浮《う》かべた。

ふたりの係官は箱を開けてのぞきこんだ。ひとりが手袋《てぶくろ》をした手を灰に入れてさぐり始めると、もうひとりがにらみつけた。そして「もうじゅうぶんだ！」と言うと、ふたを閉《と》じ、マトゥに箱を手わたした。マトゥは、大事な箱に誰《だれ》もぶつかってこないように、両肘《りょうひじ》を横につき出して持った。

だが検査はそれで終わらなかった。警備員《けいびいん》はアマボ氏の奇妙《きみょう》な態度と姿勢《しせい》に疑《うたが》いを抱《いだ》いた。

「あなたもここを通ってください。上着を脱《ぬ》いで」

アマボ夫人が口をはさみ、きっぱりと言った。

「上着は脱ぎません」

「申《もう》し訳《わけ》ないですが、脱いでいただかないと」

「わたしがやりましょう」ジョージはすばやく言った。

「いや、あなたはそこにいてください」警備員が命じた。

警備員は顔をしかめた。父親の上着のそでが安全ピンでポケットに固定されていたからだ。

アマボ夫人が小声で言った。

「敵の兵士に手を切り落とされたんです」

ジョージ・ネヴィルは息をのんだ。手がないという話は聞いていない。難民援助《えんじょ》協会がアマボ氏の受け入れを決めたことに驚《おどろ》いた。援助協会のプログラムは、大人《おとな》たちが働くことを前提にしている。アメリカに生活保護を受けに来るような人は受け入れられない。この四人の後援者（たしかコネティカット州の教会だ）は、アマボ氏のために仕事を見つけているはずだ。だがその仕事には手が必要だろう。どんな仕事でも手は必要だ。

この男にはかなりの医療費《いりょうひ》がかかるだろう。難民援助協会はお金がかかる人を受け入れないことにしている。受け入れる場合はあらかじめ後援者に知らせる。後援者には断る権利があるからだ。たとえば子どものいる家族を希望したのに、血のつながっていないティーンエイジャーの少年が四人来るとわかった場合など。

だから母親は急いでいるのか、とジョージは思った。アフリカに送り返されるのが怖《こわ》いのだ。警備員《けいびいん》がアマボ氏の上着のファスナーをおろし、そっと脱《ぬ》がせた。下に着ていたのはアフリカの民族調の模様《もよう》がプリントされた半そでシャツで、アイロンがかけられ、ボタンが留めてある。片方《かたほう》の腕《うで》は肘《ひじ》のすぐ下、もう片方は手首のすぐ上で切断されていた。切断部には赤い波形の瘢痕《はんこん》組織ができている。目を背《そむ》けたくなるほどおぞましい。

アマボ夫妻は順番にX線を通った。警備員は上着を夫人に返し、夫人は夫に上着を着せると、そで口をていねいにポケットにたくしこみ、安全ピンで留めた。娘《むすめ》は、親のことをはずかしいと思う、どこにでもいるティーンエイジャーのように、何事もなかったふりをしている。ジョージがX線を通るようにうながし、そっと押《お》すまで、ずっと床《ゆか》を見つめたまま立っていた。

ジョージはこの家族のことがひどく心配になった。

住まいを追われた人々の暮《く》らすキャンプでは、ほとんどの人が難民《なんみん》の第一条件を満たしている。家にもどれば迫害《はくがい》を受けるという条件だ。迫害というのは、アフリカではたいてい殺害を意味する。だがアメリカ合衆国《がっしゅうこく》で永住するには、しっかりと生活していけなければならない。この家族がしっかり生活していけるような兆《きざ》しは、ジョージにはほとんど見えなかった。しかもこの難民一家は自分たち専用《せんよう》のアパートで暮らすのではなく、後援者《こうえんしゃ》の家に同居する。つまり両方の家族がうまくやっていく必要がある。アメリカの後援者は、支援する難民家族と仲よくなると、最善《さいぜん》を尽《つ》くすものだからだ。だがアマボ一家には明るさや活気のかけらもない。アメリカ人にとってはそのふたつの資質こそが重要だというのに。必死に助けを求める何千もの難民家族の中から、よりによってなぜこの四人が飛行機の席を確保したのだろう。

賄賂《わいろ》だ、とジョージは思った。アフリカでは当たり前におこなわれている。

ジョージにもわかる気がした。もし自分の子どもが戦争や飢饉《ききん》で苦しんでいたら、そこから救い出すチャンスがあるなら、誰《だれ》にでもいくらでもお金を積むだろう。

ジョージはこれまで難民を送り返したことはなかった。今になって送り返したくはない。二〇〇一年の同時多発テロのあと、十九人の殺人者を入国させていた入国審査官《しんさかん》に対するアメリカ国民の怒《いか》りを思い出し、ジョージは一瞬《いっしゅん》不安になった。だがアマボ一家は危険《きけん》ではない。彼《かれ》らは打ちのめされているのだ。

それにそもそも、それがアメリカの存在《そんざい》意義ではないのか？　人々にやりなおすチャンスを与《あた》えることが。ジョージは、ものを言わない、気力の抜《ぬ》けた少女をきびしく評価しすぎたのかもしれない。彼女《かのじょ》は行儀《ぎょうぎ》よくしていただけかもしれない。年長者のみが話し、行動する社会で生まれ育ってきただけなのだ。

X線の回り道がやっと終わった。警備員は祖父母の遺灰《いはい》のことでこれほど大騒《おおさわ》ぎをしたのを、少々気まずく思っているようだった。アマボ一家とジョージを入国審査の列まで送りとどけた。

アマボ氏は長い列を少しずつ進んでいくおおぜいの人をずっと見まわしていた。アマボ夫妻は明らかにおびえている。ジョージの役割《やくわり》は、彼《かれ》らの気持ちをほぐすことだったが、それは失敗に終わったようだった。

◆

五人目の難民《なんみん》は最後に飛行機をおりた。彼は人ごみを見わたした。ほかの四人の影《かげ》も形もない。はなればなれになるとは思ってもみなかった。驚《おどろ》きが怒《いか》りに変わった。

五人目の難民は字が読めたが、その技能を何年も使ってこなかった。ボール紙の札《ふだ》をかかげた女が立っていたことには、その女が実際にそでを引っぱってくるまで気づかなかった。

「ヴィクターさんですね？」女がにっこり微笑《ほほえ》んだ。「つぎのフライトまでご案内します」

彼は女をにらみつけた。

「別のフライトには乗らない。ここにいる。ニューヨークシティだ」

「いいえ。書類によると、テキサスに行くことになっています」

女は大胆《だいたん》にも彼の腕《うで》をつかんだ。女に先導されるという状況《じょうきょう》は、彼の想像を超《こ》えていた。

彼は女の手をふりはらった。

「この飛行機をおりたアマボ一家についていく」

女にわからせようと声を荒《あら》らげる。

広い空間で、急に乗客の数が減《へ》り、ひまそうだが容赦《ようしゃ》なさそうな兵士のように立っている制服の男や女の数が増《ふ》えた。その人たちがじりじりと近づいてくるのを見て、彼はアフリカに送り返されるところを想像した。彼だけは帰るわけにいかなかった。

ヴィクターは女に連れられて別のゲートに向かった。兵士のひとりが隣《となり》をのんびり歩いている。相手がひとりなら、ヴィクターはかんたんに打ち負かして武器を奪《うば》えるが、あたりにはおおぜいの兵士がいる。しかもこの建物の構造も、外へ出る方法も、まわりの地理もわからなかった。そして肝心《かんじん》なアマボ一家の行方がわからない。

ヴィクターの胸《むね》につねに燃えている怒りが増幅《ぞうふく》された。両手で女の首を絞《し》めるか、兵士の銃《じゅう》を奪いたい衝動《しょうどう》にかられた。

こんなはずではなかった。

強制的にニューヨークを追い出されるなど、あり得ないことだ。彼はここに留《とど》まらなければいけない！

だがこれ以上、目立ってもいけない。

ヴィクターは無力だった。それはもう長い間、経験していなかった状態だ。

人々はこの報いを受けることになるだろう。

◆

最後の審査《しんさ》で、アマボ夫人は分厚い難民《なんみん》の書類を差し出した。審査官は一枚《まい》ずつ見ていった。写真も調べた。質問もした。

アマボ氏は黙《だま》っていた。少女も黙っていた。少年は遺灰《いはい》の箱を抱《だ》きしめている。

ジョージはフィンチ一家のために静かに祈《いの》った。フィンチ一家には、どんなささいな助けも必要になるだろう。

入国審査官は書類をきちんと束になおすと、封筒《ふうとう》にもどした。それからアマボ夫人に微笑《ほほえ》んだ。

「ようこそ、アメリカへ」

3　顔合わせ

出だしから、うまくいかなかった。

母さんはふだんから写真をばんばん撮《と》っては、相手がフィンチ一家に興味があろうとなかろうと、みんなにメールで送りつけていた。子どもたちの日常を記録するのが大好きなのだ。母さんが難民《なんみん》一家を受け入れようと思ったのは、新しいアルバムがつくれて、教会のウェブサイトに写真をいっぱい載《の》せられるからでもある、とジャレッドは踏《ふ》んでいた。

四人のアフリカ人は出発階にある歩道に集まっていた。全方位を警戒《けいかい》する野生動物のように、たがいに背《せ》を向けて立っている。恐怖《きょうふ》のために目を大きく見開いているさまは、まるで猛獣《もうじゅう》の存在《そんざい》をかぎつけたガゼルのようだ。

おれはこの人たちを動物なんかと比べている、とジャレッドは思った。

一家の母親が色鮮《いろあざ》やかな布をまとい、堂々としているのに対し、父親は色あせたパーカーを着て、くたびれて前かがみになっていた。やっぱり息子《むすこ》がいた。ジャレッドと同じくらいの年で、すらりとして運動神経がよさそうで、肌《はだ》はみごとにまっ黒だ。娘《むすめ》のほうは肌の色がずっと明るく、死にそうなくらいやせこけ、髪《かみ》はジャングルに生える蔓《つる》植物のようにもじゃもじゃだった。

母さんがカメラをかまえた。

アフリカ人の母親は手を上げ、「ノー」を意味する万国共通の手ぶりをすると、集合写真が撮《と》れないように家族をはなればなれにした。

「写真はだめです」母親は注文をつけた。なまりが強く、引きずるような話し方だった。カメラを指さしていなければ、ジャレッドには「写真」という言葉が聞き取れなかっただろう。

「アルバムのためなんです！」母さんが大声をあげた。自分の趣味《しゅみ》の大切さをわかってもらおうとして、はっきり発音している。

ジャレッドは歩道に穴《あな》があったら入りたかった。カーラ・フィンチのアルバムが、アフリカ人にとって何だっていうんだ。この人たちは生き延《いの》びるのに必死だった。写真のポーズを取りにアメリカに来たわけじゃないんだから。

「まったく」父さんがつぶやいた。「まだあいさつもしないうちに、部族のタブーを犯してしまったってわけだ」

百年前ならそうかもしれない。二十年前でも。だが今のテレビや、インターネット、デジタルカメラの時代でもタブーか？　ジャレッドはそうは思わなかった。

母さんはまっ赤になりながら、カメラをバッグにしまった。

アフリカ人の母親も同じくらいきまり悪そうにしていた。母親が軽くお辞儀《じぎ》をすると、そのあとに全員がお辞儀をした。突然《とつぜん》、時代が西暦一八〇〇年になり、フィンチ一家が日常的にお辞儀をしているかのようだった。母さんは気持ちを立てなおした。そして堂々としたアフリカ人の母親に腕《うで》をまわした。

「カメラのことはごめんなさい。カーラ・フィンチです。みなさんは今日からわたしたちの家族です。わたしたちの家でいっしょに暮《く》らすんですよ。ようこそ、アメリカへ」

アフリカ人の母親は動揺《どうよう》したようだった。

「いっしょに暮らす？」

「アパートで暮らすはずでしたよね。でも、うまくいかなかったんです。これからいろいろ調整していきましょうね」

母さんはうれしそうだった。調整するのが大好きなのだ。ほかのみんなは調整なんかきらいで、放っておいてほしいと思っているのに。

「わたしたち、きっと最高の友だちになれますよ」

母さんの自信たっぷりの発言に、アフリカ人たちはあぜんとした。

ジャレッドもだ。

「ありがとうございます」アフリカ人の母親はあいまいに答えた。「わたしは……セレスティーヌ・アマボです。あなたの国に来られてうれしく思います」

うれしそうには見えなかった。息切れして、体がふるえている。

その間、父さんはアフリカ人の父親と握手《あくしゅ》しようとしていたが、相手はお辞儀《じぎ》をくり返すばかりだった。

「アンドレです。受け入れてくださり感謝します。神さまのご加護がありますように」

自分の番だ、とジャレッドは思った。自分の番なんか全然なくていいのだが。ジャレッドは未来のルームメイトに顔を向け、しぶしぶ「ジャレッドです」と名乗った。

少年はジャレッドより背《せ》が高く、細く引きしまった体つきは、マラソン大会の優勝者《ゆうしょうしゃ》を思わせた。顔もいい。髪《かみ》はほとんど見えないくらい短く刈《か》りこまれている。シリアルの箱よりも弱そうな箱をふたつ抱《かか》えている。

「マトゥです」

少年が言った。ジャレッドにほとんど見向きもせず、まだ視線《しせん》を四方八方にさまよわせている。なんでこんなに目がでかいんだろう？　目の大きさって、全人類ほぼ共通じゃなかったっけ？

「この人がマトゥならら」モプシーが大声をあげた。「あなたがアレイクね！　発音、あってる？　アレイク、そうね？　あたしはモプシー！　あたしたち、いっしょの部屋で寝《ね》るのよ！　すごく楽しそうでしょ？　あたし、お泊《と》まり会大好きなの。あなたのために、新しいシーツと毛布も用意したのよ！」

アフリカ人の少女はモプシーのことが目に入らず、声も耳に入らないようだった。その技《わざ》を身につけたいものだ、とジャレッドは思った。それから、もしかしてこの少女は目が見えないんだ、と恐《おそ》ろしいことを考えた。

父さんはまだ手を前に出したままだった。アンドレの上着のそでを見つめている。風に吹《ふ》かれ、そでがつぶれた。

「手がないんです」セレスティーヌがそっと言った。「反乱軍《はんらんぐん》に切り落とされて」

その細かな情報は、あの粒子《りゅうし》の粗《あら》い、肩《かた》から上の白黒写真には写っていなかった。難民《なんみん》の大人《おとな》ふたりが技能を持っているとしても、それがどんな技能なのかわからないため、父さんはアンドレのために洗車場《せんしゃじょう》で車に掃除機《そうじき》をかける仕事を見つけていた。それなら誰《だれ》でもできると考えたからだ。

まちがいだった。

難民援助協会《なんみんえんじょきょうかい》の担当者《たんとうしゃ》はそこにつったったまま、心配そうにしている。そうだよ、手のない人を援助するのは心配だよな、とジャレッドは思った。

マトゥが箱を持ちかえ、ジャレッドと握手《あくしゅ》するために右手を差し出してきた。マトゥはジャレッドの手をしっかりとにぎった。ジャレッドは、何もにぎることのできないアンドレの人生がどんなものなのか、想像しようとした。

「なんてひどいの！」モプシーが声をあげた。「ものすごく痛《いた》かったでしょ？　今も痛い？誰《だれ》がそんなことしたんですか？」

手のない男には笑うことなんかないだろう、とジャレッドは思っていた。だがアンドレ・アマボはモプシーに微笑《ほほえ》んだ。

「内戦では」アンドレはおだやかに言った。「人は自分が人であることを忘《わす》れます。ほかの人が人だということも忘れる。優《やさ》しさを忘れる。傷《きず》つけることを覚える。祖国の内戦では、殺されることもあるが、たいていは手を切り落とされる。死ぬ前に苦しむようにです。たとえ生き残っても、体が不自由だから、人に助けてもらわないといけない」

「あたしが、助けてあげます」モプシーが約束した。

ジャレッドはアフリカ人が実際に会話をするとは思っていなかった。ましてや苦しみといった、深い話をするとは。おれってカンペキに人種差別者じゃないか。この人たちは単語を十ぐらいしか知らないだろうと決めつけていたんだから。「車」「靴《くつ》」「食べ物」とか。

モプシーはアンドレの手を取ることができなかったので、セレスティーヌの手を取った。このアフリカ人女性が大好きなおばであるかのように、愛情をこめて。

「難民援助協会の人が、善人《ぜんにん》はいないって言ってたの。こういうことだったのね！」

モプシーはセレスティーヌにしがみついたまま、アンドレのそでを指さした。

「でも、どうして出血多量で死なないですんだんですか？」

「そのような運命を免《まぬが》れようと、逃《に》げるときに、両腕《りょううで》を上げたままにしていたのです。ブッシュまで行きついたら、家内に会え、傷をしっかりしばってもらえました」

アンドレの発音はわかりにくかった。ジャレッドは言葉を聞き取って、頭の中で正しく言いなおしてから、意味を理解しなければならなかった。

「隠《かく》れられるくらい大きいブッシュ（茂《しげ》み）があるんですか？」モプシーがたずねた。

「ブッシュというのは、わたしたちの言葉で……」

「人のいない荒《あ》れ地《ち》のこと」マトゥが補足《ほそく》した。

「マトゥ、その傷はそのときにできたの？」モプシーは誰にでも何でも質問する。「どうしたの？　誰に襲《おそ》われたの？」

◆

マトゥはまわりの状況《じょうきょう》を把握《はあく》できなかった。フィンチという名前のこの四人からははなれようがなさそうだ。物事を説明してくれる専門《せんもん》の担当者《たんとうしゃ》がいるとは聞いていた。だが、なぜ母親と父親がいるのだろう？　息子《むすこ》と娘《むすめ》も？

飛行機をおりたら、ニューヨークシティの中心部、マンハッタンの空高くそびえる、あのぎざぎざした有名な摩天楼群《まてんろうぐん》の中にいるものだと思っていた。だが、そんな場所が近くにあったとしても、見えなかった。ここがニューヨークでないなら、どうやってニューヨークの街《まち》にまぎれこめるだろう。

みんなで野外に立っていたが、そこは野外ではなかった。建物と道路と大量の自動車でできた森だった。何百人もの人々が足早に通りすぎ、消えていく。マトゥは、元気にはしゃいでいる女の子に意識を集中しようとした。

「鉈《なた》でやられたんだ」

「うわあ。鉈ってなあに？」

この年の子が鉈を知らないなんて。

マトゥはなぜなのか考えようとしたが、五人目の難民《なんみん》が追いついてこないということ以外、ほとんど何も考えられなかった。ヴィクターはまだ列のどれかにならんでいるにちがいない。もしかしたら書類に不備があったのかもしれない。ヴィクターは「ようこそ、アメリカへ」とは言われなかったのだ。だが、そんな運のいいことがあるだろうか。ヴィクターは今にも走ってくるはずだ。

だが、もし走ってこなかったら？

「みんな、ふるえているわ」アメリカ人の女の人が言った。「さあ、車に乗りましょう。エアコンの温度を上げて、出発よ」

女の人はみんなを大きな白い自動車へと先導した。

マトゥはセレスティーヌとしばらくの間、顔を見合わせた。

それから難民援助《えんじょ》協会の担当者のほうをじっと見た。人を信用するのは危険《きけん》だ。だがほかに情報を手に入れるすべはない。そこでジョージ・ネヴィルにそっとささやいた。

「飛行機にいたもうひとりの難民はいっしょに来ないのですか？」

「ああ、その人を出迎《でむか》える女の人と話をしましたよ。別の組織の人でした。難民はアメリカ全土にふり分けられるんです。後援者がいるところにね。その人は別の目的地に飛ぶはずです。確か、テキサス州と言っていたな。ご親戚《しんせき》ですか？　受け入れ先を調べてみましょうか」

「知らない人です」マトゥは答えた。「ほかの場所に行くとは知りませんでした。どこに行こうと関係ありません。親切にありがとうございました」

ヴィクターはここに来るために人を殺した。

だが、結局ここに来ることはできなかったのだ。

◆

アフリカ人の母親はスライドドアの端《はし》に手を触《ふ》れ、車をのぞきこんでから、心配そうに空港のほうをふり返った。父親は唇《くちびる》をなめ、足もとに視線《しせん》を落とした。マトゥは歩道のふちで体のバランスを取っている。

いっしょに来るのが怖《こわ》いんだ、とジャレッドは思った。

うちの家族を怖がるなんて、不思議だ。

現実的な母さんは、難民《なんみん》たちのためらいをちがったふうに解釈《かいしゃく》した。

「出発前にお手洗《てあら》いに寄りましょうか？」

セレスティーヌ・アマボは重大な決心をしたようだった。その決心とは、たぶん、母さんを信じることだった。そもそも最初に飛行機に乗るのに、どれだけ強く未来を信じなければいけなかったことだろう。自分たちの住んでいた大陸をはなれ、これまで知っていたことすべてと別れるのだから。

「いえ、だいじょうぶです」

セレスティーヌは母さんにそう告げると、車に乗りこんだ。アンドレがよろめきながら、あとに続いた。ふたりは父さんと母さんのすぐうしろの二列目にすわった。続けてマトゥが箱に気を配りながら、ジュースのパックについているストローのように体を曲げて乗りこみ、一番うしろの、ドアから遠い席にちぢこまるようにすわった。教会の車に乗っているところを人に見られたくないかのように。

アレイク（どう発音したらいいか、まだ誰《だれ》にもわからない）はまだ歩道にいた。両親はアレイクが無事に乗ったか見とどけもしなければ、乗る気があるのか確かめもしない。モプシーがアレイクを押《お》しこみ、三列目の窓《まど》ぎわの、マトゥの前の席にすわらせ、自分はジャレッドの前にすわった。

アフリカ人たちの顔の骨格《こっかく》は、それぞれまったくちがっていた。アンドレとセレスティーヌの顔は幅《はば》が広く、がっしりしているのに対し、アレイクの顔は細く骨張《ほねば》っている。マトゥはまるで、石膏《せっこう》のかわりに黒檀《こくたん》で作った古代ギリシャの神の彫刻《ちょうこく》のようだ。

父さんが暖房《だんぼう》を強くした。一月のわりに暖《あたた》かく、気温は七度以上ある。だが赤道近くに住んでいれば、三十度くらいの温度に慣れているだろう。もっと暑いのかもしれない。

　ワンボックスカーは十二人乗りだったので、教会ではほとんど役に立たなかった。最も人数の少ない子どもグループでも三十人いたからだ。だが今日は室内が広々としている。アマボ家の四人とフィンチ家の四人だけだ。教会のほかの委員たちは誰《だれ》も来なかった。余った場所はスーツケースでいっぱいになると思われていた。

　難民《なんみん》が荷物を持ってくるだろうとは、なんてアメリカ人的な発想なんだろう、とジャレッドは思った。そしてマトゥにたずねた。

「その箱、何が入ってるの？」

◆

　モプシーは喜んでいた。やっぱり女の子が来た。

　年上だから、いっしょに中学に通えないけど、それはモプシーのせいだった。同い年の女の子が来ますように、と神さまにお願いしなかったのがいけなかった。全能の神さまなら、そういう細かいところまでわかるはずなのに、何でも説明しなくてはならないのには、いつもうんざりしてしまう。

モプシーはしげしげと女の子を見つめた。このお姉さんは、家の裏庭《うらにわ》でゾウやライオンやカバの一頭や二頭飼《か》っていたかもしれないのだ。サファリのまっただなかで暮《く》らすのはどんな感じか、早くききたくてたまらない。女の子はコーヒーにミルクを混ぜたような、きれいな色の肌《はだ》をしていた。茶色い肌の両親とも、黒い肌のお兄さんともまったくちがう。四人を見ても、家族だとは絶対わからないだろう。もっとも、モプシーとジャレッドを見ても、兄妹だとは絶対わからない。ジャレッドは骨太《ほねぶと》で髪《かみ》がこげ茶色だけど、モプシーは小柄《こがら》で金髪《きんぱつ》だ。ジャレッドの眉《まゆ》は太くていつもひそめられているけど、モプシーの眉は淡《あわ》い青い目の上で見えないくらい薄《うす》い。

モプシーは四年生になったとき、みんなに呼《よ》び名《な》ではなく本名で呼んでもらおうとしたが、協力してもらえなかった。五年生のときもだめだった。六年生になって中学に通うようになった今、またしてもマーサになろうとしていたが、あいかわらずモプシーと呼ばれている。モプシーは新しいお姉さんに話しかけた。

「アレイク、あたしの名前はマーサよ。ほかの人が何と呼ぼうと、あなたはマーサって呼んでね」

アレイクはモプシーのほうを見なかった。窓《まど》の外も見なかった。モプシーの見るかぎり、アレイクは何も見ていないようだった。

「アレイク？　聞こえてる？」

アレイクは身じろぎひとつしなかった。

モプシーは前に乗り出して、セレスティーヌの肩《かた》をとんとたたいた。

「アレイクはしゃべれるんですか？」

「言葉をなくしてしまったの」セレスティーヌはなんでもないように答えた。まるでアレイクがサングラスでもなくしたかのように。

モプシーはアレイクがかわいそうでたまらなくなった。友だちとしゃべれないくらいつらいことなんてある？

「セラピーに連れていきましょう」最前列の母さんが言った。「安全だと思えるようになったら、アレイクはまたしゃべるようになるわ」

モプシーの学校には、こういう事態に備えておおぜいの人がいる。カウンセラーや特殊《とくしゅ》教育の先生、言語療法士《りょうほうし》、音楽療法士、手話通訳《つうやく》、個別指導教師がいて、専門医《せんもんい》への紹介《しょうかい》もしてくれる。

母さんが父さんに大声で道案内を始めた。父さんは母さんのすべてを愛していたが、運転中に道案内をする癖《くせ》だけは気に入らなかったから、もちろん決して言うことを聞かず、もちろん母さんの案内が正しかったから、父さんは空港の出口を通りすぎた。ジャレッドがため息をつき、モプシーはくすくす笑い、母さんは「ドルーったら」と言い、父さんは「カーラ、おれに任せてくれ」と言い返し、みんなで同じところをもう一周するはめになった。

頭にかぶっていた美しい布を車の天井《てんじょう》に押《お》しつぶされたセレスティーヌは、そのかぶりものをはずした。セレスティーヌの髪は複雑に編みこまれ、ビーズで飾られ、みごとだった。一家でブッシュに逃《に》げこんで以来そのままのようなアレイクの髪とは大ちがいだ。でも、髪をきれいにしたくない人など、いるだろうか。もしかしたら、アレイクは髪がはずかしくて、しゃべらないのかもしれない。

モプシーは、あたしはあなたの友だちよ、と伝えるために、アレイクの手をぎゅっとにぎったが、アレイクはにぎり返してこなかった。モプシーは最前列に向かって呼《よ》びかけた。

「ねえ、お母さん。アレイクは十五歳《さい》だけど、あたしといっしょに六年生に行ったほうがいいと思うの。あたしの隣《となり》にすわっていれば、しゃべらないですむでしょ？　あたしの友だちは優《やさ》しいけど、ジャレッドは友だちなんかいないし、いても意地悪だし」

「なんだと？」ジャレッドが口をはさんだ。

「モプシーの考え、とてもいいわね」母さんが言った。

「マーサよ」モプシーは訂正《ていせい》した。

マトゥがジャレッドに話しかけた。

「モプシーというのは？　モップは、床《ゆか》の掃除《そうじ》に使うものではないのか？」

ジャレッドがげらげら笑った。

「本当はモプシーって呼《よ》ぶつもりじゃなかったのよ」母さんが説明した。「なんとなくそうなったの。『モペット』という言葉から来たんじゃないかしら。布でできたお人形さんの意味よ」

「『マペット』にも似てるよな」ジャレッドが続けた。「パペットとモペットを足して二で割《わ》ったような、『セサミストリート』（アメリカの子ども向けテレビ番組）に出てくるやつ」

「みなさんは『セサミストリート』に住んでいるんですか？」マトゥがたずねた。「ゴマ《セサミ》を栽《さい》培《ばい》しているんですか？」

車の中は静まり返った。アメリカ人一家は、アフリカ人たちがどれだけのことを知らないか、だんだんわかってきた。

父さんはゴマの話を無視《むし》した。

「やっとケネディ空港から出られたよ。出口の車線を何回も見落としたから、たいへんだったがね。これでもう高速道路に乗ったから、家に帰れるぞ」

母さんは四人のお客に満面の美しい笑みを向けた。

「みなさん、ついに着いたんですよ。本当に、無事に、ここまで来られたんですよ！」

セレスティーヌの顔を涙《なみだ》がつたい落ちた。アンドレは奥《おく》さんに優《やさ》しく微笑《ほほえ》み、その涙をぬぐった。手がないから、手ではなく、その中に隠《かく》れた腕先《うでさき》を使って。モプシーは、切断された跡《あと》を見たいような見たくないような気がした。

「シートベルトをしめて」

母さんがみんなに注意した。

セレスティーヌが手を伸《の》ばして、アンドレのシートベルトをしめてあげた。モプシーは恐《おそ》ろしいことを思いついた。アンドレの手が切り落とされたのなら、もしかしたらアレイクの舌《した》も……。

それ以上は考えないことにした。

アレイクの両手が、まるでひざの上に縫《ぬ》いつけられているようだったので、モプシーはかわりにシートベルトをしめてあげた。白い人が身を乗り出してきてバックルを留めても、アレイクは反応しない。あたしがアレイクを守ってあげる、とモプシーは思った。アレイクが楽になれるように、あたしが助けてあげる。モプシーはアレイクのシナモン色の手を取り、自分の手に巻《ま》きつけた。

セレスティーヌが誇《ほこ》らしげに言った。

「シートベルトをしめるのは、これで三回目です」

モプシーとジャレッドは、めずらしく顔を見合わせた。ふたりとも飛行機に乗るたびに、客室乗務員が時間をかけてシートベルトの左右の合わせ方を説明するのにうんざりしていた。シートベルトのしめ方なんて、誰《だれ》だって知っているのに。

それはまちがいだった。

◆

マトゥは、ジャレッドが箱についてたずねたのが聞こえていないようだった。

「もうみなさんの家は近いのですか?」

イギリスの図書館を思わせる声だ。その声を聞いて、マラソンランナーのような体とかっこいい顔を見たら、一週間もしないうちに高校の女子全員がマトゥに夢中になるんじゃないか、とジャレッドは思った。

「いや。これから三時間かかる。飛行機が着いたのはニューヨーク州だけど、ぼくたちは実際にはコネティカット州に住んでいるんだ」ジャレッドは答えた。

マトゥはその言葉を慎重《しんちょう》にくり返した。

「実際にはコネティカット州に住んでいるんだ」

マトゥの英語は明瞭《めいりょう》で正確だった。セレスティーヌのにごったなまりとは対照的だ。息子《むすこ》のしゃべり方が両親とまったくちがうのは奇妙《きみょう》だった。しゃべらない女の子は、モプシーを寄せつけないように窓《まど》にもたれかかり、寝《ね》たふりをしている。そう思ったあと、ジャレッドは女の子がどれほど長時間の旅をしてきたか思い出した。寝たふりではない。疲《つか》れきって本当に眠《ねむ》っているのだ。

母さんはセレスティーヌにアルバムづくりの楽しさを力説していた。

「何もかも記録に残しておきたいんです。だって、みなさんがいらっしゃるのを、教会のみんなはとっても楽しみにしているんですから。もちろん一冊《さつ》差し上げます。そうしたら、あとになって見られるでしょう？　初めての日の様子や、みんながどんな服を着てたかとかね。その写真をみんなに見せて、先にアメリカに来たお友だちや、アフリカに残してきたお友だちに送ることもできるんですよ」

「恐《おそ》れ入《い》りますが」アンドレが口を開いた。「わたしたちはまた教会の一員にしていただけるのを感謝しています。しかし写真はいけません」

車の中は暑くなっていた。アンドレは体をよじってパーカーを脱《ぬ》いだ。ジャレッドはアンドレの腕先《うでさき》のひとつを見た。切断された跡《あと》を見るのは初めてだ。でこぼこの瘢痕《はんこん》のある切断部が、アンドレの身にふりかかった暴力《ぼうりょく》をまざまざと見せつけている。

母さんは、自分とは異《こと》なる意見を受けつけないたちだった。

「携帯《けいたい》電話を買いましょう。それで写真を送ることもできるんですよ」

「電話は使ったことがありません」セレスティーヌが言った。

モプシーとジャレッドはまた顔を見合わせた。電話を使ったことがない人が、この地球に存《そん》在《ざい》していたなんて。

母さんは説明しようと、さっと自分の携帯電話を取り出した。四人のアフリカ人のうち、三人が覚えようと身を乗り出した。しゃべらない娘《むすめ》は、言うまでもなく、電話に興味がなかった。ジャレッドは自分の携帯を取り出し、母さんの説明がわかるように、マトゥに見せた。それから最前列の母さんに電話をかけた。座席《ざせき》を二列はさんでしゃべる母さんとジャレッドを見て、三人のアフリカ人はどっと笑い声をあげた。

ジャレッドは携帯のカメラでマトゥの写真を撮《と》った。マトゥは携帯の小さい画面に写った自分を見て、うれしそうに笑った。

「この写真を携帯で送信できるんだ」ジャレッドは説明した。「見たいときにいつでも開けるし、パソコンに転送すればプリントもできるし、世界じゅうの誰《だれ》にでも送ることができる」

マトゥの笑顔が消えた。

「送ることができる？」その言葉がマトゥを不安にさせるようだった。「その写真を完全に消すことはできる？」

「もちろん」

ジャレッドは写真を削除《さくじょ》した。マトゥはまだ不安そうにしている。ジャレッドは携帯電話をたたんで、ポケットにしまった。ようやくマトゥは安心したようだった。

写真そのものは怖《こわ》くないんだな、とジャレッドは思った。写真が残っていることが、いやなんだ。

まさかな。やっぱりテレビの見すぎか。

◆

明るくはしゃぐアメリカ人の女の子を見て、アレイクは、肌《はだ》の色はちがうが、自分の妹を思い出した。このアメリカ人たちのような色の肌の人は、ほとんど見たことがない。だが、どんな色の肌の人も、あまり重要ではなかった。アレイクにとって意味があるのは、夢だけだった。

長い間、アレイクの眠《ねむ》りはガーゼのように薄《うす》く、アレイクを何ものからも守ってくれなかった。そのもろい眠りの網《あみ》の中に、その夢はあった。いつも同じ夢。アレイクは車の窓《まど》に頭をもたせかけて眠った。モプシーが六年生の話をしたせいか、夢のできごとはいつもより早くから始まった。それが起こったとき、アレイクも六年生だったからだ。

夢の中で、アレイクは笑い声を聞いた。アレイクのいた集落には、二十九人の親戚《しんせき》と、その使用人たちが暮《く》らしていた。いろんな友人が泊《と》まりにきたし、親を亡《な》くした子どもたちもいた。あの日は、笑い声をあげるほど、みんなが幸せだったのだろうか？

あの日、アレイクと妹はまだ学校に出かけていなかった。どうしてかはわからない。両親はとても教育熱心で、子どもたちの遅刻《ちこく》や欠席を許さなかった。もしかしたら両親は何か悪いことが起こると勘《かん》づいていたのかもしれない。逃《に》げる準備をしていたのに、それがおそすぎたのかもしれない。でもそれなら、どうしてふたりは笑っていたのだろう？

アレイクの夢を、大きな声がつんざいた。

「ほら見て！」アメリカ人の母親だった。「左側を見て！　あれがニューヨークの摩天楼群《まてんろうぐん》よ！」

アレイクは目を覚ました。だが、窓《まど》の外は見なかった。もう何かを見ることなどできなくなっていた。

◆

マトゥは窓の外を見た。

ニューヨークはすばらしく美しかった。まっ青な空に、摩天楼のシルエットが映《は》える。だが、そこはとても遠かった。車は走り続けた。ニューヨークはあっというまに見えなくなった。

マトゥは自動車の往来を見たことはあった。だがこの道路には、この世に存在《そんざい》すると思っていた以上に多くの乗用車やトラックが走っている。恐《おそ》ろしいスピードでこっちに向かってくるから、何度も衝突《しょうとつ》が起きるのではないかと思った。そのうち、この車と対向車の間にコンクリートの塀《へい》が立っていることに気づいた。それに道路には側壁《そくへき》があるので、車は勝手に道をはなれられない。ニューヨークにもどるにはどのくらい歩く必要があるか、マトゥは推測《すいそく》しようとした。まだ歩いている人は目にしていない。歩道もなかった。

この恐ろしい旅の間じゅう、男の子と女の子の質問攻《ぜ》めにあった。マトゥは、返事をしないですむアレイクをうらやんだ。

「過去のことを話すのはつらいんだ」マトゥはくり返した。

アメリカ人の少年が学校の話をしてくれた。

マトゥは仕事をさがすつもりでいた。長時間の飛行の間、セレスティーヌと交互《こうご》に読んだ手引書にそう指示されていた。仕事は最優先課題《さいゆうせん》だから、すぐに確保しなければならない。そうでないと、アメリカ人の敬意を失ってしまうのだ。マトゥは自分にどんな仕事ができるのか見当がつかなかったし、暮《く》らしぶりも想像できなかった。どんな建物に住み、どんな食べ物を食べることになるのか。働かないで学校に行かせてもらえるなど、考えたこともなかった。ジャレッドの話は夢のようだった。本や勉強、先生やコンピューター、スポーツや友だち、食べ物や遊び。ジャレッドの使っていた古いノートパソコンが、マトゥのものになるという。

マトゥはコンピューターがどんなものだか知っていたが、触《さわ》ったことはなかった。ノートが何かはわかるが、それがパソコンとどう関係があるのかはわからなかった。マトゥはなるべく質問しないようにしていた。答えを聞けば、誘惑《ゆうわく》に負けてしまうかもしれない。ほかに果たすべき任務があるから、誘惑されるわけにはいかない。それでも聞いてしまった。

「ノートパソコンというのは何？」

マトゥはジャレッドの説明をうっとりと聞いた。自分が、そのノートパソコンを所有できるのだ。アメリカ人の少年は、びっくりするような寝室《しんしつ》についても話してくれた。そこには自分たちだけのテレビがあり、映画《えいが》や音楽も楽しめる。マトゥは学校や寝室のことをもっとたずねないではいられなかった。

パトカーが一台、サイレンを鳴らし、ライトをまわしながら走りすぎた。ジャレッドは気に留めてもいない。武装《ぶそう》した人間にこんなに無頓着《むとんちゃく》でいられるなんて、マトゥには信じられなかった。そしてパトカーに追いかけられている人が殺されませんように、と祈《いの》った。

車の旅は長々と続き、小さな女の子はつぎつぎと質問をくり出し、アンドレとセレスティーヌが答えていた。

アメリカ人の父親であるドルーが、咳《せき》ばらいをした。

「ええ、みなさんは自分たちで暮《く》らすつもりだったと思いますし、ぼくらもそのつもりでしたが、うまく調整がつきませんでした。ですから、最初の数週間は、わが家でいっしょに暮らすことになります」

アメリカ人の母親であるカーラが、満面の笑みを浮《う》かべた。これがいつもの態度のようだった。

「セレスティーヌとアンドレには、ふたりだけの寝室とバスルームがあるんですよ。マトゥはジャレッドの部屋とバスルームをいっしょに使ってね。アレイクはモプシーといっしょね。みんなでいっしょにお料理して、いっしょに暮らしていく方法をさぐっていきましょう。きっと、こうなってよかったと思えるようになるわ。おたがいのことをよく知りあえますものね」

マトゥは、おたがいのことをよく知りあえなくてすむように祈った。

車は塀《へい》に囲まれたりっぱな道路をはなれ、ついにアメリカそのものの、家や店がならび、人がいる場所に入っていった。葉を落とした木々が無数に立ちならんでいる。きれいな石垣《いしがき》がいくつもあったが、何かを囲いこんでいるわけではなく、何の役にも立っていないように見えた。どの道も舗装《ほそう》されていた。どの家もこわれたところがなかった。

マトゥはニューヨークにもどれるように、道順を覚えようとしていた。だが車はたびたび道を曲がり、信号で何回も止まり、坂をいくつも上り、小さな橋を何度もわたっていく。マトゥは思った。ここなら誰《だれ》にも見つからない。

四人とも面接を受けていなかったが、難民支援《なんみんしえん》組織の人たちが面接の最後に必ず言う言葉は、誰もが知っていた。「アメリカに行けば、安全です」

そんなことは誰も本気にしなかったが、信じているふりはしていた。そういう役割《やくわり》を求められていたからだ。

だが今、マトゥは考えていた。もしかしたら、本当なのだろうか？

アメリカで、自分は安全でいられるのだろうか？

4 プロスペクト・ヒル

モプシーは家に着くのが待ちきれなかった。これからは、おおぜいの人が家に出入りすることになる。キャセロール料理やデザートを持ってきたり、アマボ家の人が出かける用事があるたびに車で送《おく》り迎《むか》えしたりするのだ。アンドレに手がなく、アレイクが言葉を話さないなど、想定外のことについて話し合いもおこなわれるだろう。

父さんの運転する車はようやくプロスペクト・ヒルの坂を上り始めた。あまりにも勾配《こうばい》がきつく、頂上《ちょうじょう》付近の風が強かったため、一六六〇年に町ができたにもかかわらず、数世紀もの間、この丘《おか》には住宅《じゅうたく》がなかった。だが、数年前に開発業者が長いスイッチバック式の道路を建設し、今では八軒《けん》のりっぱな家が建っている。車庫は広く、家からはロングアイランド湾《わん》の絶景が見晴らせる。庭には芝生《しばふ》のかわりに岩があり、アメリカシャクナゲやウルシが生えている。アフリカ人たちにウルシの毒について教えてあげなきゃ、とモプシーは思った。

いくつもの電柱に、貼《は》り紙《がみ》がしてあった。「アマボ家のみなさん、ようこそ！　大歓迎《だいかんげい》！」

セレスティーヌとアンドレは、貼り紙を一枚《まい》ずつ声に出して読んだ。ふたりがびっくりしているのを見て、モプシーはうれしかった。モプシーがとりわけ喜んだのは、家の私道《しどう》や庭いっぱいにつめかけた友だちや教会の人たちに混じって、地元のテレビ局が来ていたことだ。テレビに映《うつ》ると何でも価値《かち》が出るし、人にほめてもらえるのはものすごくうれしい。

だが、アンドレが声をあげた。

「だめだ！　写真はいけません。これでは車から出られない」

モプシーはがっかりした。アンドレの言うとおりだ。テレビは大喜びでアンドレの切断された腕《うで》を大写しするに決まっている。同情していると見せかけながら、実はアンドレの苦しみをネタにして楽しむのだ。

牧師のニッカーソン先生がかけよってきた。とてもいい人で、説教が短いところを、父さんは気に入っている。またランナーでもあるから、いつもどこかの歩道を走っているのに出会う。モプシーは車のスライドドアを開けて、大声で呼《よ》んだ。

「ニッカーソン先生、こんにちは！」

アフリカ人たちは、病気をうつされるとでも思っているように、いっせいに奥側《おくがわ》の窓《まど》に体を押《お》しつけた。

「ピート、カメラはだめなんですよ」父さんが言った。「文化のちがいということかどうかわからないが」

牧師は打ちのめされたような顔をした。微笑《ほほえ》みは消え、顔にしわが寄っている。

モプシーは思い出した。この同じテレビ局が、地元のふたつの新聞社とともに、ブレイディ・ウォールの盗《ぬす》みをこぞって取り上げたのだ。そして、既成《きせい》宗教ではどこでも聖職者が幼《おさな》い少年に触《さわ》ったり、執事《しつじ》が寄付金を盗んだりしている、とさかんに報道した。かわいそうなニッカーソン先生。今回のことは、教会が必要とする、いい宣伝《せんでん》になったはずなのに。

牧師はすごすごと群衆《ぐんしゅう》の中にもどっていき、カメラ撮影《さつえい》はこのお客さんたちの宗教的、部族的習慣を侮辱《ぶじょく》するとして、配慮《はいりょ》あるみなさんのお引き取りを願った。

カメラを持つ人に配慮ある人などいないが、誰《だれ》もが自分を配慮ある人間だと思いたがる。とうとうテレビ局の人たちはあきらめて帰っていった。めったにほかの人の言うとおりにしない、レーンさんのおばさんまでいなくなった。

アマボ一家は車の中にすわったまま、手で（アンドレはそでで）顔をおおっていた。

何も気づいていない、アレイクは別として。

テキサスに向かう飛行機の中で、乗客のひとりが席の変更《へんこう》を願い出た。彼《かれ》は移動するとき、五人目の難民《なんみん》と目をあわさなかった。彼は、二十三Bにすわっている男の様子がおかしいと、客室乗務員に知らせようかと迷った。だが、フライトがおくれるだけだと思いなおした。

◆

◆

まずはバスルームよ、と母さんが言った。母さんがセレスティーヌとアンドレをふたりのバスルームに案内し、ジャレッドはマトゥを、モプシーはアレイクを、それぞれ自分のバスルームに連れていくことになった。こんなに長い旅をしてきたのだから、みんな体が汚《よご》れているはずだった。シャワーを浴びたら、それぞれバスローブを借りて着るように。その間、母さんは洗濯機《せんたくき》でみんなの服を洗《あら》う。誰《だれ》も着替《きが》えを持っていないのだから。

ジャレッドは階段《かいだん》をかけ上がり、そのあとをマトゥが、ふたつの箱を水平に保ちながら、慎《しん》重《ちょう》に上っていった。

「その箱、どこに置こうか?」ジャレッドはきいた。

マトゥはこれから暮《く》らす部屋を見るのに夢中で、返事をしなかった。

アフリカではこの広さの部屋に十家族が寝《ね》るのかもしれない、とジャレッドは思った。そういうことはあまり考えたくなかった。

「そのベッド、使って」

ジャレッドは、ふだんテーブルがわりにしているほうのベッドを指さした。ベッドに載《の》っていた物はかたづけられ、洗い立てのシーツがかかっていた。フランネルのシーツで、ジャレッドはきらいだが、母さんは冬は暖《あたた》かくて気持ちいいと思っている。

マトゥは箱を持ったままでいた。

「中に何が入ってるの?」ジャレッドはもう一度たずねた。

「祖父母の遺灰《いはい》」

ジャレッドは驚《おどろ》いて言葉が出なかった。ジャレッドの祖父母は四人とも元気で、冬は温暖《おんだん》なアリゾナ州ですごすから、今ごろテニスかゴルフをしているはずだ。その大好きな祖父母が、へなへなの小さな紙箱に入ったところを想像するのは耐《た》えがたい。

ジャレッドの部屋の屋根窓《やねまど》の内側には、すわれるくらい幅広《はばひろ》い窓台《まどだい》があり、いつかまた使うかもしれない物を置いておく場所になっていた。ジャレッドはそれらの物を床《ゆか》にどけると、手のひらで窓台《まどだい》のほこりをぬぐった。暑がりのジャレッドは、この窓をいつも少しだけ開けている。冷たい風がすっと窓台を越《こ》えて入ってきた。気持ちがいい。ジャレッドは窓をもう少し開けた。

昼間は湾《わん》をのぞむ絶景が見晴らせるが、ジャレッドは景色に興味がない。気に入っているのは、崖《がけ》だった。小さいころは友だちと捜索《そうさく》救助ごっこをして、その崖を登りおりしたものだったが、少し大きくなると、道路でサッカーをするようになった。今ではまわりのみんなは運転免許《めんきょ》を持つようになり（ジャレッドだけは、運転できるほど大人《おとな》になっていないと両親に思われているため、免許を持っていない。だが、なぜか難民《なんみん》を受け入れられるくらいには大人になっている）、誰《だれ》もボール遊びをしなくなった。

マトゥは箱を窓台に置くと、腕《うで》を曲《ま》げ伸《の》ばしした。

この箱を二日間か三日間、ずっと持ったままだったのだろう。ジャレッドはシャワーのお湯を出し、マトゥに温度を上げ下げするやり方を教え、体を洗《あら》うタオルとバスタオルをわたし、カウンターにバスローブを無造作《むぞうさ》に置くと、バスルームを出た。マトゥがシャワーや水洗《すいせん》トイレやポンプ式プラスチックボトル入りの液体せっけんに慣れているかどうかはわからない。だが、祖父母の遺灰《いはい》を持って、内戦とふたつの大陸と入国審査《しんさ》をくぐり抜《ぬ》けてきたやつなら、シャワーくらいどうにかできるだろう。

◆

モプシーはアレイクの背中《せなか》のまんなかあたりを軽く押《お》しながら、二階に連れていった。押すのをやめると、アレイクはすぐに立ち止まってしまう。ゆっくり進むしかなかった。

モプシーの部屋はピンクと白でフリルがいっぱいついていたが、バスルームは黄色が基調で、黄色いタオルが置かれ、黄色と白のしましまのシャワーカーテンがかかり、幼稚園《ようちえん》のときに指で描《か》いた黄色と緑の絵が飾《かざ》られている。モプシーは、ピンクの厚いじゅうたんが敷《し》いてある自分の部屋から、白いタイルを敷きつめたバスルームに、アレイクを引っぱり入れた。アレイクはバスルームで何をするのか、わかっているそぶりを見せなかった。

モプシーは自分の服を脱《ぬ》いで、アレイクもまねしてくれるように願ったが、そうならなかったので、そっとアレイクのTシャツを引っぱった。アレイクは両腕《りょううで》を上げた。アレイクが初めて自分の意思で動いたのを見て、モプシーはうれしくなった。

それ以上は何も起こらなかった。

バスルームのシャワー室は四角い小部屋で、透明《とうめい》なスライドドアがついている。モプシーはシャワーのお湯を出し、温度を確かめ、中に入り、せっけんで体を洗い、お湯で泡《あわ》を流すと、外に出た。そして大きな黄色いバスタオルにくるまった。それから、まだ服を全部脱《ぬ》いでいないアレイクをシャワーの下に押《お》しこむと、ドアを閉《し》めた。

アレイクのプライバシーに配慮《はいりょ》して、モプシーは自分の部屋にもどった。シャワーを浴びるときには、アレイクも裸《はだか》になるだろう。しばらくしてからモプシーはまたバスルームに行ってみた。シャワーのお湯は出しっぱなしだったが、服は全部床《ゆか》に置いてあり、アレイクはマットの上で滴《しずく》をしたたらせていた。モプシーと同じようにバスタオルにくるまっている。清潔《せいけつ》でくつろいで見えた。モプシーが勝手にそう思っただけかもしれないが。

モプシーはお湯を止めると、バスローブのそでを持ってアレイクに着せてあげた。丈《たけ》が短すぎたが、少なくともふわふわして温かい。モプシーは腰《こし》のひもを結んであげ、くたっとしたウサギちゃんスリッパをはかせると、一階までアレイクを引っぱっておりた。

モプシーはずっと「アレイク」と発音していた。女の子の名前を、アフリカ人の家族はまだ誰《だれ》も呼《よ》んでいないことに、モプシーは気づいた。

◆

台所では、カウンターのスツールにふたり、カントリースタイルのテーブルのまわりに八人すわれる。ジャレッドは教会の女性たちが持ってきたごちそうを満足げに見わたした。これだけあれば戦争中の籠城《ろうじょう》にも、十代の男子にもじゅうぶんだ。

台所は家の裏側《うらがわ》にあるため、景色は何もなく、日がしずむと外はまっ暗闇《くらやみ》だった。

「夜は外から見えないようにしなくては」セレスティーヌはあわてたように言った。

「だいじょうぶ」母さんが答えた。「外には何もありませんよ」

「外にはいつも何かあるんです」セレスティーヌが言いつのった。

この人たちは、何よりも犯罪を好むアメリカのテレビニュースを見たのにちがいない。それでセレスティーヌは、アメリカの家の裏庭には殺人者がいるものと思いこんでいるのだろう。

「アフリカではそうでしょうけど」母さんが微笑《ほほえ》んだ。「このあたりはまったく安全ですよ。わたしは暗闇が大好きなの」

アフリカ人たちは、とんでもないと思ったようだった。誰も夕食のテーブルにつこうとしない。こんな暗闇に見つめられていては、食べるどころか、息もできないようだ。

どんなときにも解決策《かいけつさく》を見い出す母さんは、シーツを取ってきて、すべての窓《まど》をおおって画鋲《がびょう》で留めた。

アンドレは父さんのバスローブにくるまっていた。薄《うす》いグレーのパイル地のもので、そでの長さは肘《ひじ》までだった。アンドレの腕《うで》の恐《おそ》ろしい切断部がよく見える。腫《は》れて光沢《こうたく》があり、あばた状の跡《あと》がついている。アンドレは腕先《うでさき》を人に見られても気にしていないようだった。アメリカでは、体に見苦しい部分があれば、それが出っ歯であろうがあざであろうが、隠《かく》すか治すかするものだと知らないのだろう。

「感謝祭みたい」モプシーがうれしそうに言った。「でも感謝祭には山盛《やまも》りのライスなんかないけど。誰《だれ》が持ってきたのかな。本当はマッシュポテトがなくちゃ。そっちのほうがおいしいの」

モプシーは、自分のライフスタイルや炭水化物の好みを誰かれかまわず押《お》しつける、将来のレームおばさんのようにつけくわえた。

父さんが食前のお祈《いの》りをするために頭を下げた。

ジャレッドはお祈りのときには目をつぶらない。目をつぶると、体のバランスが取れなくなる。それに、自分で決めている限度を超《こ》えることにもなる。お祈りを聞くのはいいが、自分では祈らないことにしているのだ。アレイクも目をつぶらなかったが、もともと何も見ていないから、どうでもよかった。

「神さま、わたしたちの新しい友人たちが、無事に到着《とうちゃく》したことに感謝します」

ジャレッドにはそうとは思えなかった。アレイクは心も体も無事ではなさそうに見える。

父さんは言葉を切り、ほかに何に感謝しようか知恵《ちえ》をふりしぼっているようだった。ジャレッドが驚《おどろ》いたことに、アンドレがお祈りを続けた。

「天の神さま、この家で安全にいられることに感謝します。すばらしいごちそうを食卓《しょくたく》に用意してくださったことに感謝します。神さまはわたしたちを祝福してくださいました」

アンドレは、フォークどころか自分の指を使って食べることもできない。そのアンドレが、自分のことを祝福されていると思っているのか？

「イエスさま」セレスティーヌが続けた。「わたしたちを助けてくださったドルー・フィンチとカーラ・フィンチ、ジャレッドとマーサ、そして教会の牧師さまに感謝します」

またしばらく間があった。まるでみんなが、ほかにも誰か（たとえばジャレッド）が祈るのを待っているかのように。それはみんなの思いちがいだ。結局、父さんがしめくくった。

「アーメン」

「マーサっていう名前を覚えていてくれてありがとう」モプシーが言った。

「おまえはモプシーでいいんだよ」ジャレッドはまぜかえした。「大人《おとな》の女性しか、マーサとは呼《よ》んでもらえないんだ」

「けんかはやめなさい」母さんが言った。

セレスティーヌは、アンドレが子ども椅子《いす》にすわる小さい子であるかのように、ライスをスプーンで口まで運んであげていた。ライスがひと粒《つぶ》、口もとにくっついたときには、赤ちゃんにするように、スプーンで取ってあげた。バスルームでは、どう助けてあげているんだろう。アンドレはトイレットペーパーも使えなければ、歯も磨《みが》けない。そう思って、ジャレッドは身ぶるいした。

父さんがにらみつけてきた。

ジャレッドは肩《かた》をすくめた。身ぶるい以外に、どう反応すればいいわけ？

アンドレは左右で長さのちがう腕先《うでさき》を前に伸《の》ばし、水の入ったコップをつかみ、傾《かたむ》けて飲んだ。だが半分くらいこぼれてしまった。

「とにかく、最初にしなくてはいけないのは……」

母さんの有無を言わせない口ぶりを聞くと、ジャレッドはいつもよそに引《ひ》っ越《こ》したくなる。こういうときの母さんには、否応《いやおう》なしにしたがうしかない。

「アンドレ、あなたに義手をつけることです。明日の朝、イェール・ニューヘイヴン病院に電話するわ」

母さんは新たに熱中するものを見つけたわけだ。成人向けデイサービスを立ち上げたときも、百万時間くらいかけて軌道《きどう》に乗せた。今度は百万時間かけて、アンドレの腕先に金属の鉤爪《かぎづめ》をつけるのにちがいない。夕食のテーブルで、手のない人と向かい合わせにすわるよりひどいのは、鉤爪をつけた人と向かい合わせにすわることくらいだろう。

アレイクはただそこにすわっているだけだった。ポケットに黄色いアヒルちゃんのアップリケがついた、モプシーの古いフリースのバスローブを着ている。空腹《くうふく》のはずなのに、何も食べない。そしてセレスティーヌはアンドレには食べさせているのに、アレイクに食べさせようとは思ってもいないようだった。

モプシーがまた質問を始めた。

「マトゥは少年兵だったの？」

マトゥのフォークからライスが転がり落ちた。

「もちろんちがう。そんな質問をしてほしくないな。少年兵は大人《おとな》の兵士よりずっと凶暴《きょうぼう》なんだ」

「どうして？」

「わからない。たぶんお母さんやお父さんや、おばさんやおじさん、おばあさんやおじいさんとすごす時間が足りなくて、何がいいことなのか教わらなかったんだ。でもお願いだから、もう質問はやめてくれないか。ぼくは前を見て生きるためにここに来たんだから」

マトゥは「ぼくたちは」と言うべきなんじゃないか、とジャレッドは思った。

「セレスティーヌ、アレイクは学校に行っていたの？」モプシーがきいた。

「わたしはミッションスクールに六年間通いましたよ。アンドレは九年間」セレスティーヌが答えた。

おかしいな、とジャレッドは思った。セレスティーヌはモプシーの質問に答えなかったし、カーク・クリックとはちがう通学年数を言った。

おれは何をやってるんだろう？　ジャレッドは自問した。この四人のしっぽをつかもうとしているのか？

アレイクの空《から》っぽの皿に誰《だれ》も気づいていないようなので、ジャレッドは、セレスティーヌが自分とアンドレのために選んだのと同じ、ライスとチキンをよそってあげた。それからフォークをアレイクに持たせようとしたが、アレイクの手はひざに置かれたままだった。

モプシーが食べ物を口に入れたまきいた。

「マトゥ、そういえばあの箱には何が入っているの？」

「祖父母の遺灰《いはい》」

母さんが息をのんだ。

「セレスティーヌ、あなたのご両親ですか？　それともアンドレ、あなたの？」

長い間があり、誰もが食べるのをやめた。かんたんそうな質問なのに。

「わたしの両親です」ついにアンドレが答えた。

「どうして亡《な》くなったの？」モプシーがたずねた。

「ライスが冷めてしまいますよ」セレスティーヌが言った。「チキンもね」

過去のことは話したくないんだ、とジャレッドは思った。実は、過去のことを知らないんじゃないのか？

モプシーがやっとアレイクに気づいた。おそすぎるくらいだ。おれはこれ以上、面倒《めんどう》を見ないからな、とジャレッドは思った。自分の部屋にマトゥとその死んだ祖父母がいるだけでじゅうぶんだ。

「アレイク、ライスは好きじゃないの？」モプシーがきいた。「ほかの物を持ってきてあげられるけど。アイスクリームはどう？　あたし、気分がよくないときは、おっきなボウルにアイスクリームをいっぱい入れて食べるの。外にちょっと出しておくと、やわらかくって食べやすくなるのよ」

こういう言葉を聞くと、ジャレッドは一年早く家を出て大学に行ってしまいたくなる。なぜモプシーはいつも三歳児《さいじ》のようにしゃべるんだ？　なぜ自分を高めようと努力しない？　モプシーは毎学期末、通信簿《つうしんぼ》に「年齢《ねんれい》のわりに幼《おさな》い」と書かれ、続くどの学期でも進歩を見せなかった。

「ミントチョコレートチップがいい？　それともモカマーブル？」モプシーがきいた。

アレイクは黙《だま》っていた。

するとモプシーは、ジャレッドが予想もしなかった判断力を見せた。

「アレイクとあたしで、別の部屋で食べてもいいでしょう？」

そう言うと、アレイクの皿を持って、アレイクの手を取り、台所の横にあるせまいテレビ部屋に連れていった。そこは小さなソファと古いテレビが置いてある部屋で、家族と別のテレビ番組を見たいが、おやつから遠い寝室《しんしつ》には行きたくないときにだけ使われている。

玄関《げんかん》のベルが鳴った。

セレスティーヌが椅子《いす》をうしろに押《お》しやった。アンドレは逃《に》げださんばかりの勢いで立ち上がった。マトゥの大きな目はますます大きくなった。

「だいじょうぶ」母さんが言った。「玄関のベルが鳴っただけですよ」

アンドレとセレスティーヌはよけいにおびえたようだった。まったく、誰《だれ》が来ると思ってるんだろう？　玄関のドアが開いた。寝《ね》る時間になるまで、ジャレッドの両親はたいてい鍵《かぎ》を開けっぱなしにしておくのだ。

「こんばんは」ニッカーソン先生が大声をあげた。

「ピート、どうぞ入ってください！」

ニッカーソン先生がはずむように入ってきた。年季の入ったランニングウェアを着て、全然牧師に見えない。プロスペクト・ヒルをかけ上がるのが大好きで、しょっちゅうこのへんを走っている。だから今も息切れしていない。

「みなさん、どうしていらっしゃいますか」

みなさん(牧師が難民《なんみん》たちのことを言っているのだとしたら)は、穴《あな》をうがたれた風船のように椅子の上でしぼんでいた。

牧師はいちばん近くにいた難民に手を差し出した。それはたまたまアンドレだった。

「牧師のピート・ニッカーソンです。みなさんを迎《むか》えることができ、たいへんうれしく思っています」

そのとき、牧師はアンドレの腕先《うでさき》を見た。

◆

モプシーは台所を抜《ぬ》け出《だ》せてほっとした。アンドレに手がないのが耐《た》えられない。モプシーはこれまで、教会の日曜学校で教わったとおり、心から神さまを愛していた。でも、神さまはアンドレの手が切り落とされる前に、どうして天国からおりてきて、止めさせなかったの？

そんなこともできないなんて、神さまはほかに何をしていたの？

そんなにおいそがしいんですか？　モプシーは神さまにたずねた。

モプシーはせまいテレビ部屋のドアを閉《し》め、アレイクが外の暗闇《くらやみ》に気づいているといけないから、ブラインドを下げた。それからアレイクを古いソファにそっとすわらせた。ライスをひとさじすくって、アレイクの顔の前に持っていく。アレイクはスプーンを自分の手に持ち、ひと粒《つぶ》食べた。

「あのね、ライスをひと粒ずつ食べる人なんて、いると思う？」

アレイクはお皿を見おろし、手に持つと、人間らしく食べた。

モプシーは満足だった。そして思い切った決断をして、アレイクのためにコカ・コーラの缶《かん》を取ってきた。コカ・コーラは世界じゅうで売られているから、もしかしたらアレイクはロゴに気づいて、安心するかもしれない。モプシーはプルトップを引っぱり、シュワシュワいっている缶をアレイクに手わたした。アレイクはひと口すすり、飲みこみ、身ぶるいし、またひと口飲んだ。

明日の朝、アレイクを学校に連れていこう、とモプシーは思った。

入学以来ずっと、モプシーは通信簿《つうしんぼ》の最後に「年齢《ねんれい》のわりに幼《おさな》い」と書かれてきた。八歳《さい》のときは五歳のようだと言われ、十一歳になると八歳のようだと言われた。昨年《さくねん》は実際にカウンセラーと話をさせられた。モプシーは自尊心《じそんしん》を傷《きず》つけられた。これまで勝手な行動をしたり、口答えをしたりしたことは一度もない。ほかの子をいじめたり、宿題をさぼったり、テストで落第点を取ったりしたこともない。あたしのどこがいけないの？

モプシーはアレイクの手を取った。アレイクの指は長くて優雅《ゆうが》で美しかった。二色に分かれた手に、モプシーは見入った。温かな褐《かっしょく》色の甲と、柔《やわ》らかな淡《たんしょく》色の手のひら。

モプシーはアレイクをどうやって六年生のクラスに紹介《しょうかい》するか考えた。アレイクがまたしゃべったり笑ったりできるように、アメリカ人になれるように、あたしが助けてあげよう。

◆

ニッカーソン先生は、アンドレの腕先《うでさき》に手がないのを知ったショックから立ちなおり、アンドレにだいじょうぶですからと言われると、モプシーの椅子《いす》に倒《たお》れこんだ。母さんが料理を勧《すす》めた。

「いや、けっこうです、カーラ、ありがとう。食欲《しょくよく》がなくなってしまってね」

アンドレが唇《くちびる》をかんだ。

「失礼しました！　アンドレ、あなたのことではありません。食欲がなくなったのは、教会で問題が起きたせいで……」

牧師はそれ以上説明しなかった。

これまで教会関係の話し合いにはいっさい関わってこなかったジャレッドは、口を開いた。

「父さんたち、居間で話してきたら？　ぼくがアマボさんたちについてるから」

両親と牧師はジャレッドの提案を受け入れ、台所を出ていった。ジャレッドは教会の問題が悪化していないことを願った。一度は助けてあげてもいいが、二度やりたいかはわからない。

「ジャレッド、わたしたちも教会の一員になります。どんな問題が起きたのか、教えてくれますか？」アンドレがきいた。

「みんなが信じていた人が、お金を全部盗《ぬす》んだんです」

「ああ」アンドレが言った。「信じられるのは神さまだけです」

「あなたが神さまを信じるなんて、あり得ないじゃないですか」ジャレッドは怒《おこ》ったように言った。「だって、こんなひどい目にあわされたのに」

「あなたは神さまと人間を混同している」アンドレが答えた。

ジャレッドはデザートを食べているときに神さまの話などしたくなかった。テーブルの上にパイをふたつ、ケーキをひとつ、ライスクリスピー・トリートの皿をひとつ、一・九リットル入りのアイスクリームをふたパック、どんと置いた。

「それは？」セレスティーヌがアイスクリームを指さした。

「神さまからの贈《おく》り物《もの》。絶対気に入りますよ」

◆

五人目の難民《なんみん》は、七十四歳《さい》の女性ボランティアに出迎えられた。女性ボランティアは彼《かれ》を、スーダンから来たふたりの若者《わかもの》といっしょに住む予定のせまいアパートに、車で送ることになっていた。女性ボランティアは難民援助《えんじょ》の仕事を楽しんでいた。おしゃべりが大好きだったし、これまで出会ったアフリカ人は全員英語を話したからだ。だが、この難民はふつうではなかった。はげしい怒《いか》りを抱《かか》えているようだった。おしゃべりをしたがらない。この難民がおしゃべりするところは想像できなかった。

女性ボランティアはもう少しで難民の要求どおり、ニューヨークにもどるチケットを買いそうになった。

そうするかわりに、タクシー代をはらい、難民とふたりきりにならないようにした。

それからスーダンの若者たちに電話し、もうすぐルームメイトが到着《とうちゃく》すると知らせた。

その難民のことが怖《こわ》いと言いそうになったが、偏見《へんけん》はいけないと思いなおした。

◆

ジャレッドはいつもなかなか眠《ねむ》る態勢にならない。いつだってあと一時間テレビを見ることができた。だがマトゥはすわったまま眠ってしまっている。ジャレッドはマトゥの肩《かた》をゆすり、ふたりでゆっくり二階に上がった。

バスルームで、マトゥが自分の新しい歯ブラシを見て、まるでモプシーのようにほめたてたため、ジャレッドはがまんできなくなって一階にかけおりた。両親が台所であとかたづけをしていた。

「ニッカーソン先生、何だって？」ジャレッドはきいた。

「ブレイディを殺してやりたいらしい。みんな、やつを殺してやりたいと思ってるよ。しかし、それは通常の教会活動とはいえないな」

ジャレッドは声をたてて笑った。

「難民《なんみん》の人たちはどうしてる？」

「セレスティーヌとアンドレは部屋をとても気に入ってたわ。とくにブラインドがおりるのと、バスルームに常夜灯《じょうやとう》があるのがよかったみたい。でも……」母さんははっきりしない口調で続けた（母さんはいつだってはっきりしているのに）。「すぐにドアを閉《し》めて眠ってしまったの。子どもたちの様子を確認《かくにん》しにいかないのよ」

母さんは二回確認するような親だった。三回のこともある。

「内戦を生《い》き延《の》びさせて、アメリカに連れてこられたんだ」父さんが指摘《してき》した。「相当な確認をしてるよ。あの子たちは寝《ね》かしつける必要がないのかもな。ああいうところだと早く成長するんだろう。十五や十六といったら、もう大人《おとな》なのかもしれない」

だがジャレッドは別の可能性を考えていた。

セレスティーヌとアンドレは親らしくふるまっていない。

だから、本当に親ではないのかもしれない。

もしかしたら、アレイクとマトゥは、セレスティーヌとアンドレの子どもではないのかもしれない。

5　学校とスーパー

ジャレッドは目覚めたとき、腹《はら》が減《へ》って死にそうだった。台所に行くと、四人のアフリカ人がすでに朝食の席に着いていた。アレイクはオレンジジュースにもシリアルにも手をつけずにすわっている。ジャレッドはアフリカ人の目でシリアルを見てみようとしたが、うまくいかなかった。そこでアレイクの顔の前で、ジャムドーナツをふってみせた。

「ジャレッド、押《お》しつけはだめよ」母さんが言った。

押しつけないで、アレイクに何かをさせる方法があるっていうのか。

マトゥは、ならんでいるベーグルやシナモンレーズントースト、ブルーベリーマフィンやアップルマフィン、プレーンシリアルやシュガーシリアルをじっくり見た。そしてどれもひとつずつ取ると、本当に腹が減って死にそうな勢いで食べた。

ジャレッドは宿題を全然やっていなかった。空港に行くのは一日がかりだったし、そもそも難民《なんみん》を受け入れると知ってショックを受けている間、何もできなかった。難民というりっぱな理由があれば、学校はもちろん休みを認《みと》めてくれるはずだ。ジャレッドはゆっくり楽しく朝ご飯を食べてから、テレビをちょっと見ようと思った。

モプシーは学校を休むなんて考えられないたぐいの人間だった。いまだに先生たちのことが大好きなのだ。そんな状態は、ジャレッドは二年生のときに卒業していた。いや、一年生のときかもしれない。考えてみると、幼稚園《ようちえん》の先生もそんなに好きじゃなかった。

モプシーは宣言《せんげん》した。

「アレイクは今日、あたしといっしょに学校に行くからね」

「でも学校に行ってどうする？」マトゥがきいた。「ただ黙《だま》ってすわっていたら、先生が怒《おこ》らないだろうか」

「いいえ、先生方はアレイクが居心地よくすごせるようにしようとするわ」母さんが、まるでアレイクがホスピスで死にかけているかのように言った。「それからテストをするでしょうね」

口がきけず、目も見えない人に、どうやってテストを受けさせるのか知りたいものだ、とジャレッドは思ったが、黙っていた。

「アレイクはモプシーといっしょにいるのがうれしいみたいだし」母さんが言う。

アレイクには「うれしい」も「うれしくない」もないだろ、とジャレッドは思った。アレイクはただそこにいるだけだ。

「家にいてもつまらないでしょうからね」母さんが続けた。

ジャレッドは思わず天井《てんじょう》を仰《あお》いだ。アレイクに「つまらない」なんて感覚があるのか？意識がなければ、すべてつまらないだろう。

モプシーは予想どおり、手をたたいてアレイクのまわりをおどりまわった。アレイクはそれに気づいていない。昨日《きのう》と同じ黄色いズボンと色あせた綿のTシャツを着ている。母さんが洗《あら》ってアイロンをかけておいたのだ。

「もっとちゃんとした服を着なきゃ」モプシーが言った。「これじゃあ、かわいくないし、おしゃれじゃないもん」

「わたしのクローゼットをあさっていいわ。身長は同じくらいでしょ」母さんが言った。

「お母さんの服はおばさんっぽいもん。初めて学校に行く日は大事なんだから。アフリカから来た人でもね。ううん、アフリカから来たら、よけい大事かも。だから、すてきに見えないと」

「アレイクはすてき以上よ。とっても美しいわ」母さんが言った。

アメリカ人の親ならここで相づちを打つところだろう。必ずほめる、というのがアメリカ人のルールなのだ。だがアンドレとセレスティーヌは黙《だま》っていた。

「ぼくたちも学校に行くのか？」マトゥがジャレッドにたずねた。それからそっと祈《いの》るようにささやいた。「行けたらどんなにいいだろう」

わかったよ、行けばいいんだろ。ジャレッドは不機嫌《ふきげん》な顔をしながら、マトゥのためにまともな服を選んだ。ジャレッドはゆるめのかっこうが好きだったので、背《せ》が十センチくらい高い人にあう服はかんたんに見つかった。マトゥには、みんなとまったく同じかっこうをさせたかった。ほとんど白人ばかりの学校でアフリカ人がどう受け入れられるか、実は少し心配だったのだ。いじめる相手をいつもさがしてまわっているやつらの顔が何人も思い浮《う》かぶ。イギリス英語も助けにはなるが、服があっていれば圧倒的《あっとうてき》に有利になるだろう。

モプシーはアレイクのみすぼらしい服を、こぎれいなライムグリーンのセーターとぱりっとした黒のパンツに変えさせた。アレイクは餓死《がし》しそうなくらい細かったので、服はアレイクが中にいないかのようにたれ下がった。母さんがアレイクに「いってらっしゃい」のキスをしたとき、アレイクは風が吹《ふ》いたのと同じくらいにしか気に留めなかった。だが母さんがマトゥの頬《ほお》にキスしたとき、マトゥは一歩あとずさって、母さんをぽかんと見つめた。

母さんはくすくす笑った。

「学校ですてきな第一日をすごしてきてね」

母さんは学校の第一日がすてきになると実際に信じているような人間だった。

「わたしはご両親を連れて、服や靴《くつ》やバッグを買いにいってくるわね」

母さんはバッグへの思い入れが強く、服にあわせていつも持ちかえていた。だがそれ以上に愛情を注いでいるのは靴《くつ》だ。靴専用《せんよう》のクローゼットまである。

マトゥはジャレッドの母さんにキスされた頬《ほお》に手をやった。ちょっと喜んでいるようだった。だが、ジャレッドの思いちがいかもしれない。ジャレッドは外に出た。マトゥがいっしょに出てきて、いきなり漫画《まんが》の登場人物のように体を固まらせた。視線《しせん》を左右にさっと走らせ、アメリカツガの木々の間をうかがっている。ジャレッドはもう少しで、何だよ、林の中に人食いライオンでもいると思ってるのか、と言いそうになったが、自分を抑《おさ》え、モプシーがどうしているか見ようとふり返った。モプシーにとって、相当きつい一日になるだろう。しゃべらないし、鉛筆《えんぴつ》も持とうとしないような、アフリカからきた女の子をみんなに紹介《しょうかい》しなければならないのだ。

モプシーは文字通り、アレイクをドアの外へ引っぱり出していた。アレイクを連れていかずにすんでよかった、とジャレッドは思った。女の子をむりやり押《お》しながら登校したら、逮捕《たいほ》されるかもしれない。

セレスティーヌとアンドレは、「いってらっしゃい」とも「がんばって」とも言わず、子どもたちを抱《だ》きしめることもなかった。だからジャレッドの推測《すいそく》は正しくて、このふたりはマトゥとアレイクの親ではないのだろう。それとも、親だけど、子どもたちを好きではないのだろう。それとも、アフリカ人の家族はアメリカ人の家族と全然ちがうのだろう。

まだ朝早く、冷えこんでいたが、斜《なな》めから来る日差しは強かった。アレイクはまぶしい光から顔を背《そむ》け、目を細めた。つらそうで、おびえていて、疲《つか》れきっているようだった。服に体の線が出ていないので、女の子か男の子か、十歳《さい》か二十歳か、知らない人にはきっとわからない。

〈誰《だれ》だかまったくわからない〉

ジャレッドの高校（九年生から十二年生までの四年制）でも、モプシーの中学（六年生から八年生までの三年制）でも、携帯《けいたい》電話の持ちこみは禁止されていた。それでもジャレッドはいつも携帯を忍《しの》ばせていき、廊下《ろうか》や昼食をとるカフェテリアや机《つくえ》の下で使っていた。だがモプシーはもちろん規則を守るから、決して携帯を持っていかない。ジャレッドはかけもどり、台所の充電器《じゅうでんき》からモプシーの携帯を取ると、追いかけていって手わたした。

「電源《でんげん》入れとけよ。必要なときは電話くれ。先生たちがうるさいこと言ってきたら、アレイクがいるから、いつでも連絡《れんらく》が取れるようにしておかないといけないって言えよ」

モプシーは喜んだ。そしてその携帯電話が何かの印であるかのように、誇《ほこ》らしげに受け取ると、リュックの外側の携帯用ポケットにしまった。

アレイクの視線が携帯電話のほうに漂《ただよ》っていった。

◆

テキサス州オースティン市で、スーダンから来たふたりの若者《わかもの》が、一晩《ばん》じゅう眠《ねむ》らずに横になっていた。ふたりはたがいに話をしなかった。その必要はなかった。

やがて五人目の難民《なんみん》が、いくつもの時間帯を横切って長い旅を続けてきた者に特有の、昏睡《こんすい》状態のような深い眠りに落ちた。

夜明けに、ふたりの若者はアパートを抜《ぬ》け出《だ》し、ヴィクターを置き去りにした。安全なところまで来ると、ルーク（アフリカ人のキリスト教徒には聖書から取った名前が多い）の携帯《けいたい》電話から、難民支援《しえん》協議会に留守番メッセージを残した。

「アメリカに来たのは、あの男のような人から逃《のが》れるためでした。これから、ほかに住むところをさがします。どこに行ったか、あの男に言わないでください。この電話番号を教えないでくださいどこで働いているか、言わないでください」

◆

モプシーは六年生の教室の一番前に、アレイクをトーテムポールのように立たせた。

「アレイクです」モプシーは紹介《しょうかい》した。「きれいな名前でしょ？　前に、うちの教会で難民を支援することになったって話をしたけど、アレイクはその難民のひとりです。予定とちがって、難民たちはうちに住むことになりました。アレイクはあたしのルームメイトです。でも、知らなかったことがありました。アレイクは戦争で人が死ぬのを見て、ショックで言葉が話せなくなってしまいました。だから、話しかけることはできるけど、アレイクは返事ができません。アレイク、こっちに来て。隣《となり》にすわってね」

モプシーがアレイクのことをすらすらと紹介したため、先生たちまでがその説明に納得《なっとく》した。授業はアレイクのいる場所でおこなわれたが、アレイクを参加させようとする人はいなかった。アレイクは話さないだけでなく、まわりの六年生にも、校庭にも、モプシーが見せようとした教科書にも目をくれなかった。

「人間じゃないみたい。椅子《いす》にすわってる人形みたいじゃない？」クイニーがささやいてきた。

「シーッ！　アレイクは英語がしゃべれるの」

「どうしてわかるの？」

モプシーは顔をしかめた。本当に、どうしてわかるんだろう？

「ほかの人たちが英語をしゃべるから」

言《い》い訳《わけ》のように答えたとき、なんだか背筋《せすじ》がぞくっとした。モプシーは「アレイクのお母さんとお父さんとお兄さんが英語をしゃべるから」とは言わなかった。「ほかの人たち」と言ったのだ。

なぜなら、四人のアフリカ人はちっとも家族らしくないから。

実のところ、モプシーにアレイクの名前の発音がわからないのは、ほかの三人がその名前を口にしないからだった。名前はとても重要なのに。アレイク・アマボは、自分の家族の中でも、名前を失ってしまっているのだろうか。

三時間目にカウンセラーがアレイクをテストするために連れていこうとしたが、アレイクが動かなかったため、モプシーが先に行き、アレイクの手を取って引っぱった。

「野良犬が、散歩についていく『つけ』の訓練をしてるみたいじゃん」

男の子のひとりが言うと、数人が笑った。

モプシーは同級生がこんな意地悪を言うとは思っていなかった。あの男の子と笑った子たちのことをどうしたらいいだろう。アレイクに意味が通じていないことを願った。

カウンセラーの部屋で、アレイクは答えをマークするために鉛筆《えんぴつ》を持とうとせず、質問も聞こえていないようだった。コンピューター画面も見ないので、かんたんな視覚《しかく》テストもできなかった。

「わたしの手には負《お》えないわ」カウンセラーが言った。「まず聴覚《ちょうかく》テストをしたほうがいいわね。お医者さんにはいつ行くことになっているの？」

校長先生と保健室の先生がやってきた。

「モプシー、いきなり学校に連れてくるのはいかんね」校長先生は怒《おこ》っていた。「アレイクが予防接種を受けたことを証明する書類が必要なんだよ」

モプシーは難民援助《なんみんえんじょ》協会からもらった書類を見せた。

保健室の先生はいい印象を持たなかったようだ。

「これはコピーでしょ？　日付がないし、名前もないじゃないの。こんなんじゃだめ。かかりつけのお医者さんに行って、予防接種を全部受けてもらって」

「でも、注射《ちゅうしゃ》がダブっちゃったら？」

モプシーは抗議《こうぎ》した。不必要な注射を受けるくらいつらいことはないと思ったのだ。でもそのあと、アンドレの腕《うで》のことを思い出した。

保健室の先生はそんなことは関係ないというように肩《かた》をすくめた。

モプシーはがんばった。

「アレイクは難民《なんみん》なんです。難民の定義は、書類なんか持ち出しているひまがないってことなんです。だって、逃《に》げてたから。命からがら逃げ出してきたから」

「そういう人たちは、そういうことを言うの」保健室の先生が鼻を鳴らした。「アメリカに来るためなら、どんな嘘《うそ》だって平気でつく人もいるんだから」

モプシーはこれまですべての人のことが好きだったのに、今はクラスの男の子数人に加え、保健室の先生まできらいになった。

「アレイク、気にしちゃだめよ。アレイクは嘘をついていないって、あたしにはわかるもの」

アレイクのまぶたがふるえた。強い感情がわきおこっているように、モプシーには見えた。

昼食のカフェテリアの列で、アレイクはトレイを取ろうとも、食べ物に触《ふ》れようともしなかった。そこでモプシーはふつうの人が好きな物をトレイにいっぱい載《の》せて、お気に入りのテーブルについた。みんなは場所を空《あ》けて、あいさつしてきた。それからアレイクが歓迎《かんげい》に応えないのを見てむっとした。

「わかってあげなさいよ！」モプシーは怒《おこ》った。「アレイクはがんばってるんだからね」

モプシーがこんなふうに怒ったことはないので、友だちはみんな、きまり悪そうに笑って、機嫌《きげん》を直してくれた。

モプシーはアレイクの前に、お皿とフォーク、スプーン、飲み物を置いた。そして食べ物の名前を挙《あ》げながら、それがどんなにおいしいか、しゃべり続けた。モプシーの友だちは思ったことが言えないので、アフリカ人と同じ部屋で寝《ね》るという話題には触れず、テレビの話をした。昨夜《さくや》はそれぞれちがう番組を見ていたから、その内容を教えあった。

モプシーには、アレイクが目の前の食べ物をしっかり見すえているように思えた。でも、食べるかどうか決める前に、昼食の時間が終わってしまいそうだ。お手洗《てあら》いでうわさ話をしたり髪《かみ》を整えたりするのに五分、教室にゆっくりもどるのに二、三分かかるため、みんなは席を立っていく。モプシーとアレイクだけがあとに残った。

アレイクはみんなが去るのを見ていた。

モプシーは満足だった。まわりの様子を知れば、アレイクはいつか、みんなの仲間入りをしてくれるはず。

あたしがアレイクをカンペキに助けてあげるのよ、とモプシーは誇《ほこ》らしげに思った。

◆

マトゥは一時間目を生徒指導室ですごし、校長先生とふたりのカウンセラーと保健室の先生に取り囲まれていた。誰《だれ》もマトゥの提出した書類に満足していなかった。ジャレッドは、その書類が外国に移住するにはお粗末《そまつ》なことに、ようやく誰かが気づいてくれてほっとした。だが、こう言った。

「今にも殺されるってときに、予防接種の日付入りの書類を取りにいく人なんかいないじゃないですか」

マトゥがどんなに急いで逃《に》げ出《だ》したかわかるように、顔の傷跡《きずあと》を見せてやりたいくらいだった。だが、マトゥは傷跡が見えない向きにすわっていたし、ジャレッドもマトゥを見世物にはしたくなかった。――この線が見えます？　これは恐怖《きょうふ》とスピードを表してるんです。

「マトゥ、これまでいた学校のことを教えてくれませんか」校長先生がきいた。

マトゥは肩《かた》をすくめるように両手を広げた。バスケットボール選手のような手だ。ジャレッドはバスケに情熱を傾《かたむ》けていたが、うまくなかった。一瞬《いっしゅん》、マトゥが何でもうまくこなしている、つらい映像《えいぞう》が頭に浮《う》かんだ。

「四年生まで学校に通いました。それから内戦で、何年か学校に行けませんでした。そのあと、難民《なんみん》キャンプで宣教師《せんきょうし》の先生に教わりました」

「それではテストをたくさん受けてもらわないとな」カウンセラーは生徒を苦しめることができると喜んでいた。

「最初とつぎの日くらいは、ぼくと同じクラスにいられるって、マトゥに約束したんですけど」ジャレッドが言った。

話し合いの決着をつけたのは、訴《うった》えるようなマトゥの目だった。アメリカ人の目よりずっと大きく、校長先生を懐柔《かいじゅう》する効果もずっと大きかった。

ふたりはアメリカ史の授業に遅刻《ちこく》していったが、ダウリング先生はにっこり微笑《ほほえ》んだ。

「マトゥ、来てくれてうれしいわ。あなたがクラスにいれば、授業がもっとおもしろくなるでしょう。みんなとはちがう視点《してん》や経験があるからね」

マトゥは美しいイギリス英語でこう答えた。

「歓迎《かんげい》してくださってありがとうございます。喜びと敬意《けいい》を持ってこのクラスに参加します」

すごい。まあ、そう思っているのはマトゥだけだ。ダウリング先生は人気がない。ほとんどの生徒がくすくす笑ったが、テイという、みんなをどんな方向にも走らせることのできるスターターピストルのような女の子は、マトゥに微笑みかけた。

「マトゥ、うちの父はあなたのこと、すごく気に入りそうよ。だって、そういうことをわたしに言わせたくて、ずっと待っているんだもの。それにあなたの英語、すてきね。わたしたちの英語よりきれい」

テイは名字を必要としないたぐいの人だった。この町では、ことによると州全体でも、テイという名前の人はほかにいない。テイは八年生まで私立《しりつ》のカントリー・デイ・スクールに通っていたが、高校に上がる九年生からは公立に行きたいと両親を説得した。両親は娘《むすめ》の選択《せんたく》を快《こころよ》く思わず、公立高校の教育水準（ゼロだと思っていた）もまったく快く思っていなかった。ゴルフのプレーから日焼けまで、金色の髪《かみ》からラテン語の動詞活用まで、テイは学校のほかの女の子たちをはるかに越《こ》えていて、ジャレッドのような人間には手の届《とど》かない存在《そんざい》だった。

ジャレッドは余っている椅子《いす》を自分の机《つくえ》の横に持ってきて、マトゥをすわらせると、歴史の教科書を開いた。今日やる章を読んだかどうかは問題にならないだろう。

「英語は母語なんだ」

マトゥがテイに説明した。マトゥは席に着き、机の上に手をすべらせ、わくわくした様子で教科書をなでた。クラスで唯一《ゆいいつ》の黒人であることには無頓着《むとんちゃく》のようだった。むしろ当たり前なのは自分のほうで、白人の子たちのほうが自然歴史博物館のジオラマであるかのようにふるまっている。

「でも、アフリカの言葉もしゃべるんでしょう？」テイがしつこくきいた。

「家では部族の言葉を話すよ」マトゥは礼儀《れいぎ》正しく答えた。

アマボ家の人がたがいにしゃべるのを聞いたことがない、とジャレッドは気づいた。

「でもたいていは英語なんだ」マトゥが続けた。「シエラレオネは昔、イギリスの植民地だったから」

おまえはリベリアから来たはずだろ、とジャレッドは思った。カーク・クリックはそう言っていた。リベリアがイギリスの植民地だったことはない。解放されたアメリカの奴隷《どれい》がアフリカにもどってつくった国なのだ。

「誤解していたようだわ」ダウリング先生が言った。「ジャレッドのお母さんが、今朝お電話で、リベリアから来たっておっしゃったのかと思っていたの」

マトゥは一瞬《いっしゅん》、黙《だま》りこんだ。

考えているのか？　それとも、嘘《うそ》をでっちあげようとしているのか？

「内戦のため、シエラレオネからリベリアに逃《に》げなくてはなりませんでした。そこに住んでいるうちに戦況《せんきょう》が変わり、また国境を越《こ》えました。ところが安全だと思っていたその場所で戦いが始まってしまったんです。多くの悲しみと危険《きけん》があり、そのあと、どうにかナイジェリアにたどりつきました。何もかも混乱《こんらん》していました。できれば、この話はしたくないのですが」

テイは何でも話したいことを話した。

「難民《なんみん》キャンプから来る人って飢《う》え死《じ》にしかけてるもんだと思ってたけど、マトゥは元気そうでいい感じね」

テイはマトゥの気を引こうとしていただけだが、マトゥはそれに気づかず、大まじめに答えた。

「食料が配給されるんだ。おもにコメだけど。難民《なんみん》キャンプの中のほうが、難民を受け入れている国にあるより、食料が多いこともある。それで難民が食べられるのに、地元の人が食べられないと、暴動《ぼうどう》が起きるんだ」

「シエラレオネの文化とメンデ人について、ぜひとも話をしてほしいわ」ダウリング先生が言った。

マトゥの顔から表情が消えた。

シエラレオネやその文化について何も知らないんだ、とジャレッドは思った。もしかしたらシエラレオネ出身でもリベリア出身でもないんだ！　マトゥとセレスティーヌとアンドレとアレイクの四人は、同じ国の出身ですらないのかもしれない。過去のことを話せないのは、同じ過去を共有していないから。部族の言葉をしゃべれないのは、それが同じ言葉じゃないから。逃《に》げたときのことを話せないのは、いっしょに逃げていないから。四人はただの寄せ集めなんだ。逃げるために、おたがいを利用しただけ。そして今はうちの家族を利用している。

あの難民援助《なんみんえんじょ》協会の担当者《たんとうしゃ》が今度やってきたら、告発してやろう。この人たちがしたことを許してはいけない。ブレイディ・ウォールを許してはいけないのと同じだ。

モプシーはアレイクとどうしているだろう、とジャレッドは思った。神さま、モプシーを助けてください。

◆

アレイクは自分がどこにいるのか、おぼろげにわかった。

学校に来ているのだと、おぼろげにわかった。

アレイクの人生（これが人生といえるのなら）を苦しめている記憶《きおく》は、学校の記憶だった。

アレイクは学校の制服を着ていた。清潔《せいけつ》で特別な感じがするから、その制服が大好きだった。前に深いポケットがふたつついている。アレイクはポケットが大好きだった。中に宝物《たからもの》を忍《しの》ばせておける。

アレイクの集落の人はみんな、熱く照りつける太陽のもとに出ていた。どうしてなのか、アレイクにはわからなかった。みんなは、どこかに行こうとしていたのだろうか。逃げる時間があると思っていたのか。それとも、女の子たちが学校に行くのを、手をふって見送ろうとしていただけだったのか。

結局はどうでもいいことだった。

ヴィクターの兵士たちが、機関銃《きかんじゅう》でひとり残らず撃《う》ち殺《ころ》したのだ。

立っていたのはアレイクと妹だけだった。アレイクにはどうしてかわからなかった。ヴィクターにもわからなかったのだろう。ヴィクターは目的があって何かをするわけではない。できるからするだけなのだ。

アレイクは両手をポケットに入れていた。だからヴィクターは、両手を外に出していた、妹のほうを捕《つか》まえたのだろうか。

ヴィクターは、アレイクの妹に、この世で最悪の未来をあてがおうとしたのかもしれない。それは子ども兵士になることだ。それともレイプしてから殺そうとしたのだろうか。だが、妹は身をよじって逃《に》げ、アレイクのもとに飛んできて泣きさけんだ。

「助けて！　殺されたくない！」

アレイクは両手をポケットから出して、妹の体を包みこんだ。いよいよ殺される、と思いながら。怖《こわ》がっているひまはない。少なくとも死ぬときは妹を抱《だ》きしめていられる。

ところがヴィクター（もちろんそのときは名前を知らず、あとになって知った）は、少年兵たちにアレイクと妹を殺せと言わなかった。かわりに学校を包囲しろと命じた。アレイクの記《き》憶《おく》の中では、学校は家のすぐ隣《となり》にあった。本当は川を上流に向かってずいぶん歩いたところなのに。

どうやって、アレイクと妹は学校にたどりついたのだろう。

どうして、兵士たちが注意をそらしたすきに逃げなかったのだろう。どうして、ブッシュにかけこまなかったのだろう。

学校の建物は、アメリカのこの学校とはちがう。そこには日差しをさえぎる屋根があった。ベンチがならんでいる。本棚《ほんだな》がひとつある。アレイクは本を持って音読する順番が来ると、うれしくなったものだった。学校には壁《かべ》らしい壁はない。だから機関銃《きかんじゅう》が発射《はっしゃ》されたとき、ベンチにすわっていた子どもも、床《ゆか》にいた子どもも、すでに逃げ始めていた子どもも、すべて殺された。

ふたりの先生は、一斉射撃《いっせいしゃげき》を免《まぬが》れた。

残響《ざんきょう》が消え、血しぶきがおさまったとき、アレイクは妹を抱きしめ、ふたりの先生は自分たちの運命を見つめて立ちつくしていた。

ヴィクターは同じ手口の殺しにすぐ飽《あ》きる男だったのかもしれない。だから、妹を土の床のまんなかに放りだしたのかもしれない。笑い声をあげる恐《おそ》ろしい少年兵たちと、おびえて黙《だま》りこむ先生たちとの間に。

「妹に生きててほしいか？」ヴィクターがきいた。

もちろんアレイクは妹に生きていてほしかった。

ヴィクターは機関銃をアレイクに手わたした。

「先生たちを殺せ。そうすれば妹を見逃《みのが》してやる」

◆

ジャレッドは絶対に祈《いの》らないことにしているので、「神さま、モプシーを助けてください」という言葉にも意味はなかった。もし本当に神さまがいるとしたら、お祈りを真《ま》に受けて、ジャレッドが今後もその習慣を続けると期待してしまうかもしれない。もし神さまがいないとしたら、いないものに祈るようなバカにはなりたくない。

だがジャレッドは、今朝、アレイクの目が携帯《けいたい》電話に吸《す》いよせられていたのが気に入らなかった。この人たちは電話を使ったことがなく、ここに来る車の中で初めての電話体験をしたはずなのだ。だが、ジャレッドの推測《すいそく》が正しければ、アレイクは電話を使う環境《かんきょう》で育った可能性がある。携帯電話をちらっと見たのは、電話をかけたい相手がいるからかもしれない。言葉も問題なくしゃべれるのかもしれない。

神さま。ジャレッドはさっきとはちがい、その言葉を強調した。モプシーを助けてください。

ジャレッドの目の奥《おく》に小さなふるえが走った。まるでお祈りがそこに、冷たく厳然《げんぜん》ととどまっているかのように。

いや、冷たいのは、おれのほうだ、とジャレッドは思った。この人たちを告発する資格なんかない。それにこの人たちをブレイディ・ウォールと比べることはできない。この人たちは何も盗《ぬす》んでいないのだ。ちょっと嘘《うそ》をついただけ。おれだって、難民《なんみん》キャンプを出ていくためなら嘘のひとつやふたつ、いや数百くらい、つくだろう。

ジャレッドはそう気づいたことを神さまに感謝しそうになったが、自分を抑《おさ》えた。

「マトゥのことはもういいじゃん」ジャレッドはテイに言った。「質問攻《ぜ》めにしないで、授業を聞こうよ」

「オッケー、了解《りょうかい》よ」テイが投げキスしてきた。

ジャレッドはあやうく、その目に見えないキスを捕《つか》まえて、しまいこみそうになったが、すんでのところで、それじゃあモプシーみたいじゃないか、と思いとどまった。おれは絶対にモプシーのようなまねはしない。死んだほうがました。

学校の一日は飛ぶようにすぎていった。そんなことは今までなかった。いつもなら、時間はのろのろ進む。気づくと、その日最後の授業の、体育だった。

「体育っていうのはスポーツや試合のこと。あそこが体育館」ジャレッドは説明した。

マトゥは体育館を見たことがなかった。ぴかぴかの黄色い板張りの床《ゆか》や、鮮《あざ》やかな色のライン、見物席、バスケットボールネット、優勝旗《ゆうしょうき》、ロッカールーム、どれも説明が必要だった。

マトゥは何でも手でなでた。とくにぴかぴかなものに引きつけられた。

「アフリカだったら、ほこりだらけだ。いつも風が吹《ふ》いていて、いつも土ぼこりが広がる。雨季はちがうけど。そのときは泥《どろ》だらけ」

男子ロッカールームの外には公衆《こうしゅう》電話が三台あった。昔、まだ誰《だれ》も携帯《けいたい》電話を持っていなかったころに設置されたものだ。ジャレッドは公衆電話を使ったことがない。

マトゥの視線《しせん》が公衆電話に止まった。

「電話なら、家からかけたほうが安くてかんたんだよ」ジャレッドは言った。

「電話をかける相手はいない。ただ、どこにでも電話があるのに驚《おどろ》いているんだ。どのポケットにも、どの通路にも」

「ジャレッド・フィンチ！　早く来い！」体育の先生が怒鳴《どな》った。

ジャレッドとマトゥは体育用の短パンを引っぱり上げた。マトゥがサッカーを好きだと言ったうえ、アフリカ人はサッカーがじょうだん抜《ぬ》きにうまいとされているため、先生は体育を外ですることにした。今日は暖《あたた》かいぞ、六度もある、文句言うな、と言いながら。

外に出るだけの価値《かち》はあったようだ。マトゥはじょうだん抜きにうまかった。

「マトゥ、行け！」少年たちがさけんだ。「グラディエーターだ！」

だが六分後、先生はマトゥを呼《よ》び出《だ》さなければならなかった。

「これはただの試合なんだ」

そう言いながらも、先生は笑っていた。マトゥがいれば、連盟《れんめい》の試合で圧勝《あっしょう》できるだろう。

「マトゥ、おまえはまだ戦争中のようだな。だが、アメリカの郊外《こうがい》では、サッカーのゴールをめぐって殺しあわないものなんだ」

マトゥは、このアメリカ哲学《てつがく》を書きとめておこうとでも思っているように、真剣《しんけん》にうなずいた。

サイドラインの外側に、ダニエルが立っていた。この学校の数少ない黒人生徒のひとりだ。母親はコネティカット大学の教授《きょうじゅ》で、大学のあるストーズ町まで毎日はるばる運転していた。父親は皮膚科専門医《ひふかせんもんい》で、ニューヘイヴン町まで毎日はるばる運転していた。基本的に、ダニエルは両親にほとんど会えない。ダニエルが問題を起こさない子どもなのは、両親にとって幸運だった。ジャレッドは前の日にダニエルに電話しようかと考えていた。――あのさ、うちで黒人の家族を受け入れることになってさ。興味あるかと思って。特別な友だちになれるだろ。

だが、結局電話しないことにした。

ダニエルは今日は体育を見学していた。よく見学していたが、ジャレッドにはその理由がわからなかった。もっとも、気にもしていなかった。ダニエルがジャレッドのそばまでやってきて言った。

「教えてくれなかったんだね」

「知らなかったんだ。ほかのとこに住む予定だったけど、そのアパートがだめになってさ。で、うちの親がボランティアしたってわけ」

「どんなやつ？」

「さあ。礼儀《れいぎ》正しいよ。紹介《しょうかい》しようか？」

ダニエルは考えているようだった。

マトゥが自分の重荷になるのを恐《おそ》れているんだ、とジャレッドは思った。肌《はだ》の色のせいで、同じ鎖《くさり》につながれてしまうことを。

「鎖」という言葉が思い浮《う》かんだのは残念だった。ダニエルの先祖は奴隷《どれい》のはずだから。ジャレッドはその言葉を頭の中から削除《さくじょ》しようとしたが、言葉はいすわり続けた。アマボ家の四人が血で結ばれていないとしたら、書類によってたがいに鎖でつながれているのだ、とジャレッドは思った。

マトゥは自分以外の黒人に会えて、見るからに喜んでいた。小走りにかけよってくると、ダニエルに握手《あくしゅ》するために手を差し出し、目と同じくらい大きな、輝《かがや》くばかりの笑顔を向けた。

自己紹介がすむと、マトゥがきいた。

「ダニエルはサッカーをしないのか？」

「運動はきらいなんだ」

ジャレッドは声をたてて笑った。

「おまえ、なんでいつも体育をさぼれるわけ？『きらい』じゃ言《い》い訳《わけ》になんないだろ」

「仮病《けびょう》を使うんだよ。今日は風邪《かぜ》で咳《せき》が出てるふり」

「それでどうしてサッカーをやらなくてすむんだよ？」

「ぼくはどの競技も下手だから、サイドラインの外側のポジションにいると、体育の先生が喜ぶんだ」

ジャレッドはまた笑った。

「何がおかしいの？」マトゥがきいた。

「ぼくがだよ」ダニエルが微笑《ほほえ》んだ。「ところでさ、マトゥ、うちの親はかなりの外食好きなんだけどね。きみの家族は魚、好き？　通りの先にすごくいいシーフードレストランがあるんだ」

マトゥにはダニエルが何を言っているのかわからなかった。

「いっしょにレストランに食べにいかないかって、おまえの家族を誘《さそ》ってるんだよ」ジャレッドが解説した。

マトゥはうろたえているようだった。その原因をジャレッドはいくらでも思いつける。アンドレに手がないこと。アレイクがしゃべらないこと。家族らしい一体感があまりないこと。自分たちの出身国がわかっていないこと……。

「もう少したってからのほうがいいかもね」ダニエルが言った。「ご家族がみんな落ち着いてからにしようか」

マトゥは明らかにほっとしていた。

ジャレッドはほっとできなかった。「落ち着く」っていうのは、「居着く」って意味？　このままずっとウチにいるって意味なのか？

◆

アンドレもセレスティーヌも、子どもたちに学校の初日の様子を聞かなかった。母さんはそのことに気づかなかった。

「みんな、車に乗って！　ストップアンドショップに買い出しに行くわよ」

「おれは行かない」ジャレッドは言った。「宿題があるから」

「だめよ」母さんが言った。「向こうの家族ひとりに対して、こっちもひとり必要なの。お父さんがまだ仕事から帰ってこないから、すでにひとり足りないのよ」

ジャレッドは食料品の買い出しが大きらいだった。マトゥを学校に連れていっただけでじゅうぶんじゃないか。

「逃《に》げようったってだめよ。文句言うなら、ヴァレリーおばさんの家に行きなさい」

これは相当なおどしだった。ヴァレリーおばさんは株式仲買人《かぶしきなかがいにん》の仕事を辞《や》め、ニューヨーク州北西部にあるおんぼろの農場を買った。毎年、湖水効果《こうか》で雪がどかどかふる場所だ。おばさんは今、リャマを育てている。おばさんの家に行くということは、悪天候の中で糞尿《ふんにょう》をかき集めることを意味する。

ジャレッドは笑うしかなかった。

巨大《きょだい》なスーパー、ストップアンドショップで、セレスティーヌとアンドレは金属の檻《おり》に車輪をつけたような、カートと呼《よ》ばれるものに魅了《みりょう》された。ふたりでカートを一台取ると、マトゥも一台ほしがり、モプシーまでがアレイクのために一台引っぱり出した。アレイクはモプシーのほうを見ることなく、ましてやカートのハンドルをにぎることもなかった。モプシーは気にしなかった。食料品を買うのが大好きなのだ。通路をぴょんぴょん行ったり来たりして、まるで電池で動くおぞましいおもちゃのようだ。早く電池が切れればいいと思っても、決して切れない。結局、ジャレッドはカートの行列とともに歩くはめになった。

行列は野菜エリアに入った。ジャレッドは青物には必要最小限の興味しかないので、ろくに見もしなかった。だがアマボ一家はぴたりと立ち止まった。セレスティーヌが小声であっとさけんだ。マトゥがジャレッドにささやいた。

「これ全部、本物？」

「ジャガイモは二種類いるわね」母さんが言った。「ゆでてマッシュポテトにするのに向いているのと、オーブンで焼いてベークドポテトにするアイダホ産ね。それからサラダにはレタス、キュウリ、トマト、セロリ、ラディッシュがいるわ。もちろん果物もね。どれがよさそうかしら」

アフリカ人たちは、山積みされたり、箱や袋《ふくろ》に入ったりしている、つやつやで清潔《せいけつ》で霧吹《きりふ》きされた完璧《かんぺき》な食材に見入った。

体育館であちこちに触《ふ》れていたマトゥは、今度は野菜に触れずにはいられなかった。アンドレは知っている野菜の名前をすべて声に出して歌い、知らないものの名前をたずねたため、母さんとふたりでちょっとした合唱隊になった。

アンドレ「あれは？」

母さん「カリフラワーよ」

アンドレ「ああ、カリフラワー！」

ジャレッドは何度も死にそうになったが、誰《だれ》も見てはいなかった。誰もが自分の買い物リストや不機嫌《ふきげん》な子どもで手いっぱいだったし、おそらく同じくらいカリフラワーに夢中なのだろう。母さんは何年も買い物をしている慣れた手つきで、食料品をどんどん自分のカートに放りこんでいく。セレスティーヌがささやいた。

「あの、トウガラシは？」

母さんにとって香辛料《こうしんりょう》は塩を意味していたから、これまでトウガラシを買ったことはなかった。だが確かにそこに、サラダに入れる太ったピーマンとは別に、トウガラシがならんでいる。

「どうぞ選んで」母さんは言った。

セレスティーヌはなかなか手を触れることができなかった。

「お金がありません。これはとっても高い」

「教会で食料代も集めたんですよ。このバッグには、実はあなたたちのお金も入っているの。レジまで行ったら、あなたにはらっていただくつもりよ」

母さんは白い封筒《ふうとう》を取り出し、中に入っている厚い札束《さつたば》を見せた。

だがセレスティーヌは、そろいの店の上着を着た人々をじっとながめていた。

「ここで働いている人たちです」ジャレッドが説明した。

「まあ！　わたしもここで働けますか？」

セレスティーヌは母さんにきいた。なるべく期待しないようにしている口ぶりだった。

「あなたには街道沿《かいどうぞ》いのホテルの仕事を見つけたんですよ。でも、そのうちにここの面接を受けにきてもいいわね。さあ、続けましょう。日が暮《く》れてしまうわ。つぎはパンよ！」

母さんはビンゴの数字を読みあげる人のように、大声をあげた。パンにはうるさいモプシーは、まっさきに選ぼうとパン売り場に向かった。マトゥも一刻《いっこく》も早くパンを見ようと、急いで角を曲がっていく。缶詰《かんづめ》の山を倒《たお》さないといいけど、とジャレッドは思った。そんなはずかしいことが起きたら、ひとりで先に車にもどって待っていよう。

アレイクが果物の通路に取り残された。アレイクの家族は誰《だれ》ひとり気づいていない。モプシーまで忘《わす》れているようだった。

細長い褐色《かっしょく》の指をふるわせながら、アレイクはつやつやした赤いリンゴの山に手を伸《の》ばした。てっぺんにあったリンゴをつかむ。そのリンゴをシャツの下に隠《かく》した。

「アレイク、食べたいものは何でも選んでいいよ」ジャレッドは声をかけた。「でも、買わないといけないんだ」アレイクの手首をそっと引っぱると、リンゴが現れた。「アメリカでは、お金をはらわないでリンゴを取るのはよくないことなんだ」

アレイクはうなずいた。

おれの言ったことがわかるんだ、とジャレッドは思った。

アレイクはリンゴを胸《むね》の前にかかげ持った。

「レジに着いたら、アメリカのお金を教えてあげるから。な?」

そのあと一時間近くスーパーにいたが、アレイクが大切なリンゴを持った手を下げることは一度もなかった。

6　郊外《こうがい》の日々

教会に行くのがおくれたのは、アマボ一家ではなく、父さんの準備ができていなかったせいだった。

「われわれの教会ではなく、ニューヘイヴン町にある姉妹教会に行きませんか。あそこの会衆《かいしゅう》はほとんどが黒人だ。きっととても喜んで歓迎《かんげい》してくれるにちがいない。みなさんも、まわりに白人しかいなくて、うんざりしているでしょう」

セレスティーヌとアンドレは、ジャレッド以上にこの提案に驚《おどろ》いていた。

「いいえ、とんでもない」セレスティーヌが答えた。「わたしたちを受け入れ、食費もはらってくださっている教会に行きます。今はそこが、わたしたちの教会ですから」

「お父さん、いつもの教会に行きたくないから、理屈《りくつ》をつけてるだけでしょ?」モプシーが言った。

「信じていた人にお金を盗《ぬす》まれたのは、とても悲しいことです」セレスティーヌが言った。「信頼《しんらい》を裏切《うらぎ》られるほうが、お金を盗まれるより、もっとつらいでしょう」

父さんが自分の教会に行きたくないほど落ちこんでいたとは、妹に指摘《してき》されるまで、ジャレッドは気づかなかった。しかもアフリカの難民《なんみん》に指摘されるまで、それがお金の問題ではないことにも気づかなかった。

セレスティーヌはあの豪華《ごうか》なかぶりものをして、あの強烈《きょうれつ》な色合いの布を体に巻《ま》いていた。モプシーはアレイクに、母さんが派手《はで》だからと言って着たことのない、ショッキングピンクのパンツスーツを着せていた。髪《かみ》にさえ気づかなければ、有名なファッションショーのステージからおりてきたように見える。だが、髪に気づかないわけにはいかない。

マトゥは父さんのスーツを着たがった。ズボンのすそから足首が十センチくらい、上着のそでからは手首が十センチくらいはみ出してしまう。だがマトゥはちっとも気にしなかった。アンドレは寄付された服の山からジャケットを選び出し、そでの先から手が出ていなくても、かまわないようだった。

教会では全員で最前列にすわった。席はうしろからうまるので、おくれると前にすわらなくてはならない。友だちや近所の人をじっくり見るのは楽しいが、見られたくはないものなのだ。ジャレッドは前の席にすわるのがきらいだった。

それでも今日は讃美歌《さんびか》の当たり日で、三曲とも歌いがいがあった。いつもこうとはかぎらない。礼拝《れいはい》の中で、讃美歌が最悪だという日もある。礼拝のはじまりは、「御前《みまえ》に集《つど》うわれらに祝福をたれたまえ」という、ふつうは感謝祭のときに歌う讃美歌だった。アマボ一家が来てくれたことを感謝するためだとニッカーソン先生は説明した。

アンドレの歌声は朗々《ろうろう》としたすばらしいテナーだった。みんなが注目した。誰《だれ》だろう。ぜひとも聖歌隊に勧誘《かんゆう》しよう、と。アンドレが讃美歌を、それもこの讃美歌を知っているなんて、しかも古風な難《むずか》しい歌詞《かし》をすらすら読めるなんて、驚《おどろ》きだ。

おれはどこまで人種差別者なんだろう、とジャレッドは思った。難民《なんみん》はほんのちょっとしか字が読めないと思いこんでいたのだから。

ジャレッドは説教に耳を傾《かたむ》けた。めずらしいことだった。ふだんはだいたい、いつか所有するだろう車のことや、ダウンロードするつもりの曲のことなどをぼんやり考えている。

ニッカーソン先生は「善《よ》きサマリア人」の話に出てくる「宿屋」という言葉をくり返していた。善きサマリア人は、傷《きず》ついた見知らぬ人を宿屋に連れていく。そして自分はほかに行くところがあり、会わないといけない人もいるので、宿屋にお金をはらって傷ついた男の世話をたのみ、旅を続けるのだ。難民を語るのにうってつけの話だった。

「教会であるわたしたちはお金をはらっています」牧師は説明した。「そして、フィンチ家が宿屋になってくれているのです」
宿屋の主人は自分の寝室《しんしつ》を分けあわなくてもよかったにちがいない、とジャレッドは思った。宿屋の主人はきっと別棟《べつむね》で寝《ね》たんだ。

ニッカーソン先生はブレイディ・ウォールの盗《ぬす》みには触《ふ》れなかった。かわりに信徒向けの会報に報告を載《の》せていた。ジャレッドは読まなくてはいけないもの以外は決して読まないので、教会でただひとり説教をちゃんと聞いていた。ほかの人は、新たにわいた金銭的《きんせんてき》および法律的《ほうりつてき》な大問題について読みこんでいる。礼拝の最後に、牧師は歓迎《かんげい》するような温かい声で、セレスティーヌとアンドレ、マトゥとアレイクに立ってもらい、信徒たちに紹介《しょうかい》した。誰がアフリカから来たのか、一目瞭然《いちもくりょうぜん》だろうに。

礼拝のあと、特別にコーヒータイムがあり、アフリカ人たちが一列に立って、みんなとあいさつを交わすことになった。その列の主要人物が握手《あくしゅ》をしないため、また有能だとされる大人《おとな》たちがみんなブレイディ・ウォール問題を話しあっていたため、ジャレッドが、アンドレと熱心に握手を求める最初の人との間に割《わ》って入った。

「アフリカではお辞儀《じぎ》するんです」

ジャレッドは見本を見せた。アンドレはジャレッドにとりわけ優《やさ》しい笑顔を向けると、目の前のアメリカ人一家にお辞儀をした。一家はそろってくすくす笑いながらお辞儀を返した。

◆

日曜日の正餐《せいさん》のために母さんが選んだレストランには、奥行《おくゆ》きのある暗いボックス席があった。ジャレッドはもともとボックス席が好きだが、今日はとくにそこにすわりたかった。そうすれば、セレスティーヌがアンドレに食べさせているところを人に見られないですむ。

「すばらしい礼拝《れいはい》でした」セレスティーヌが言った。「神さまのお言葉を毎週聞くのを楽しみにしています」

「神さまはよくしてくださる」アンドレも言った。

ジャレッドは黙《だま》っていられなかった。

「アンドレは手を切り落とされたんですよね？　最悪じゃないですか。なのに、神さまはよくしてくれるって？　いい神さまなら、そんなことさせないはずです」

「これは神さまのせいではない」

「でも、神さまは介入《かいにゅう》して止めるべきだったんだ」

アンドレは微笑《ほほえ》んだ。

「神さまにお会いできたらよかったな」

モプシーが身を乗り出した。

「アンドレは、実際に神さまに会った人を知ってるんですか？」

「心の中では、みんな神さまに会っています。神さまのおかげで、わたしは何もかも失っても、前に進むことができた」

「でもどっちみち前に進んでたはずでしょ？　子どもたちのために」

モプシーはアメリカ人的な確信でそう言った。

アンドレはとまどった顔つきをした。

本当は子どもがいないんだ、とジャレッドは思った。

マトゥは大判のメニューを傾《かたむ》けた。

「飲み物だけで、このページの上から下まで全部うまっている」

この人たちに得意なことがひとつあるとすれば、それは話題を変えることだ。

「そのとおり」ジャレッドは声をあげた。「コーヒーのバリエーションが十種類、コーラが三種類……」

「そのくらい読めるよ」マトゥが怒《おこ》ったように言った。

モプシーがくすくす笑った。

「ジャレッドってうるさいでしょ？　同じ部屋で暮《く》らしていてどう？　難民《なんみん》キャンプのほうが

よかったと思わない？」

マトゥはモプシーに微笑《ほほえ》みかけた。

「難民《なんみん》キャンプがいいことは絶対ない。それにこの飲み物のリストはすばらしいよ。前に逃《に》げていたとき、あまりに喉《のど》が渇《かわ》いて、牛の足跡《あしあと》のくぼみにたまっていた牛のおしっこを飲んだことがあるんだ」

アンドレがうなずいた。

「わたしは喉が渇くと、口の中に石を入れていたものだ。舌《した》に触《ふ》れると、どういうわけか湿《しめ》って感じられる」

「そんな悲惨《ひさん》な目にあっているのに、いい神さまだと思っているんですか？　ずっとお祈《いの》りしていたんだから、ちょっとくらい助けてくれたっていいじゃないですか」ジャレッドは追求した。

「神さまのおかげで、ここに来られました」アンドレが指摘《してき》した。

「それで思い出したわ」母さんが明るい声をあげた。「新聞社から電話が来たんです。みなさんがアメリカのことをどう思っているか、知りたいんですって」

だから母さんはずっと掃除機《そうじき》をかけたり、つぶれたクッションを元にもどしたりしていたのだ。

「だめです」セレスティーヌが言った。

母さんは頰《ほお》をまっ赤にした。

「アフリカのことはめったにニュースで取り上げられないんです。統計を調べてみたの。コンゴの内戦のときは約百万人が家をはなれて避難民《ひなんみん》となった。シエラレオネとソマリアとリベリアではそれぞれ約二百万人が国内外に避難した。それからスーダン、アンゴラ、ルワンダのこともある。でもアメリカ人は統計を見るより、みなさんのお話を聞いたほうが心を動かされるんです。みんなもっとアフリカについて知らないといけないのよ。内戦のことを人間の物語にしたら……」

「お母さん」モプシーがきつい口調で言った。「アンドレは写真に撮《と》られたくないの。セレスティーヌは物語になりたくないの。それだけよ」

それを聞いて、母さんはぴたりと口をつぐんだ。ジャレッドは感心した。

ウェートレスが食事を運んできた。

「ハンバーグはわたしよ」モプシーが声をあげた。「焼きすぎでもなくて、生焼けでもないでしょうね？　ちょうどよくないと食べられないもの」

モプシーはハンバーガーを切って、ちょうどいいかどうか確かめた。

アフリカ人たちは驚《おどろ》いたように黙《だま》って見ている。おそらくアフリカでは、食べ物さえあれば、それがどんなものでもちょうどいいのだろう。

父さんは何も言わずにすわっていた。会話に参加していない。家族のひとりですらないように見える。小さな声でこう言ったのは、アンドレだった。

「わたしたちに多くのお恵《めぐ》みを与《あた》えてくださった主イエス・キリストに感謝します」

ほかの席からは見えない場所にいたため、ジャレッドは抵抗《ていこう》なく手をつなぐ気になった。輪になるために、自然に手を伸《の》ばしたが、手首の上で切れているアンドレのおぞましい腕《うで》に触《ふ》れそうになって、あわてて手を引っこめた。そしてアンドレの肩《かた》に手を置いた。

肩というのは、肩をすくめるときに使う。アンドレにはまだ肩はあった。不愉快《ふゆかい》なら、肩をすくめることができる。だが、アンドレはそうしなかった。多くのお恵みを与えてくださる神さまに感謝したのだ。

◆

三十九日のうち、五日がすでにすぎた。

ヴィクターはニューヨークシティがどこにあり、どうやってそこに行けばいいのかわからなかった。だが、飛行機の窓《まど》から見ていたため、広大な陸地を越《こ》えなければいけないことはわかっていた。

難民担当者《なんみんたんとうしゃ》にはこう言われた。もちろんどこに住んでもかまわないが、そこに「仕事」と「家」がないといけない。そして社会保障番号が取れたら、「一生懸命《けんめい》」働いてお金を貯めて、「自力」でニューヨークに行かなくてはいけない。

わたされた現金では、一食食べるのがやっとだった。ヴィクターはその問題を解決した。あたりには、餌食《えじき》にできるような年寄りや足の不自由な人がおおぜいいた。

◆

死というものに心を引かれてはいても、モプシーは人の死にじかに接したことはなかった。死はテレビにはよく出てくる。刑事《けいじ》ものや法廷《ほうてい》もの、愛憎《あいぞう》ドラマなどでは人がしょっちゅう死ぬ。殺人事件や交通事故《じこ》、自殺、あるいは愚《おろ》かな行為《こうい》や危険《きけん》なはなれ業《わざ》などのために。もちろんニュースを見れば、スポーツと天気予報のつぎに大きく取り上げられるのは、戦争や疫《えき》病《びょう》による死者の数（たぶん外国）と、どこかの怖《こわ》い町の犯罪者の数（たぶん通りのすぐ先）だ。そのうえモプシーは、きれいな女の子がまたひとり恐《おそ》ろしい病《やまい》にかかり、友だちに囲まれながら勇気を持って死に臨《のぞ》むというペーパーバックのシリーズものを愛読していた。

だが今、死はモプシーの家の中にあった。

埋葬《まいそう》されていない人がふたり、窓台《まどだい》にならんでいる。

ジャレッドのプライベート空間に立ち入るのは賢明《けんめい》ではない。そんなことをすれば（まさに死の話じゃないが）、ジャレッドに殺される。

モプシーは待った。とうとうある日の午後、絶好の機会が訪れた。ジャレッドはアンドレといっしょに敷地内《しきちない》の私道《しどう》に出ていて、アレイクとマトゥは母さんといっしょにおやつを食べていた。少なくとも、マトゥは食べていた。アレイクは、おやつの前にすわっているだけだろう。

モプシーは二階にかけ上がり、ジャレッドの部屋に忍《しの》びこんだ。

モプシーはお昼代を学校に持っていく間になくしてしまうことがよくあった。だから、マトゥがいろんな国をわたり歩きながら、箱にほとんどへこみやしわをつけないで、祖父母の遺灰《いはい》を持ち歩けたのは、すごいことだ。もちろんマトゥはかっこいいし、難民《なんみん》だから、それであすてきなイギリス英語でしゃべったりなんかすれば、客室乗務員も大目に見る気になって、飛行中ずっと箱をひざに載《の》せていていいようにしてくれるのかもしれない。

モプシーは箱のふたの下に指を一本差し入れた。ふたはかんたんに持ち上がった。中をのぞきこむ。そこには炭の灰《はい》のようにひらひらしたものや、ネコのトイレの砂《すな》のような粒《つぶ》、そして豆やビー玉くらい大きなかけらがたくさんあった。自分のおじいちゃんとおばあちゃんを焼くなんて想像できない。モプシーは遺灰をならすために箱をひとふりして、底のほうまで見ようとした。

何かが光った。

思わず箱を落としそうになった。

ひと呼吸《こきゅう》してからまた箱をふって、見てみる。今度はふたつ、骨《ほね》のかけらが光った。

霊《れい》が取《と》り憑《つ》いているんだ。

モプシーは箱を閉《と》じ、急いで逃《に》げようとした。箱に指紋《しもん》をつけちゃった、とモプシーは思った。ジャレッドならいかにも、あたしが触《さわ》ったかどうか確かめそう……。

部屋の戸口に、アレイクが立っていた。

アレイクは何も見ておらず、何も考えていないようだった。ただそこに立っている。

モプシーの頭に恐《おそ》ろしいことが思い浮《う》かんだ。アレイクは遺灰にすぎなくて、心臓《しんぞう》は動いていても、魂《たましい》は焼けこげて死んでいるんだ、と。

◆

マトゥは毎日、帰りのバスでジャレッドの隣《となり》にすわっているときは落ち着いていたが、その安全なバスをおりると、決まって必死に屋内に入りこもうとした。今日もマトゥはプロスペクト・ヒルの坂をかけ上がり、ジャレッドはあとからのろのろ歩いていった。屋内になくて屋外にある、マトゥの怖《こわ》いものとは何だ？　待《ま》ち伏《ぶ》せして襲《おそ》いかかる敵の兵士や野生動物がいないことくらい、もうわかっているはずだ。アフリカ人が怖いのは、アフリカに送り返されることくらいだろう。その可能性が、なぜ屋外のほうが高いんだ？

マトゥが勝手口につながっている車庫に飛びこむのと同時に、アンドレがいそいそと出てきて、ジャレッドを迎《むか》えた。

今、走りすぎたのは、あなたの息子《むすこ》ですよ、とジャレッドは心の中で思った。たまには、おかえり、と声をかけてみては？

「車庫の壁《かべ》に、自転車がかかっているね」アンドレはわくわくした様子で言った。

「乗ってみます？　おろしますよ」

自転車は、大きな黄色いフックにかかっている。ジャレッドは車庫に入っていったが、アンドレが先を越《こ》し、腕先《うでさき》を使って、楽々と自転車をおろした。フットブレーキ式の自転車で、変速ギアがないため、手を使わなくても乗れる。ジャレッドにはできない芸当だったが。

アンドレは、長く平らな私道《しどう》を自転車で行ったり来たりした。手がないようには見えない。胸《むね》の前で腕を組んでいるだけのようだ。ハンドルを動かすときは、長いほうの腕先を使う。

「坂の下まで自転車を転がしていきますよ。町まで行けば平らだから、あちこち乗りまわせます」ジャレッドは提案した。

アンドレは坂の下をじっと見つめ、ごくりとつばを飲みこんだ。

「ありがとう。でも、ひとりで行ってみるよ」

この人は父さんより年上だ。そして、ひとりで行くのが怖いと思っている。でも、やってみる勇気があるんだ、とジャレッドは思った。おれは恐怖《きょうふ》を味わったことがないのに、この人たちに怖がるなと言う資格なんか、ないのでは？

「アンドレ、ぼくの携帯《けいたい》電話です。何かあったら電話ください」

ジャレッドは携帯電話を手わたそうとして気づいた。「手わたす」には「手」が必要だ。

「お店に入るか何かしないといけないですね」ジャレッドは苦しまぎれに言った。「かわりに電話をかけてもらえるように」

「だいじょうぶだ」

アンドレはこぎだし、最初の角をうまく曲がると、ジャレッドの視界《しかい》から消えた。

◆

アレイクはその箱の中にあるものをよく知っていた。死の影《かげ》だ。アレイクは死について知れるかぎりのことを知っていた。あの日、ヴィクターに機《き》関《かん》銃《じゅう》を押《お》しつけられたとき、アレイクはそれを受け取らなかったのだ。

機関銃は地面に落ちた。その衝撃《しょうげき》で、自動的に発砲《はっぽう》しだした。弾《たま》が発射《はっしゃ》されている間、銃はおぞましいダンスをおどるように小さくとびはねていた。兵士のひとりに弾が当たり、血が噴《ふ》き出《だ》すと、少年兵たちは笑った。

ヴィクターは機関銃を拾い上げた。アレイクの手を銃に巻《ま》きつけるようにして、正しく持たせた。ヴィクターの厚みのある黄色い爪《つめ》が、アレイクの皮膚《ひふ》に食いこんだ。

「妹に生きててほしいか？」

もちろんアレイクは妹に生きていてほしかった。

ヴィクターはアレイクの手に自分の手をかぶせ、機関銃の照準《しょうじゅん》をふたりの先生にあわせた。

「ここを引け」

◆

食事の支度《したく》をするだけでも大事《おおごと》だった。

セレスティーヌは屋内のコンロを使ったことがない。電子レンジなど聞いたこともなかった。

母さんは、小さなつまみをまわすだけで黒いグラストップのコンロが熱くなることや、バーナーというところに鍋《なべ》の中心を合わせて載《の》せること、テフロン加工のフライパンにはゴムの調理スプーンしか使ってはいけないことなどを、セレスティーヌに教えなければならなかった。

マトゥは、タマネギやセロリを刻《きざ》むのに、なぜみかげ石のカウンターの上ではだめで、まな板を使わなければならないのか、理解できなかった。

「カウンターは何のためにあるのか？」マトゥはたずねた。

「ただ物を載せておくためにあるんだ」

その答えは、説明したジャレッド本人にもばかばかしく聞こえた。

アレイクは何もしなかった。

「アレイク、テーブルセッティングを手伝って」モプシーが言った。

モプシーは食事の前にテーブルの準備をするのが大好きで、これもまたジャレッドの癇《かん》に障《さわ》る、モプシーの嗜好《しこう》のひとつだった。テーブルセッティングが好きだなんて、いったいどういう人間なんだ。三歳児《さいじ》じゃあるまいし。だがモプシーは嬉々《きき》としてナプキンを折りたたんでいる。

「アレイク、あたしのするとおりにしてね」モプシーがさけんだ。「フォークは左側に置くのよ」

「ジャガイモの皮をむいてちょうだい」母さんがジャレッドに命じた。

「こんなに手間がかかるんだったら、もうやめて、スパゲッティでもゆでようよ」

「教えるのにいい機会なのよ。マトゥに教えてあげなさい」

ふたつ目のジャガイモの皮をむきおわるころには、ジャレッドはただただ、アマボ一家にこの家を出ていく方法を教えてあげたかった。

◆

時間が無駄《むだ》に流れていった。

あと三十一日だった。

ヴィクターは初めての職場に車で送られていった。書類にはコンピューターの専門《せんもん》知識があると記されていたが、ヴィクターはコンピューターを見たことがなかった。会社は寛大《かんだい》なところを見せようとして、保守整備の仕事を与えた。

ヴィクターはカーペットに掃除機《そうじき》をかけるためにアメリカに来たのではなかった。

◆

アレイクを初めて学校に連れていった日は、モプシーにとって楽しいものだった。だがアレイクは進歩を見せなかった。モプシーの友だちは、はなれていった。家では、モプシーは母さんにも父さんにも助けてもらえなかった。フィンチ一家は、奇妙《きみょう》で複雑な八人家族になってしまい、父さんはいつも仕事かブレイディ・ウォールに関する話し合いに出かけていて、母さんはセレスティーヌとアンドレの優秀《ゆうしゅう》な専属《せんぞく》家庭教師になっていた。

医療担当《いりょうたんとう》の委員たちが、アンドレの義手の問題に取り組んでいた。モプシーは、アンドレの腕《うで》に恐《おそ》ろしい鉤爪《かぎづめ》がつく前に、アマボ一家が自分たちのアパートで暮《く》らせるようになればいいと願った。その後、アンドレが写真を見せてくれた。義手はどちらかというと台所用のゴム手袋《てぶくろ》に似ているとわかり、モプシーの心配はひとつ減《へ》った。

セレスティーヌは、ホテルでバスルームを清掃《せいそう》する仕事を始めた。セレスティーヌにはトイレ用洗剤《せんざい》とシャンパンの見分けがつかないため、母さんは心配した。だがホテルの支配人は、問題ないというように肩《かた》をすくめた。

「そういうことも考えて研修制度をつくってますからね。だいじょうぶですよ」

仕事の初日に、セレスティーヌがトイレットペーパーの端《はし》を三角に折ることを教わってくると、ジャレッドとモプシーはげらげら笑い転げた。

「セレスティーヌ、ふつうの人はそんなことしないの」モプシーが言った。「まったく役に立たない技能を覚えたのよ」

「女の子たちにもそう言われましたよ」

「女の子たち？」

「いっしょに働いている女の子たち。英語があまりしゃべれないの。ほとんどスペイン語だから、通じないのよ。でも、あと一か月したら、わたしが責任者になれるかもしれないって、ボブが言ってくれました。お客さんと話せるからね。それには発音をなおさなければいけません。だから、今晩《こんばん》みんなでテレビを見るとき、セリフを全部くり返すつもりよ」

「上品なチャンネルを選ばなくちゃね」モプシーはくすくす笑った。

玄関《げんかん》のベルが鳴った。アマボ一家はまた動揺《どうよう》した。入ってきたのはカーク・クリックだったが、それでも四人は落ち着かず、問題はありません、何もかも完璧《かんぺき》です、フィンチ一家はこの世で最もすばらしい家族です、と口々に請《う》けあった。

「もういらっしゃらなくてもいいですよ」セレスティーヌがきっぱりと言った。「不満がないか聞きにきたのではありません」カーク・クリックが言った。「あいさつに来ただけですよ。それにみなさんはわたしに用がなくても、カーラとドルーはあるかもしれません」

アンドレとセレスティーヌは自分たちの寝室《しんしつ》に消えた。マトゥは、宿題があると言って、二階にかけ上がった。アレイクもどこかに行ってしまった。

モプシーは、母さんと父さんはともかく、アレイクにはカーク・クリックが必要だろうと思った。だがモプシーがアレイクの問題を挙《あ》げる前に、母さんが口を開いた。

「セレスティーヌの仕事には充実感《じゅうじつかん》がありません。バスルームの掃除《そうじ》では、知的な満足が得られないわ。セレスティーヌはものすごく頭がいいんです。これから別の仕事をさがして、彼《かの》女《じょ》の内的な……」

「待ってください」カーク・クリックが止めた。「セレスティーヌ・アマボは、仕事の充実感などといった言葉は聞いたことがありません。望んでいるのはただ、家族が殺されず、食卓《しょくたく》に食べ物があることなんです。彼女の人生のことは彼女に任せてあげてください」

母さんは自分がアフリカ人のためにしていることや、これからするつもりのことを、つぎからつぎへとならべたてた。カーク・クリックはちっとも感心せず、母さんが何もかもしようとしていることにまったく賛成しなかった。

「カーラ、手を引いてください。アパートが見つかり次第、セレスティーヌとアンドレは自分たちだけで生活していかなくてはならないんです。あなたは、彼《かれ》らをここにしがみつかせようとしている」

それを聞いて、モプシーは訴《うった》えた。

「アレイクは、しがみついてもいないんです。あたしがむりやり食べさせなかったら、飢《う》え死《じ》にしちゃう。それじゃあ、アフリカにいるのといっしょよ。絶対、何か変よ」

だが、カーク・クリックはしゃべり続け、モプシーの言うことなど聞かなかった。まるで、母さんが親切にしているのを怒鳴《どな》りつけることで給料をもらっているような態度だった。カーク・クリックが帰ったときには、母さんは涙《なみだ》をこらえていた。

すでに心配事がたくさんある母さんに、アレイクの様子が変だと言って、よけいな心配をかけることなんかできない。

◆

アレイクのことはあたしが責任を持たなきゃ、とモプシーは思った。

寝室《しんしつ》を分けあうのは、ジャレッドが思っていたほどいやなことではなかった。ただ、マトゥはやたらと物をかぞえたがる。たとえば、ジャレッドの靴《くつ》やブーツ、スニーカーやサンダル、靴下の数をかぞえて、こう言うのだ。

「持ち物が多いね」

アフリカの人々が貧しくて裸足《はだし》でいなければいけないのは、ジャレッドの問題だと言わんばかりだ。

ジャレッドにとって実際に問題だったのは、寝室がにおってきたことだ。

自分の足もにおうから、においには慣れている。だが、これは別のにおいだ。くさい元をさがし、ジャレッドは部屋の中をかいでまわった。

つぎの日、部屋のにおいは壮絶《そうぜつ》な腐臭《ふしゅう》となった。

「マトゥ、何を腐《くさ》らせた？」ジャレッドは問いただした。「しらばっくれるなよ。部屋じゅうくさくしたのは、おれじゃないからな」

追いつめられたマトゥは、幅《はば》が広く奥行《おくゆ》きのせまいクローゼットの前にひざまずいた。マトゥのために、ジャレッドはクローゼットの一部を空《あ》けていた。ほこりっぽい奥《おく》のほうから、マトゥは先週の夕食に出た、チキンとライスを山盛《やまも》りにした皿を取り出した。ラップはかかっていない。

「マトゥ、食べたいだけ食べていいんだよ」ジャレッドはようやく言った。「でも、食べ物をクローゼットに入れてはいけないんだ。冷蔵庫《れいぞうこ》に入れないと。もうそれ、ゴミだよ」

マトゥにとってはゴミではなかった。皿を返そうとしない。

「いいか」ジャレッドは皿をむりやり取った。「おまえがクローゼットに腐《くさ》りかけの食べ物をためこんでたことは、母さんに黙《だま》っていよう。ネズミや虫がわいたらどうするんだって、激怒《げきど》するからさ」

「ネズミや虫は見ていない」マトゥは言った。「でも、もちろん出てきて、分け前を食べている」

「母さんに言うなよ！」ジャレッドは大声をあげた。「これ、捨《す》てるからな。腹《はら》が減《へ》ったら、ふつうの人のように冷蔵庫をあされ」

◆

翌日《よくじつ》は季節はずれの暖《あたた》かい日だった。母さんは、郵便局《ゆうびんきょく》やATM、図書館や喫茶店《きっさてん》の利用の仕方を教えるため、みんなを町に連れていくことにした。

「おれは行かないから」

腐った食べ物を捨てただけで、ジャレッドはボランティア精神を使い果たした気分だった。もう難民《なんみん》に教えるのはおしまいだ。

「あなたが必要なのよ」母さんが声をふるわせた。

母さんが誰《だれ》かを必要としたことなんかなかった。母さん以上に強い人間を、ジャレッドは知らない。父さんよりも強い。だが母さんには今、父さんがついていないことに、ジャレッドは気づいた。

急に不安になった。最近、父さんはまったく家にいない。家の中があまりにせわしなく混乱《こんらん》しているため、自分の父親がいないのに、ジャレッドはろくに気づいていなかったのだ。難民の世話は母さんが一手に引き受けていた。

母さんは町まで運転して縦列駐車《じゅうれつちゅうしゃ》した。ジャレッドがなんとしても身につけたい技能だ。父さんに運転を教えてほしいとたのんで、ついでにもっと家にいてほしいとほのめかしてみようか。それとも、やめたほうがいいだろうか。父さんはがまんの限界に達しているかもしれない。おどりまわるモプシーや、文句をたれるジャレッド、ボランティア活動にいそしむ母さんや、盗《ぬす》みを働くブレイディ・ウォール、そして助けを必要とするアフリカ人の集団に、もううんざりしていたらどうしよう。ずっと家に帰ってこなかったらどうなるんだろう。

最後にまわった郵便局を出ると、モプシーは自慢《じまん》の海を見せたがった。ジャレッドなら数キ口先の、やわらかい砂《すな》やピクニックテーブルのある町のビーチに案内するところだ。だがモプシーは、アンティークの店と不動産店の間の細道にみんなを連れていった。あたりにはヨットやボートが停泊《ていはく》するマリーナがいくつもあったが、冬なので施設《しせつ》は閉《し》まっていた。たくさんのボートが、まっ青なカバーに包まれ、船台《せんだい》の上に載《の》っている。ジャレッドの目から見ても不気味な光景だった。

防波堤《ぼうはてい》が湾《わん》の中につき出していた。海にいくつもの岩をならべて造ったもので、百メートルほどの長さがある。岩がかなりふぞろいなため、釣り人《つりびと》や景色をながめる人がまっすぐ立っていられるように、ところどころコンクリートで固められている。だがコンクリートは、塩をふくむ海水とニューイングランドの冬の寒さに弱い。本格的な冬になるころには、コンクリートは腐食《ふしょく》が進み、岩場は凍《こお》りついて危険《きけん》だった。

「夏にね、あそこの端《はし》から海に飛びこんで泳ぐのが好きなの」モプシーは防波堤《ぼうはてい》の上を小走りしていった。「水が深いのよ。十メートルくらい」

アレイクは防波堤を歩くどころか、水に近づこうともしなかった。

マトゥは海水に手をつっこんで、息をのんだ。

「こんなに冷たいのに泳げるのか？」

「泳ぐのは夏」ジャレッドは言った。「水が温かくなるんだ」

実際には海水は温かくならない。ただここまで冷たくなくなるだけだ。

半分まで行ったあたりで、モプシーが転んだ。ひざを岩にぶつけた音が、ジャレッドに聞こえた。モプシーは泣きたいのをがまんしてがんばっているような声をあげた。そして足を引きずるようにしてもどってきた。ひとついいことがある。これでアマボ一家は決して海に近づかないだろう。みんなは急いで車にもどった。

母さんがエンジンをかけたとき、アンドレはあこがれるように見つめていた。アンドレが運転することは決してないだろう。アフリカでは運転など考えもしなかっただろうが、五分ごとに車を乗りおりするアメリカでは、運転できないことをいやというほど意識させられるにちがいない。

「ネルソンさんご一家が古いホンダ車を寄付してくれるんですって」母さんが告げた。「すばらしいでしょ？　セレスティーヌが免許《めんきょ》を取ったら、車で仕事に行けるし、子どもたちを学校まで迎《むか》えに行けるし、ひとりでショッピングモールにも行けるのよ」

「わたしは運転したくないわ！」

「何言ってるの。スーパーは何キロもはなれた場所にあるのよ。勤《つと》め先《さき》のホテルはもっと遠いわ。ボランティアで運転してくれる人も、いつまでも続けられないもの」

「だめ！　できません！　運転は覚えられない。これ以上はできない」

セレスティーヌはすでに何百万ものことを覚えてきた。そのうえ運転を覚えるのはむりなのかもしれない。少なくとも今月は。

「ねえ、いいこと思いついた！」モプシーが手をたたいた。「マトゥがかわりに運転すればいいじゃない！」

アンドレとセレスティーヌは、今初めて知りあったかのようにマトゥを見つめた。

「すばらしいわ」母さんが言った。「マトゥ、さっそく運転の練習をしましょうか？」

ジャレッドは完全に頭に来た。アフリカからやってきた難民《なんみん》が運転を覚え、ただで車までもらえるのに、ジャレッドはその難民とくさい部屋を分けあわなければならず、運転もさせてももらえないのだ。

こいつらなんか大きらいだ。出ていってほしい。そして父さんに家にもどってきてほしい。だが実際に父さんが家に帰ってきたとき、ジャレッドはどんなに何もかもおかしなことになっているか、わかってもらえなかった。

「ブレイディ・ウォール問題で頭がいっぱいなんだ」父さんは言った。「そっちのことは母さんの担当《たんとう》だ。うまくやってくれ」

7
髪《かみ》を切る

恐《おそ》ろしい夢は変わらなかった。真実は変わらなかったからだ。

アレイクの片側《かたがわ》には虐殺《ぎゃくさつ》された自分の家族が、もう片側にはおぞましい笑い声をあげる少年兵たちがいた。アレイクは機関銃《きかんじゅう》を手に持っていた。

先生たちのことは大好きだった。でも何より妹のことが大好きだった。

妹の目は恐怖《きょうふ》と衝撃《しょうげき》で見開かれていた。先生たちの目も恐怖と衝撃で見開かれていた。

〈妹に生きててほしいか？〉

決断はこうだった。

アレイクは引き金を引いた。先生たちは血しぶきとともに地面に倒《たお》れた。ヴィクターが機関銃を取りもどした。大声で笑っている。そのままアレイクの妹を撃《う》ち殺《ころ》した。

その恐ろしい朝に起こった一番恐ろしいことは、アレイクが妹の名前を思い出せなくなったことだ。妹の名前は、アレイクの住んでいた集落と同じように消えてしまった。ヴィクターはあとに何も残さない。人間も、建物も、家畜《かちく》も、作物も。すべてが終わると、ヴィクターはアレイクを連れていった。

もう何が起こっても当然の報いだった。なぜなら、アレイクもこの兵士たちと同じように邪悪《じゃあく》だからだ。アレイクはふたりの人間を殺したのだ。

その日の午後早く、平和維持軍《いじぐん》の一団と出会った。ヴィクターと大人《おとな》の兵士たちはブッシュの中に消えた。アレイクと少年兵たちは集められ、連れていかれた。まだ八歳《さい》や十歳、十二歳の殺人者たちを、どうするつもりなのだろう？

兵士だった子どもは難民《なんみん》キャンプのすみに隔離《かくり》された。だが隔離の必要はなかった。この子どもたちのことを、誰《だれ》もが知っていたからだ。もちろん名前は知らないし、知りたいとも思っていないが、この子どもたちが何をしたのかは知っていた。子どもたちは避《さ》けられた。ほかの子どもたちが遊ぶのが見えた。何千人もの子どもが、キックベースボールや鬼《おに》ごっこやサッカーをしている。だがアレイクたちは仲間に入れてもらえない。ときどき誰かが混じろうとすると、ふつうの子どもはいなくなってしまい、兵士だった子どもだけが残される。

自分たちだけでは遊べない。遊び方を知らない。

いろいろなカウンセラーが来た。あなたたちの力になりたい、とカウンセラーたちは言った。

あなたたちの心は深い悲しみと怒《いか》りとはずかしさでいっぱいなのです、と。

それは真実だったが、子どもたちは反応しなかった。救いようがなかった。

あるとき、宣教師《せんきょうし》が来た。

アレイクは自分がキリスト教徒であることを知っていた。だが神さまでさえ、あとかたなく消えてしまった。アレイクの妹のように。アレイクの言葉のように。

兵士だった子どものために雑穀《ざっこく》を粉に砕《くだ》いてくれる女たちはいないから、元少年兵は自分たちで挽《ひ》いた。そしてお粥《かゆ》を作ると、アレイクにも少し残してくれた。コメをもらえば、それも分けてくれた。なぜなのだろう。アレイクは少年兵の仲間とはいえない。数時間しかいっしょに行動していなかった。

だいぶたってから、アレイクは学校があることに気づき、そっと近づいていった。授業を受けるのにふさわしいふつうの子のように、日よけの下にすわろうとはしなかった。だが先生はどの授業でも、おおぜいの子どもたちの一番うしろまで届《とど》くように大声を張りあげたから、アレイクにも聞こえた。ところがアレイクは、妹をつかんでおけなかったのと同じように、授業の内容もつかむことができなかった。

アレイクは死んでいた。心臓《しんぞう》がかろうじて鼓動《こどう》しているだけだった。

アレイクは、セレスティーヌとアンドレがなぜ暗闇《くらやみ》を恐《おそ》れるのかわかっていた。ふたりは、暗闇《くらやみ》の中に何がいるのか知っている。
アレイクのような人間がいるのだ。

◆

難民《なんみん》委員会はまたもやフィンチ家の居間に集まっていた。アマボ一家は、初めての映画《えいが》を観《み》てポップコーンの味を知ってもらいたいと申し出たボランティアと出かけていた。ジャレッドは、うまくいかないだろうと思った。ピザのときは失敗だった。ひと口食べたきり、誰《だれ》もそれ以上、口をつけなかったのだ。シーフードレストランはもっと悲惨《ひさん》だった。誰もひと口日を食べなかった。

モプシーはうれしそうに映画についていった。もちろんモプシーはすぐにうれしがる。だがジャレッドは家に残り、委員会に参加した。心配していることを伝えたかったが、人種差別者だとか心配性だとか単なる意地悪なやつとは思われたくなかった。

レーンさんが会合を取りしきっていた。どうでもいいことをべらべらしゃべり、みんなうんざりしていた。レーンさんがインターネットで、アフリカの難民たちが交流しているサイトを見つけたと聞いても、ジャレッドは驚《おどろ》かなかった。

「アンドレを病院に連れていったとき、インターネットや役に立つサイトの話をしたんだけど、ちっとものってこないのよ。知能がどの程度なのかしらね」レーンさんは言った。

「アンドレはものすごく頭が切れます」母さんが答えた。「知能の問題じゃないんです。過去のことは考えたくないと、はっきり言われました。そっとしておいてあげましょうよ」

レーンさんは、物事をそっとしておけるような人ではなかった。

「おすすめのページを印刷したの」レーンさんはそれを全部ひらひらふりまわした。「セレスティーヌが一番賢《かしこ》そうね。これ、あなたから説明してあげて。それからね、あの娘《むすめ》さんが心配だわ。いつまでもしゃべらないの、どうしたものかしらね」

世のレームおばさんたちが、役に立つこともあるらしい。これでジャレッドは自分からこの話題を出さずにすんだ。

「アレイクには時間が必要なだけなんですよ」母さんが言った。

アレイクの両親がアレイクのことを気にかけていないという問題を、どうやったら時間が解決してくれるのだろう。

だが、みんなはアレイクの問題には関心がなかった。

「わたしの記録によると、」誰かが注意をうながした。「少なくとも一日四回、われわれの誰かが、あの人たちを車で送迎《そうげい》している。いつになったら自分で運転するつもりなんだ。数日が数週間になっているが、まったく進歩が見られない。そもそもガソリン代はどこからはらわれるんだ」

「会衆《かいしゅう》のみなさんが気前よく寄付してくださったものが、難民用《なんみんよう》の別口座《べっこうざ》に入っています」

ニッカーソン先生が言った。「手つかずのままです」誰《だれ》かがブレイディ・ウォールのことを持ち出す前に、牧師はつけくわえた。

「服を買うのは、ディスカウントストアやリサイクルショップに限定するのがいいと思うわ」

別の人がそう言うと、はげしい議論がわきおこった。難民たちには、アメリカ人の子どものように良質で高価な新品の服がふさわしいのか。それともどんな古着でもいいのか。

アパート係が報告をした。物件は見つかっていなかった。見つかる見こみもなかった。セレスティーヌの収入はかなり少なく、アンドレは収入がない。子どもたちは学校に通う必要があるから、アマボ一家はどうやってアパートの家賃《やちん》をはらえるというのか。言うまでもなく、食費、車の維持費《いじひ》、保険料もかかる。

ジャレッドはニッカーソン先生のそばに椅子《いす》を寄せた。そもそも難民を援助《えんじょ》しようと熱く語り、会衆の心を動かしたのは牧師だった。レーンさんがつぎの議題を進める中、ジャレッドはこう切り出した。

「あの四人のおたがいに対する態度が、気味悪いんです」

失敗だった。牧師はアマボ一家にがくぜんとするかわりに、ジャレッドにがくぜんとした。そして予想どおりのことを言った。

「彼《かれ》らには彼らの文化や生活習慣がある。内戦による破壊《はかい》や、外国での長い避難《ひなん》生活によって、家族はばらばらになってしまった。彼らを非難しないで、歓迎《かんげい》するような温かい雰囲気《ふんいき》をつくるのが、わたしたちの務めなのだよ」

牧師は暗に、ジャレッドが彼らを歓迎しないような冷たい雰囲気をつくり、やみくもに非難しているとほのめかしていた。それでもジャレッドは続けた。

「でも、おたがいのことが好きでさえないみたいなんです」

「めずらしいことか？　きみが妹のことをとくに好きなようにも見えないがね」

「そうですね」

ジャレッドは降参《こうさん》した。母さんと父さんもだめ、牧師もだめ、委員会もだめ。もしこの難民一家に問題があるとしても（明らかに問題はある）、そういうことだった。ジャレッドにはどうしようもない。

◆

「マトゥは今日はどうしたの？」ダウリング先生がたずねた。

「生徒指導室でテストを受けてます」ジャレッドは答えた。

ハンターが身を乗り出してきた。

「あのアフリカ人一家が、こんなによくしてもらえてる理由って、何なんだよ？　なんで難民《なんみん》が、こうやっていつまでもたかり続けてられるのか、わかんねえな」

ほんの数週間前なら、ジャレッドもまったく同意したことだろう。だが今は慎重《しんちょう》に答えた。

「こっちから申し出た場合は、たかってることにならないと思うな」

「なんで教会は、ここアメリカのスラム地区の人を助けないんだよ？　その人たちだって、ただで車をもらいたいだろうし、就職《しゅうしょく》の世話をしてほしいと思ってるぜ」

教会ではその問題がさかんに議論された。そういう会合がジャレッドの家でおこなわれなかったのは幸いだった。

「ハンター、もういいじゃん。あの人たちは苦しんだんだからさ。助けてあげたっていいじゃん」

「人は自分の力で何とかしないといけないんだ」

「そのうちそうなるよ」

ジャレッドはそう言ったものの、あまり確信がなかった。

「どうせ生活保護を受けることになるぜ。あの父親、手がないんだろ。誰《だれ》が入国させたんだよ？」

ジャレッドの心に、アフリカ人一家に対する思いがけない忠誠心《ちゅうせいしん》がわきおこった。今ではマトゥがジャレッドの仲間で、幼稚園《ようちえん》から友だちだったハンターが部外者になっている。そう思うと、ジャレッドは頭がくらくらしてきた。

「おれの先祖はさ、船でエリス島（ニューヨーク湾《わん》にある島。かつて移民局《いみんきょく》があり、おもにヨーロッパからの移民がここから入国した）に着いて、必死で汗水《あせみず》たらして働いて金をたくわえたんだ。移民になるっていうのは、そういうことなんだ」ハンターが言った。

ダウリング先生は、生徒が学ぶよい機会になると考えて口を開いた。

「みんなで移民の話をしましょう」

クラスの半分は机《つくえ》につっぷして、これからの無駄《むだ》な時間をやりすごすことにしたが、テイは声をあげた。

「うちの先祖はおもしろいんです。『キンラス』っていう名字は、本当の名字じゃないの。ひいおじいちゃんが、エリス島でならんでいたほかの人たちの名前から、一音ずつ取ってつなげたんですって。どうして本名を使わなかったのか、家族の誰《だれ》も知らないの。何かいかがわしい理由だったのか、恐《おそ》ろしい理由だったのか、それともつまらない理由だったのか。女の子を捨《す》てたとか、えらい人を殺したとか、それともただの冒険心《ぼうけんしん》だったのか、わからないんです」

ジャレッドは心底驚《おどろ》いた。テイのひいおじいさんは、嘘《うそ》をついてアメリカに入国したのだ。それなら、ジャレッドの家にいる四人のアフリカ人が同じことをしても、そんなにひどいことだといえるだろうか。

「それは、あり得ないな」ハンターが口をはさんだ。「何世代も昔でも、書類は必要だぜ。『おれはジョー・キンラスになるぞ』って思っただけじゃ通用するわけない。だからきみの先祖は、書類を偽造《ぎぞう》したか盗《ぬす》んだか……」

「それか、そんなこと、誰も気にしないってこと！」テイが言った。

◆

難民支援《なんみんしえん》協議会は、ヴィクターが、飛行機で同乗した見知らぬ人たちを血眼《ちまなこ》になってさがしていることについて話しあった。

「その一家に経済的な援助を求めているんだと思います」社会福祉《ふくし》のケースワーカーが言った。「初日のあとは、仕事をずっと休んでいます」難民担当者《たんとうしゃ》の表情は暗かった。「福祉を受けようとしているんですかね？」

ケースワーカーは、ヴィクターが福祉に関心があるとは思わなかった。

「アマボ一家を支援しているのは、うちの組織ではありません。所在はつきとめられるでしょうが、やりたくありません。そういう情報を得るのはプライバシー保護法で禁じられていると、何度もヴィクターに説明しました。自分で食べていかなければいけないと気づけば、働くようになると思うのですが」

そう言ったものの、ケースワーカーは本当はそうは思っていなかった。

ヴィクターのことを危険《きけん》な人物だと思っていた。だがアメリカでは、まだ何もしていない人を警察《けいさつ》に通報することはできない。

◆

また玄関《げんかん》のベルが鳴り、またアマボ一家はパニックにおちいって席からとび上がった。ジャレッドはいらいらしてきた。今回はセレスティーヌがコーヒーをこぼしてしまった。モプシーはセレスティーヌを助けにいき、母さんはアンドレをなだめ、父さんは、これ以上お客が現れたら、頭の上で食器をたたき割《わ》ってやるという顔をしていた。

仕方なくジャレッドが玄関《げんかん》に出た。

勝手口は車庫に通じ、車庫のシャッターはたいてい閉《し》まっていたから、訪問者はみんな玄関から入ってくる。ジャレッドは台所から居間に抜《ぬ》け、優雅《ゆうが》なまわり階段《かいだん》のある広い玄関ホールに出ると、勢いよくドアを開けた。誰《だれ》が来たのか先に確かめようとは思わなかった。

大失敗だ。そこにいたのはエミー・ウォールだった。泣いている。

「あ、ウォールさんのおばさん、こんばんは」ジャレッドは父さんに警告《けいこく》するように大声で言った。

「母さん！」そうさけんで、父さんにさらに逃《に》げる時間をあげた。

母さんが台所から飛び出してきた。

「ああ、エミー！　かわいそうに！　なんてひどいことになったんでしょう！」

母さんはエミー・ウォールを抱《だ》きしめた。

ジャレッドはまた台所にもどってすわった。母さんに豆粒《まめつぶ》ほどの脳《のう》みそがあれば、エミー・ウォールを台所に連れてこないはずだ。

「かわいそうなエミーだと？」父さんがつぶやいた。「かわいそうなものか。おれたちの金を七十五万ドルも持ってるんだ。かわいそうなのはおれたちだよ」

「ねえ、エミー、今ちょうどドルーの夕食を温めているの。残業で帰りがとてもおそかったのよ。あなたの分も用意するわね」

父さんは出ていこうと立ち上がったが、おそすぎた。

「ああ、ドルー」ウォール夫人は涙《なみだ》をぬぐった。「わたし、ブレイディのしてたことに気づいてたの。そのうちなんとかなると自分に言い聞かせてきたけど、なんとかならなくて、もう取り返しがつかなくなっちゃったのよ」

「気づいてただと？」父さんが怒鳴《どな》った。椅子《いす》を持って、四本の脚《あし》をドンと床《ゆか》に打ちつけた。

「エミー、気づいてたってことは、こうなる前に何か言えたってことか？　おれたちに知らせるか、あいつをやめさせるか、できたってことか？」

父さんは、ジャレッドが自分には絶対向けてほしくないような視線《しせん》で、エミー・ウォールをにらんでいた。

セレスティーヌとアンドレとマトゥは魔法《まほう》にかかったようにじっとしていた。アレイクも動かない。モプシーは同情してすすり泣いていたが、誰に同情しているのか、ジャレッドにはわからなかった。

「本当はいい人なのよ」エミーが言った。「ドルー、主人の問題をあつかう委員会にいるんでしょう？　教会になんとか便宜《べんぎ》をはかってもらえないかしら」

「あいつはもう七十五万ドルの便宜をもらってるじゃないか。つぎの便宜は刑務所《けいむしょ》だな」

◆

怒《おこ》っている父さんを見て、モプシーは動揺《どうよう》し、アレイクにささやいた。

「二階に行こう」

アレイクはついてきた。ぜんまいじかけの人形みたいだった。

自分の部屋に入ると、モプシーは気持ちを落ち着けようとして、集めていたマニキュアのびんを見つめた。そして「映画《えいが》スター」という名前の、消防車のように派手《はで》な赤いのを選ぶと、アレイクの爪《つめ》を塗《ぬ》った。自分はマニキュアがかわくまで待っていられないが、もともと動かないアレイクの手は、モプシーが置いた場所にそのままあった。

モプシーは毎日、母さんのクローゼットから選んだ服をアレイクに着せていた。服はどれもすばらしいが、ティーンエイジャーの女の子が着るようなデザインではない。母さんも、アンドレとセレスティーヌと同じように、アレイクはただの物言わぬ子どもだから、適当な古い服を着せておいても誰《だれ》も気にしない、と思うようになったのだろうか。

モプシーは気にした。アレイクを母さんのウォークイン・クローゼットに引っぱっていくと、ラックをひとつずつゆっくり見てまわり、ハンガーをつぎつぎと横にずらしていった。選んだのは、シルクのようにてらてらした黒と赤のブラウスに、まっ赤なスウェードのパンツ。モプシーは、母さんがこの赤いスウェードを試着するところも、まして買うところも想像できなかった。

アレイクはモプシーがむりやり脱《ぬ》がせる前に、自分から服を脱ぎ、まっ赤なパンツをはき、シルクのようなブラウスのボタンを留めた。モプシーはアレイクを全身が映《うつ》る鏡の前に立たせた。

アレイクはゆっくりまわりながら、あらゆる角度から自分を見つめた。それから細い指をバレリーナのようにふんわりと頭の上にかざした。塗ったばかりのきらきらしたマニキュアが、パンツにぴったりあっている。アレイクはそっと自分の髪《かみ》に触《ふ》れ、頭を傾《かたむ》けて、問いかけるようにモプシーを見た。

〈アレイクが意思疎通《そつう》しようとしている〉

すばらしいことだった。モプシーはもう沈黙《ちんもく》にうんざりしていた。この世で一番楽しいのは、おしゃべりなのだから。

「そう、髪の毛が一番大事よ」モプシーは同意した。「あ、でも一番じゃないかも。生きていて、食べ物があることが一番大事よね。そのぐちゃぐちゃの頭、見慣れちゃったけど、もっとエレガントにしなくちゃ。絶対ファッションショーの舞台《ぶたい》に立ったモデルみたいになれるから」

それを聞くと、アレイクはなんと、高級ブランドのファッションモデルそっくりに部屋の中を歩いてみせた。見えない観客の前で腰《こし》をふり、モプシーの拍手《はくしゅ》に答えてお辞儀《じぎ》すると、さっそうと帰っていく。

アレイクはどうしてファッションショーを知っているのだろう？　アンドレとセレスティーヌとマトゥはほとんどテレビを見たことがなく、刑事《けいじ》ドラマと朝のニュースのちがいもわからないし、車のコマーシャルと家のインテリアの番組の区別もつかないのに。

棚《たな》に母さんが裁縫《さいほう》道具を入れている小さな籐《とう》のバスケットがあった。ふたが開いていて、きちんとならんだ糸巻《いとま》きの上に、よく切れるきゃしゃなはさみが置いてある。

モプシーははさみを手に取った。そしてアレイクを自分の部屋に連れもどすと、床《ゆか》のまんなかに黄色いアヒルちゃんのくずかごを置いた。

「アレイク、吐《は》くみたいにして、この上にかがんで。髪《かみ》の毛、切るからね」

アレイクの髪はこれ以上ひどくなりっこないから、あとはよくなるだけだ。モプシーはすさまじくからまっている部分をちょきちょき切り落とし、その下のもつれも切っていった。

アレイクは親指と人差し指の間を一センチくらいに広げ、はさみを指さした。

「そんなに短く？」モプシーは信じられなかった。

アレイクはうなずいた。意思疎通《そつう》の観点からすると、それはわくわくするようなできごとだった。

「わかった。それでもマトゥよりは長いものね。アレイク、頭の形がきれいね。顔と同じようにほっそりしていて、かっこいい。写真映《うつ》りもよさそう。でも、アレイクがアフリカで撮《と》った写真は、こんなにすてきじゃなかったけど」

モプシーはうれしくなって、ちょきちょき切り続けた。将来《しょうらい》、検察官《けんさつかん》や動物園の獣医《じゅうい》になるのはやめて、美容師になろうかな。

「ああ、アレイク！」モプシーはささやいた。「鏡を見て！　なんて美人なの！　早くみんなに見せてあげなくちゃ」

◆

「おれたちは宿題があるだろ」

ジャレッドがにらみ続けると、やっとマトゥもしぶしぶ台所の騒《さわ》ぎをはなれ、ついてきた。

ふたりは階段《かいだん》を上がった。

一階の声が聞こえてくる。すすり泣くエミー。怒鳴《どな》る父さん。なんとか仲なおりさせようとする母さん。まるで世界の縮図《しゅくず》だ。欲《よく》をむさぼった報いを受ける国。怒《おこ》って反撃《はんげき》する国。両者を止めようとする国。

モプシーが部屋であまったるい声を出しているのが聞こえてくる。モプシーは物事を理解したことがあるんだろうか？　父さんがこの家の中で、今にもこわれそうになっていることに気づいているのだろうか？　父さんが今にも誰《だれ》かを引っぱたきそうになって……。

今にも。

ジャレッドはこの事態に別の方法で臨《のぞ》むことにした。

「マトゥ、ついてこい。おれが何を言っても、調子を合わせろよ。いいか？」

ジャレッドは階段をドシンドシンとおりて、父さんの前にしっかり立つと、いやになるくらいモプシーに似た声でこう言った。

「父さん、聞いて。すごくいいこと思いついたんだ。庭のライトをつけて、私道《しどう》を全部照らせば、今晩《こんばん》マトゥに初の運転レッスンができるよ。マトゥが早く運転できるようになれば、それだけ早く自分たちで生活できるようになるよね」

ジャレッドは父さんの手を取った。モプシーが毎日十回くらいアレイクの手を取るのと同じように。

マトゥが絶妙《ぜつみょう》のタイミングで口を開いた。

「本当に？　運転を始めていいんですか？　今晩から？」

まるでマトゥも十六年間、この瞬間《しゅんかん》を待っていたかのような口ぶりだ。

ジャレッドは車の鍵《かぎ》をつかんで、マトゥにわたした。

「見学させてください」

アンドレがそう言って、父さんの反対側に歩いていき、ジャレッドとふたりで父さんを台所から連れ出し、車庫に入っていった。

ジャレッドは自動シャッターを開けるボタンを押《お》し、庭の投光照明をつけた。

「どうして電気がつくと言ってくれなかったの？」あとからついてきたセレスティーヌがきいた。「いつもつけておいてほしいわ」

「忘《わす》れてました」ジャレッドは答えた。「ぼくたちは暗いほうが好きなんです。星が見えるから」

父さんはマトゥに、前進とバックのやり方を教えた。大事な車に傷《きず》をつけられたくないうえ、もともと教えるのは得意だから、指導には熱が入った。百メートルバック、百メートル前進。

父さんとマトゥは私道を何度も往復した。

アンドレがジャレッドに声をかけてきた。

「きみはいい息子《むすこ》だ」

◆

二階にいたモプシーは、あるテストをしようと決めた。アレイクを台所に連れていき、みんなの前で歩いてもらうのだ。アレイクの美しさを見れば、争っている三人の大人《おとな》たちも、ほかのことを考える気になるだろう。それに、セレスティーヌとアンドレの注意を引くために何が必要なのか、モプシーにわかるだろう。ふたりは一度も親らしくふるまっていない。それでも、アレイクが赤と黒をどんなにすてきに着こなしているか気づくはず。大胆《だいたん》な新しい髪型《かみがた》をほめてくれるはず。

モプシーは階段《かいだん》に向かった。

「アレイク、行こう。お母さんとお父さんに見せにいこうよ」

アレイクはしりごみした。行かせないで、という顔をしている。

あたし、何をしてるんだろう？　と、モプシーは思った。テストは学校ですることなのに。

アンドレとセレスティーヌにテストなんかできないし、アレイクにもできない。家というのは、誰《だれ》にもテストされないところなんだから。

◆

あと二十一日だった。それまでにニューヨークシティに行き、アマボ一家を見つけ出さねばならない。

難民《なんみん》支援《しえん》組織の人たちは、仕事に行けとしか言わないので、そこに助けを求めるわけにはいかない。ヴィクターは一日じゅう、外をほっつき歩くしかなかった。アパートのテレビも映《うつ》らなくなった。ケーブルテレビ代をはらっていたのはスーダンの男たちで、ヴィクターはいっさい支払《しはら》いをしなかったからだ。ヴィクターはスポーツ番組が見られるバーをいくつか見つけた。

怒《いか》りは日に日に強くなっていった。

難民再定住担当者《たんとうしゃ》たちを拷問《ごうもん》にかけようかと考えたが、彼《かれ》らはアマボ一家の居場所を本当に知らないようだった。一度だけ、唯一《ゆいいつ》知っているニューヨークシティの電話番号にかけてみた。誰も出なかった。伝言を残すことはできたが、そうしなかった。アマボ一家を見つけ出すまでは、売る物がない。

8　箱の中

アマボ一家が来て三週間以上がたった。ある日、母さんがテレビをつけると、天気予報で雪がふると言った。

「やっとだわ。今年はちっとも冬らしくなかったものね」

戦時中の灯《とう》火《か》管《かん》制《せい》のように窓《まど》がおおわれていて、外が見えないので、母さんは裏口《うらぐち》のドアをさっと開き、風の中に顔を出した。それから強風にさからって、何とかドアをバタンと閉《し》めた。雨でびしょぬれになっている。

「まだ雪になってなかったみたい」母さんは笑った。「でも夜の間に雪に変わるわよ。寝室《しんしつ》の窓を開けっぱなしにしている人はいない？」

セレスティーヌとアンドレは窓を開けるなど、考えもしなかった。アレイクは、フィンチ家の人が知るかぎり、何も触《さわ》ったことがないし、モプシーは部屋が「ぬくぬくしている」のが好きだった（ジャレッドはそれを「よどんでいる」と呼《よ》ぶ）。新鮮《しんせん》な空気をこよなく好むのはジャレッドだけだった。窓はいつも開けてある。ジャレッドは二階にかけ上がった。

マトゥの遺灰《いはい》の箱のことを忘《わす》れていた。

雨がふりこみ、広い窓台に水たまりができていた。大切な箱の底は、色が濃《こ》くなり、ゆがんでいる。

ジャレッドはぞっとして、勢いよく窓を閉めた。もう取り返しがつかず、なかったことにはできない。どうして自分が難民《なんみん》の世話をして、その持ち物、とくに遺灰のような気色悪いものを管理しないといけないんだろう。

とにかく、ぬれていないところに箱をうつしたほうがいい。ジャレッドが片方《かたほう》の箱を持ち上げると、底が抜《ぬ》けてしまった。焼かれた祖父か祖母の遺灰が、泥水《どろみず》となって広がっていく。ジャレッドの指にも遺灰の泥がついた。それを箱の上のかわいた部分になすりつけてぬぐった。すると、箱が弱かったので、横の継《つ》ぎ目《め》がやぶれ、残っていた遺灰がじゅうたんにこぼれ落ちていった。

ジャレッドは被害《ひがい》の大きさを見るため、机《つくえ》の電気スタンドをつけた。

遺灰の中の骨片《こっぺん》のうち、まだかわいているものは、砂利《じゃり》のように灰色《はいいろ》でふぞろいだった。だが、ぬれた骨《ほね》のかけらは光っている。きれいだった。うっとりするほどだ。骨というのは、うっとりするようなものではないだろうに。

ジャレッドは不安を忘《わす》れ、一番大きなぬれたかたまりを拾い上げた。不思議だった。骨《ほね》なら、穴《あな》が開いていないだろうか？　火で焼かれて、かさかさに軽くなっていないだろうか？　ジャレッドはぬれた小石を電球のほうにかざした。色彩《しきさい》が燃えるようにぴかっと光った。

ダイヤモンドだ、とジャレッドは思った。ダイヤモンドの原石だ。

ジャレッドは遺灰《いはい》の泥《どろ》を指でなでた。マトゥはカットされていないダイヤモンドをアフリカからこっそり持ち出していたのだ。それも何十個も。

◆

ヴィクターは喫茶店《きっさてん》の存在《そんざい》を知った。そこなら心地よく空調管理されている中に何時間もすわって、コーヒーを飲みながら、人を観察できた。多くの客は長時間、折りたたみ式のコンピューターの画面を見つめながら、小さなキーボードで字を打っていた。ヴィクターは見せてほしいと客のひとりにたのんだ。その人は自分のコンピューターにすっかり夢中で、顔を上げもしなかった。

「いいよ」

その人は新聞のトップページをスクロールしてみせ、スポーツニュースや芸能人の動画や中東の紛争地域《ふんそうちいき》に関する記事をクリックしていった。そしてヴィクターのいる方向になんとなく顔を向け、微笑《ほほえ》んだ。

「インターネットには、どんな人も、どんなできごとも出ているんだ」

「人をさがすこともできるか？」ヴィクターはきいた。

「かんたんさ」

「コンピューターを持っていないし、使い方も知らない」

「問題ないよ。図書館に行けばいいんだ。コンピューターは無料。図書館員が何だって調べてくれる」

◆

ジャレッドは遺灰をもてあそぶ人がいるなんて、思ってもみなかった。もしこれが遺灰だったらの話だが。おそらくマトゥは、消えたたき火の灰を集めたのだろう。それを「祖父母の遺灰」と呼ぶなんて、ずるがしこい密輸《みつゆ》業者が考えそうなうまい嘘《うそ》だ。

ジャレッドは泥に残った指の跡《あと》を消した。

小石（あるいはダイヤモンド原石、あるいは奇妙《きみょう》に光る骨《ほね》）は、手のひらに不思議と温かかった。ジャレッドはそれをジーンズのポケットに入れると、一階にかけおりた。

居間には全員がそろっていた。

セレスティーヌは新しい趣味《しゅみ》に没頭《ぼっとう》していた。スーパーのクーポン券の切《き》り抜《ぬ》きだ。セレスティーヌは時間があればクーポン券をながめ、わくわくするような買い物リストをいくつもつくりあげていた。ツナの缶詰《かんづめ》をストップアンドショップとフードマートのどちらのスーパーで買ったほうが安いか、計算するのが大好きだった。こっちで五十セント、そっちで二十五セント節約しようと意気ごんでいる。そして毎日トイレ掃除《そうじ》の仕事からもどると、未知の驚異《きょうい》である「給料支払《しはらい》小切手」がいつ来るのかとたずねるのだった。もしダイヤモンドの資産があるとわかっていたら、そんなことをするだろうか？

アンドレはテレビで昔のバスケットボールの試合の再放送を見ていた。ジャレッドには生《なま》中継《ちゅうけい》以外のスポーツ番組を見るなど考えられなかった。変な古くさいショーツにぴっちりしたシャツ、値打《ねう》ちのないスニーカーをはいた選手を見るだけでいらいらしてくる。だが、もう自分の手でボールを持つことのないアンドレは、興奮《こうふん》で息を切らし、自分の選んだチームを応援《おうえん》している。ひざの上には、病院のつぎの日時が記された、大事な予約票が載《の》っている。アンドレは予約票を大切にしていた。もしダイヤモンドを持っていると知っていたら、そんなに大切にするだろうか？

するだろう。なぜなら、ダイヤモンドを持っているより、手があるほうがいいからだ。だがセレスティーヌが買い物リストを読みあげたとき、アンドレは顔を上げ、目を輝《かがや》かせて熱心に聞いた。野菜が買える！　と思っているかのように。

そのうえ、「ダイヤモンドを換金《かんきん》したら、田舎に広大な屋敷《やしき》を買って、高級な車も買って、食事は全部外食にしよう」と思っているのだろうか？

ジャレッドにはそうは思えなかった。

アレイクはおかしくなっているから、ダイヤモンドの密輸《みつゆ》には関われないだろう。もっとも、モプシーのおかげでかっこいい髪型《かみがた》になってからは、ぼうっとしたバカではなく、知的で思慮《しりょ》深《ぶか》く見えるようになった。

アレイクはモプシーの隣《となり》にすわっていた。モプシーは教えるのに夢中だった。お気に入りの絵本をアレイクに読み聞かせ、「ティラノサウルス・レックス」と言わせようとしている。アレイクは口を開かない。

マトゥは、野球のキャッチャーにしかできないような、スクワットのようなクランチのような姿勢《しせい》で床《ゆか》にしゃがんでいた。生物の教科書を口だけ動かして黙読《もくどく》している。テレビを見ても聞いてもおらず、モプシーのばかばかしい話にも気づいていない。教科書のページに完全に心を奪《うば》われ、ひとつひとつの言葉を黄金だと思っているようだ。

——それともダイヤモンドだと。

もし四人ともダイヤモンドのことを知っているなら、もっとチームらしく団結しないだろうか。四人で話すところが想像できる。ここから逃《に》げ出《だ》そう。おまえは息子《むすこ》、おまえは娘《むすめ》になり、わたしたちが親の役をしよう。アメリカに着いたら、ダイヤモンドをお金に換《か》えて、豊かに暮《く》らそう。

だが誰《だれ》がアレイクを仲間に入れるだろうか。それに、そんな計画を立てているなら、あらかじめ練習するのでは？　少なくとも、どうやって逃げたか、口裏《くちうら》ぐらい合わせないか？

謎《なぞ》だ。だがある意味では、どんな家族だって謎なのだ。すべての人間は謎なのかもしれない。たとえばブレイディ・ウォールの謎。まったく別の人間になってしまい、告発され……。

告発か、とジャレッドは考えた。

ダイヤモンドであろうとなかろうと、書類があろうとなかろうと、ジャレッドは自分の家族を告発することはできなかった。

というのは、いつのまにか、アマボ一家はジャレッドにとって家族になっていたのだ。

ある夏、ジャレッドはサマーキャンプに参加した。毎日、湖で水泳やカヌー、水球などをしてすごしたが、何より印象に残っているのは、自分の家族の存在《そんざい》を忘《わす》れてしまったことだった。

キャンプが、ジャレッドの人生のすべてになっていた。家族見学日に両親と小さな妹がやってきたとき、ジャレッドはショックを受けた。この人たちは誰だっけ？　ジャレッドにとって大切だったのは、キャンプでいっしょに暮らしていた人たちだった。誰かといっしょに暮らすと、その人たちのことが大切になる。

ジャレッドは咳《せき》ばらいをした。

「マトゥ、おれが窓《まど》を開けっぱなしにしてたから、雨がふりこんだ。それで、おまえの箱がぬれてしまった。ぬれてない場所にうつそうとしたら、箱がこわれてしまった。本当にごめん。遺灰《いはい》をほかの入れ物に入れかえないといけないんだ」

その告白に衝撃《しょうげき》を受けた人はいるだろうか？　買い物リストをつくっていたセレスティーヌは鉛筆《えんぴつ》の動きを止めたが、それはリストが完成したからかもしれない。アンドレは息をのんだが、それは試合を見ていた反応かもしれない。マトゥは目を大きく見開いたが、マトゥは毎日五十回くらい目を見開いている。アレイクはいつものように、じっとしていた。

「おばあちゃんとおじいちゃんの遺灰でしょ？」モプシーが金切り声をあげた。「ああ、マトゥ、何てひどいこと！」

いつも実際的な母さんが口を開いた。

「タッパーはどうかしら？　ちゃんとした骨壺《こっつぼ》を買うまで」

母さんは戸棚《とだな》をさっと開けて、鮮《あざ》やかな青いふたのついた、丸いプラスチック容器をふたつ取り出した。モプシーが小型掃除機《そうじき》を取ってきた。

「掃除機はだめだ」ジャレッドは言った。「遺灰《いはい》がほこりや糸くずと混じる」

言うまでもなく、あのダイヤモンドかもしれないしそうでないかもしれない小石は、小型掃除機で吸《す》いこむには重すぎるし大きすぎる。

◆

あたしのせいだ、とモプシーは思った。あたしがいじったせいで、箱が弱くなっちゃったんだ。正直に言わないとだめ？　人の祖父母の遺灰に手をつっこむなんて、最低な人間よね？

マトゥを追って、みんなでどやどやと二階に上がったが、マトゥは戸口から惨状《さんじょう》を見ると、フィンチ一家を止めるように腕《うで》を前に出した。

「これはぼくの責任です。どうか一階で待っていてください。カーラさん、どうもありがとう。その新しい……」

マトゥはあいまいな顔つきになった。

「タッパー」

まるでその言葉が、やっと使う機会がめぐってきたパスワードであるかのように、母さんが言った。

マトゥは母さんのことを、前から「カーラさん」と呼《よ》んでいたのだろうか。モプシーは気づいていなかった。気づくことがありすぎて、どんなに気づいてもまだ足りないようだった。

祖父母の遺灰とともにマトゥを残し、みんなはしぶしぶもどった。

一階では、セレスティーヌが、お気に入りのおもちゃとなった、紫《むらさき》の小さなプラスチックの電卓《でんたく》で、リストになった数字をたしあげていた。アンドレは自分のチームを応援《おうえん》していた。モプシーには再放送の試合を応援する気持ちは絶対わからないだろう。それに二階にあったどろどろは、アンドレの両親なのだ。もう少し反応してもよさそうなのに。

マトゥがやっともどってきたとき、モプシーはききたいことが山ほどあった。

「マトゥ、おばあちゃんとおじいちゃんは、どうして亡《な》くなったの？」

「棒《ぼう》で殴《なぐ》り殺《ころ》された」

モプシーはそんな答えを予想していなかった。もしかしたら答えが返ってくること自体、予想していなかったのかもしれない。棒で殴られるという肉体的な生々しさに、モプシーは胸《むね》が悪くなった。殺す人は、殺される人と、目があったはずだ。殺される人は逃《に》げようとしながら、自分を殺す人の手が、棒をにぎりしめるのを見たにちがいない。ものすごい力をこめて棒をふりおろさなければ、人は殺せないだろう。どんな棒《ぼう》だったんだろう。モプシーは、ゴルフクラブくらいしか思いつかなかった。たまらず、つぎの質問をした。

「マトゥの恐《おそ》ろしい傷《きず》も、その日にできたの？」

「マトゥの傷は恐ろしくないわ」母さんはいやなことがあっても、なんでもないふりをしたがる。「マトゥはとってもハンサムな男の子よ」

モプシーは、母さんと結婚《けっこん》していたらうんざりするかもしれない、と初めて思った。母さんは絶対に、いやなことをいやなまま受け入れたがらない。モプシーは父さんのほうを見た。父さんは自分の携帯《けいたい》電話を見おろし、アンドレと同じくらい、遺灰《いはい》に無関心だった。モプシーはマトゥのことを気にするのはやめた。父さんをどうにかしないといけない。

「マトゥ、ふるえてるじゃないの」母さんが言った。「はい、ブランケットよ」

フィンチ家の四人は、ソファでくつろぐための、長さ二、三メートルのふわふわした厚手のフリースのブランケットを持っている。暑がりの父さんと、もっと暑がりのジャレッドはブランケットに触《さわ》りもしないので、ふたりの分は何年もきちんとたたんだまま置かれていた。母さんとモプシーは、それぞれお気に入りのブランケットを使っていた。

マトゥはたっぷりとした深紅《しんく》のブランケットを受け取り、それを華々《はなばな》しく肩《かた》にかけた。王族の衣装《いしょう》をまとった部族の王子のようだ。アレイクはマトゥを見つめただけでなく、積み重ねてあるブランケットに目をやった。モプシーはお気に入りのショッキングピンクのを取り出すと、アレイクを小包のように包みこんだ。

アレイクは夕食の席にもブランケットをはおってきた。

「だめよ、アレイク」母さんが言った。「食べるのに手がいるでしょ。今晩《こんばん》は食べてもらうわよ。あなたが食べないのに、もううんざりなの。そのブランケット、こっちにちょうだい」

「アレイク、待ってろ」ジャレッドが言った。「大きくてもっさりしたトレーナーを持ってるんだ。きらいだから着たことないけど。夕食のときに着てもだいじょうぶだし、内側もそれと同じくらいもこもこしてるよ」

モプシーは、ジャレッドが何を指しているのかわかった。クリスマスにおばあちゃんにもらった、メトロポリタンオペラの紫《むらさき》のトレーナーだ。それを着ているところを見られるくらいなら、死んだほうがましだとジャレッドは思っている。ジャレッドが二階からおりてきて、トレーナーをアレイクに放ると、モプシーは口を開いた。

「きらいな物を人にあげるのはよくないんだからね。あげるなら、自分の好きな物をあげなきゃ」

アレイクはトレーナーを受け止めると、頭の上からかぶり、肩のあたりをあわせた。

「屁理屈《へりくつ》言うな。アレイクは気に入ってるし、問題も解決したんだから。これでおばあちゃんに気に入ったかきかれても、うん、って言える。ほかの人が着ているところが気に入ってるって言わなきゃいいんだ」

◆

アレイクは本当にそのトレーナーを気に入った。肌《はだ》に触《ふ》れるやわらかさが気に入った。色も気に入った。何でも買うフィンチ夫人でさえ、今は時期はずれで高すぎるからと買わない、ラズベリーのような色。

そでが長くて手が隠《かく》れてしまうところも気に入った。恐《おそ》ろしい手を、自分でも見ないですむ。アレイクはある意味ではアンドレがうらやましかった。もし自分の手がなくなれば、その手で犯した殺人も、なくなるのだろうか？

◆

夕食のあと、セレスティーヌはクーポン券の研究を続けなかった。かわりに聖書《せいしょ》を読んだ。それは実際にはジャレッドの聖書で、四年生になると全員もらうものだった。その年になれば、まともに読めると思われているからだ。その聖書は『メッセージ』と呼《よ》ばれる版で、ジャレッドは開こうとしたこともなかった。四年生のときからずっと、ソファのそばの本棚《ほんだな》でほこりをかぶっている。

父さんはあいかわらず、ただすわったまま、ときどき額《ひたい》や目をこすっていた。

セレスティーヌがそっと言った。

「お友だちが教会のお金を盗《ぬす》んだから、心が痛《いた》むのでしょう」

父さんの姿勢《しせい》から、もうこれ以上その話をしたくないと思っていることが、ジャレッドにはわかった。

「泥棒《どろぼう》はあなたの隣《となり》で働いていました」セレスティーヌは続けた。「協力しているふりをしながら、実は自分のために働いていたのです。お金を失ったから、教会は痛手を受けました。でも信頼《しんらい》がこわれたから、あなたの心は痛むのです」

衝撃《しょうげき》がまるで鉈《なた》の刃のようにジャレッドを切《き》り裂《さ》いた。ジャレッド自身も、泥棒ではないか。ジャレッドはマトゥのものを盗んだ。協力しているふりをして、信頼をこわしたのだ。

ジャレッドの口の中はかさかさになっていた。

おれは盗んでいない、と自分に言い聞かせた。たまたまそこにあったから、たまたま見て、たまたま何だろうと明かりにかざしてみただけだ。〈だけど、元にもどさなかった〉

エミー・ウォールも泣きながら同じことを言っていた。〈ブレイディは元にもどすつもりだったの。誰《だれ》にも気づかれないうちに、元にもどすつもりだったのよ〉

おれはダイヤモンドを元にもどすのか？　そもそも、なんで取ったんだろう？　寝室《しんしつ》でふたりきりになったとき、マトゥに何と言われるだろう？

だがその夜、マトゥはいつものようにすぐに寝入《ねい》り、部屋に規則正しい息の音が響《ひび》いた。マトゥはダイヤモンドをかぞえなかったのかもしれない。

あれはダイヤモンドではないのかもしれない。

夜中の一時ごろ、ジャレッドはベッドを抜《ぬ》け出《だ》すと、階段《かいだん》をそっとおりて、台所の横の居間に忍《しの》びこんだ。キーボードがカチャカチャいう小さい音がもれないようにドアを閉《し》めると、母さんのパソコンを立ち上げ、インターネット検索《けんさく》をした。

「ダイヤモンド」と「アフリカ」というキーワードを打ちこむと、多数のサイトがヒットした。

南アフリカの地下深くにある、警備《けいび》のきびしい有名な鉱山《こうざん》で採掘《さいくつ》されるダイヤモンドについて書いたサイトが見つかった。そこからリンクをたどって、マトゥのいた西アフリカのダイヤモンドに関するサイトに行きついた。

この地域《ちいき》のダイヤモンドは「沖積《ちゅうせき》ダイヤモンド」といって、地表の近くにあり、川や季節的な雨によって遠くに運ばれていくという。ふつうの庭仕事用のシャベルで掘《ほ》ることができる。

だからシエラレオネの「鉱山」は、実際には畑のようなもので、そこで採《と》れる作物がダイヤモンドなのだ。

　こうしたダイヤモンドが原因で、アフリカで多くの内戦が始まり、続けられた。ダイヤモンドはその資金源となった。ダイヤモンドで、銃《じゅう》や鉈《なた》、ジープや制服、食べ物や飲み物が買われた。ダイヤモンドはふつうの人間を殺人者に変えた。政治や社会を変革《へんかく》するといった大義《たいぎ》もない、ただの殺人だ。ダイヤモンドに関わる男たちは流血を好んだ。だから彼《かれ》らの収入源《しゅうにゅうげん》であるダイヤモンドは、「血のダイヤモンド」と呼《よ》ばれた。その多くが西アフリカ、とりわけシエラレオネで採れた。

「血のダイヤモンド」のかわりに「紛争《ふんそう》ダイヤモンド」と書くサイトもあった。だが、それでは、ダイヤモンドが軽いもめごとの元でしかない印象を与《あた》える。それに対し、「血のダイヤモンド」は、マトゥの頰《ほお》の傷《きず》、亡《な》くなった祖父母、こわれてしまった妹、両手を失った父親を思い起こさせる。

　記事のひとつに、アフリカではあらゆる行政活動に賄賂《わいろ》が必要だと書いてあった。最も有効《ゆうこう》な賄賂は紙幣《しへい》ではなく、金や銀、そしてアフリカの大部分ではダイヤモンドだった。

　ジャレッドは賄賂を使ったことがない。両親もないだろうと確信している。もちろん、学校の先生たちはしょっちゅう賄賂で生徒を動かしていた。行儀《ぎょうぎ》よくしていれば、講堂に行って、海底で宝さがしをするダイバーの講演《こうえん》を聴《き》きにいっていいですよ、などとまるめこもうとする。だが行儀《ぎょうぎ》よくしていなくても、結局、聴きにいける。先生も聴きたいからだ。

そう、賄賂《わいろ》だ。アマボ一家はアフリカから脱出《だっしゅつ》するために賄賂を使ったのかもしれない。

ジャレッドは前から、キューバやハイチからやってくるボートピープルのことが気になっていた。彼《かれ》らはアマボ一家と同じことを望んでいた。食卓《しょくたく》に食べ物があることと、安全な壁《かべ》に囲まれていることだ。彼らはセレスティーヌと同じように、どんなことでもする覚悟《かくご》があった。マトゥと同じように、学校に行って熱心に勉強しようとしていた。

アマボ一家の行動は、どうしても血のダイヤモンドと結びつかない。映画《えいが》の見すぎかな、とジャレッドは思った。アマボ一家が遺灰《いはい》だと言っているのだから、あれは遺灰なのだろう。

ジャレッドは西アフリカの特定の情報をさがすため、別のサイトをいくつかあたってみた。まさに求めていた情報が書かれた段落《だんらく》を読んでいたとき、すぐ隣《となり》で息の音がした。ジャレッドは心臓発作《しんぞうほっさ》を起こしそうになった。だが、隣にいたのはモプシーだった。

「おどかすなよ」

ジャレッドは小声で責めた。

「話がしたいの」モプシーが小声で答えた。「何してるの？」

「シエラレオネやリベリアやなんかのことを調べてる」

ジャレッドは、モプシーがこう答えるかと思っていた。ジャレッドのことだから、どうせ野球の試合結果を見てるんでしょ。アフリカの小さくて怖《こわ》い国々のことを調べるために、夜中に起きてるって言われても、信じないからね、と。だがモプシーはうなずいて、こう言った。

「アンドレとセレスティーヌとマトゥとアレイクは、お父さんとお母さんと息子《むすこ》と娘《むすめ》じゃないもんね」

このちっとも頭を使わない、ふわふわした妹が、ジャレッドと同じ結論にたどりついていたのだ。母さんと父さんは気づいていないのに。

「おれもそう思う。あの四人は血がつながってない」

「セレスティーヌとアンドレは結婚《けっこん》してるんじゃないかな。だって見えないところで、セレスティーヌがアンドレのために、どんなことをしてると思う？　まったくの他人《たにん》だったら、むりでしょ？　ねえ、ネットで何を見つけたか教えて」

ジャレッドは画面を指さした。

「西アフリカではふつう火葬《かそう》はしないんだ」

モプシーはうなずいて、こうきいた。

「あの箱の中、見た？」

「ああ」

「光ってた」

「知ってる」

ジャレッドはポケットに手を入れた。小石は絹《きぬ》のようになめらかな感触《かんしょく》があった。

「一個、取ってきたんだ」

ジャレッドは自分の知っている数々の人の中でも、よりによって妹を信頼《しんらい》していることに、自分でも驚《おどろ》いていた。

「ダイヤモンドの原石じゃないかな」

「宝石屋《ほうせきや》さんに持っていって、きいてみたら?」モプシーが言った。

9 雪

アフリカ人たちは雪を見ようと、明け方から起きていた。二十センチくらい積もっている。アンドレは雪の中を歩きまわり、腕先《うでさき》を雪に差し入れては、白いかたまりを放りあげていた。指がないと、触《さわ》ったときにどんな感じがするのかな、とモプシーは思った。

母さんが、手袋《てぶくろ》やマフラーの入った段《だん》ボール箱と、長靴《ながぐつ》の入った大きな透明《とうめい》な容器を引っぱり出してきた。アフリカ人たちは見慣れない冬物を見に集まった。

「わあ！」モプシーはうれしくなって声をあげた。「赤ちゃんのとき使ってた手袋よ」

その手袋の左右は、かぎ針《ばり》編みの長いひもでつながっていた。ひもをそでに通し、肩《かた》にまわしかけておけば、手袋をなくさないですむ。

「ふつうはね」モプシーはアマボ一家に説明した。「ちっちゃい子の手袋につけるの」

「わたしにちょうどいい」アンドレが勢いこんで言った。

セレスティーヌと母さんは、父さんの古い革《かわ》の手袋《てぶくろ》を取り出し、左右にキリで穴《あな》を開けて、ひもを通し、そのひもをアンドレの肩《かた》にかけた。セレスティーヌがアンドレに、父さんの古い冬のジャケットを着せると、両そでの先から手袋が現れた。

雪は湿り気が多くて重たかった。雪だるまをつくるのにぴったりだ。ジャレッドとモプシーとマトゥは雪玉を転がしていき、それ以上動かせなくなるくらい大きくした。それからふたつ目の雪玉をつくり、よくかためて、土台の雪玉の上に注意深く載《の》せた。頭にする三つ目の一番小さい雪玉はすぐにできた。母さんが持ってきたセロリとニンジンとふたつのプルーンが、緑の手とオレンジの鼻としわしわの目になった。それから、父さんがきらっていて、だめになればいいと思っているマフラーが、雪だるまの首に巻《ま》かれた。

アマボ一家は、いつも以上の熱意ととまどいを見せながら、雪だるまを見つめていた。マトゥが口を開いた。

「これは、みなさんの宗教《しゅうきょう》の一部ですか?」

◆

ほかの人たちがふたつ目の雪だるまをつくっている間、ジャレッドは朝食をとりに家に入った。今日は平日だったが、早朝からあれこれ活動したので週末のようだった。ふと見ると、黄色とクリーム色の居間のソファに、アレイクがぽつんとすわっていた。窓《まど》の外の雪を見てもいない。

ジャレッドはなぜか腹《はら》が立ってきた。自分の古いスキージャケットをひっつかむと（同じくらいの年の女の子に服を着せるのは変な感じだったが）、アレイクをドアの外に押《お》し出《だ》した。アレイクはほかの人たちのほうに行かなかった。彼《かれ》らも声をかけてこない。

ジャレッドは母さんといっしょに家の中にもどった。

「いつまでこんなこと続けるんだよ？」

ジャレッドはかみつくように言った。

「何のこと？」

「あの家族、なんかおかしいよ。母さんもおかしいし。マトゥとセレスティーヌとアンドレの面倒《めんどう》はものすごく見てるのに、アレイクのことは、生きてないみたいに思ってる。アレイクの親と同じだよ。セレスティーヌとアンドレは、アレイクの心が死んでると思ってるんだ。待ってれば、そのうち体も死ぬと思ってるんじゃないか」

「何てこと言うの。セレスティーヌとアンドレのことを悪く言ったり、キリスト教徒らしくない態度をとったりするんじゃありません。ふたりとも、それはそれは一生懸命《けんめい》、努力しているのよ。愛情と安心とカウンセリングで、アレイクもいつかは本来の自分を取りもどせるわ」

「セレスティーヌとアンドレがアレイクに愛情と安心を与《あた》えてるとこなんか、見たことある？」

そのとき裏口《うらぐち》のドアが開いて、セレスティーヌとアンドレとマトゥが入ってきた。三人とも雪玉を持っていて、長靴《ながぐつ》の雪をはらい落としていなかったから、母さんは重要なアメリカのルールを一式、新たに教えるために走っていった。三人がアレイクをよけて入ってきたことに気づいていない。

セレスティーヌはワッフルをつくり（セレスティーヌはワッフル焼き器に夢中だった）、シロップを温め（電子レンジにも夢中だった）、ベーコンを焼いた（ベーコンのパックをひっくり返して裏側の透明《とうめい》な窓《まど》から脂《あぶら》の入り具合を確かめるのが、ジャレッドより上手だった）。セレスティーヌはすでに、プレースマットや折りたたんだナプキンやキャンドルのよさを知っていた。朝食のテーブルはたいそう豪華《ごうか》になった。

父さんは、飾《かざ》りつけのたぐいがきらいだった。朝食はシンプルなのがいい。「トーストをひと切れくれたら、それを持って車に走っていくよ」というのが父さんのやり方だ。そういえば、父さんはどこにいるんだろう？　アンドレより早起きしているわけはない。自分の部屋にこもって、みんなが出かけるのを待っているのか？

ジャレッドはメールを打った。〈家にいないね。今どこ?〉

「早く食べなさい」セレスティーヌが言った。「バスに乗りおくれないようにね」

「早く食べられないの」モプシーが答えた。「どうやったらいいかわからないもの。あたしは食べるのがゆっくりなの」

モプシーはワッフルの四角いくぼみのひとつひとつに、ちょうどいい量のバターが溶《と》けるように、注意深くバターをぬっていった。

セレスティーヌと母さんは、そっくりなため息をついた。

この新たな八人家族の構造はなんとも奇妙《きみょう》だった。セレスティーヌは母さんにあこがれ、母さんと同じようになろうとしている。母さんは母さんで、セレスティーヌを自分の思いどおりのイメージにしようと夢中だ。ふたりは大きく前進していた。アンドレは、まるで手袋《てぶくろ》のひものようにつながっているかのように、迷《まよ》ったり流されたりすることなく何でも学び、「手のある世界」のふちにしっかり立って、ちゃんとそこに参加していた。

迷ったり流されたりしているのは、父さんのほうかもしれない。

父さんからすぐにメールの返事が来た。

〈早く家を出た〉

そうだよな、とジャレッドは思いながら、続きを読んだ。

〈砦《とりで》を守れ。愛してるよ〉

ジャレッドはワッフルにシロップをかけた。一分前には、父さんにダイヤモンドの話をする気でいた。だがメールを読んで悩《なや》み始めた。ジャレッドは、砦《とりで》を守るのではなく、空《から》っぽにするべきではないのだろうか。ドルー・フィンチは家族の生活と趣味《しゅみ》を支えるために稼《かせ》がなければならない。教会を救い、世界を救い、手を失った男と言葉を失った少女を助けなければならない。そのうえ、密輸《みつゆ》された血のダイヤモンドのことまで心配しなければならないのだろうか？

それにダイヤモンドのことは憶測《おくそく》にすぎない。実在しないかもしれない問題で、父さんを悩ませなくてもいいのでは？　ジャレッドは父さんの負担《ふたん》を減《へ》らさなければいけないのだ。神さま、助けてください、とジャレッドは祈《いの》った。どうやったら、そんなことができるんですか？

「ねえ、ジャレッド」母さんが、まるで祈りに答える神さまのように話しかけてきた。「アレイクはもう中学校はじゅうぶんだと思うの。あなたとマトゥといっしょに高校に行くべきだわ」

ジャレッドは神さまに、心の中で祈った。お願いです。神さまにこの問題を解決していただきたいんですけど。

神さまは無言だった。

ジャレッドはため息をついた。

「アレイク、どう思う？　高校に行って、十一年生になるか？」

アレイクの反応を見るかぎり、アレイクの写真がそこにあるのと変わらなかった。

「よし、決まりだ。アレイク、行こう」

◆

生徒指導室で、ジャレッドはアレイクが誰《だれ》だか説明し、まだ言葉を話していないことと、書類は（たいした書類ではないが）中学校にあることを伝えた。そして、今日一日はジャレッドと同じ授業に参加してもらっていいか、たずねた。

アレイクの兄であるはずの人が、バスから教室（ジャレッドが行くのと同じ教室）に直行し、妹であるはずの人の編入手続きにつきそわなかったことについて、誰も何も言わなかった。もっとも、ふつうの兄なら誰だって、おかしな妹の手続きを手伝う前に、濃《こ》いサングラスをかけて偽名《ぎめい》を名乗るだろう、とジャレッドは考えなおした。

「そうだな……」生徒指導室のカウンセラーが言った。「アレイクは女の子だから、案内役も女の子がいいだろうな。トイレのこともあるし。テイはどうだろう？　最初のふたつの授業がきみと重なっているね」

テイはジャレッドの仲間ではないし、ましてやアレイクの奇妙《きみょう》で静かな世界からは百万キロくらい遠いところにいる。

「いいと思います」

ジャレッドは、二十分も持たないんじゃないかと思いながら返事した。

テイが呼《よ》び出《だ》された。テイがやる気満々で部屋に飛びこんできたため、ジャレッドはレームおばさんを思い出して、いやな気持ちになった。テイがアレイクに両腕《りょううで》をまわし、両方の頬《ほお》にキスしている間、ジャレッドはもう一度テイのために、アレイクの説明をした。

「案内役をやらせてもらえるなんて光栄よ。わあ、その髪型《かみがた》、大胆《だいたん》でかっこいい。すごく似合ってる。アレイク、しゃべれないことは全然気にしなくていいからね。わたしがふたり分しゃべるから」

テイが笑顔をジャレッドに向けた。ジャレッドはたちまち催眠《さいみん》がかかったようになり、一生テイの前にひざまずいて暮《く》らしたくなった。

「じゃあ、教室でね。わたしたち、女子トイレに寄っていくから」

アメリカ史の授業では、ダウリング先生が再び、難民《なんみん》同士がインターネットを通して交流している話を始めた。先生は大きな声ではっきりと、マトゥにもう一度インターネットの仕組みを説明した。

「サイトをいくつか見つけたのよ」

先生は「サイト」という言葉をていねいに発音した。

「マトゥ、サイトというのはね、インターネット上にある特定の場所のことで、そこに情報があるんです。これは、アフリカからアメリカに来た人たちが、親戚《しんせき》をさがしているサイトよ。ここから始めたらどうかしら」

ダウリング先生はマトゥに紙の束を差し出した。

マトゥはまっすぐ前を見つめた。

「先生は親切です。でも、ぼくはもう過去のことは忘《わす》れたいんです。蒸《む》し返《かえ》されたくありません。どうかこれ以上、努力をなさらないでください」

ダウリング先生はマトゥの顔の前に紙をつきつけた。マトゥは受け取らなかった。

先生は紙をマトゥの机《つくえ》の上に置いた。マトゥは胸《むね》の前で腕を組んだ。

生徒の何人かが忍《しの》び笑《わら》いをした。

ジャレッドは、いやな予感がした。ダウリング先生の好意を、マトゥは公《おおやけ》の場で拒絶《きょぜつ》したのだ。ダウリング先生は意地悪な先生のひとりだ。ただ、自分では優《やさ》しい先生のひとりだと思いこんでいるから、自分の意地悪さに気づいていない。

テイが軽やかに教室に入ってきた。

「みなさん、こちらはマトゥの妹のアレイクです。わたしが案内役に指名されたの。うらやましいでしょ。指をくわえて見てていいわよ。ケルシー、席空《あ》けて。アレイクがそこにすわるから」

「あたしはどこにすわったらいいわけ？」

「おれのひざ」ハンターが口をはさんだ。

「指をくわえてって？」マトゥが変な顔をしてジャレッドにささやいた。

「単なる言いまわし。うらやましいだろってこと」

ジャレッドは思わず笑った。マトゥがあからさまに、アレイクの面倒《めんどう》を見る人をうらやましいだなんて信じられない、という顔をしたからだ。

「アレイクは、しゃべらないことに決めたんです」テイが言った。「だから反応は期待しないで」

決めた？　ジャレッドはそんな可能性を考えたことはなかった。

「妹さん、かわいそう。何があったの？」

みんながマトゥにきいた。驚《おどろ》きと好奇心《こうきしん》と強引さを見せて。

マトゥが体をこわばらせた。

「マトゥを放っておいてやれよ」ジャレッドは言った。「過去のことはつらくて話せないって言ったばかりだろ。インターネットで、アフリカのダルフールって地域《ちいき》のことを読んだんだけどさ。そこは人口の三十パーセントが難民《なんみん》キャンプに住んでるんだって。しかも、その三分の二の人が、家族の誰《だれ》かが殺されるのを見たことがあるんだ。アレイクはたぶんそういう経験をしたんだと思う。そのうち立ちなおるよ」

なぜそんなことを言ったのか、自分でもわからなかった。こういうのはモプシーや母さんのセリフだ。ジャレッドは、アレイクが立ちなおるとは思っていなかった。

◆

しばらくあとの授業でも、アレイクはテイの隣《となり》にすわった。テイは本を持って、単語をひとつひとつ指さしていた。生徒たちはかわるがわる詩を朗読《ろうどく》し、韻《いん》によって生じるリズムをさぐっていた。

テイが読んだのは、雪のふる森を旅する馬の詩だった。アレイクは雪を見たばかりだった。本物の馬を見たことはなかったが、もう一か月近く、ニューイングランド地方の森を見ていた。

「森は美しく、暗く、深い」テイは読んだ。

「だが、わたしには、果たすべき約束がある
眠《ねむ》りにつく前に、あと幾《いく》マイルも進まねば
眠りにつく前に、あと幾マイルも進まねば」

美しい詩だった。アレイクは、自分の前に続く幾マイルもの道が、少しだけ怖《こわ》くなくなった。もう少しで、自分がその道を旅していくところが想像できそうだった。ただ、美しく暗く深いところに行きつけるとは思えなかった。詩の言葉が頭の中に静かにこだまし、アレイクをなぐさめた。

そのあと、テイに連れられて、体育館に行った。女の子たちがバスケットボールをしている。フィンチ氏とアンドレがバスケットボールが好きだったので、アレイクもテレビで見たことがあった。

体育の先生がアレイクの肩《かた》に片手《かたて》をまわした。

「はい、みんな、これから練習よ。アレイクはわたしといっしょにやりましょう」

体育の先生は、アレイクに隣《となり》についているように言うと、コートのまわりを軽やかにこともなげに走った。手のひらを使って、大きなオレンジ色のボールを一定のリズムではずませている。アレイクの番になり、やってみると、思っていたより難《むずか》しかった。だけど、ボールはなんて生き生きとしているのだろう。まるでとびはねるのが大好きで、空にはばたいていきたがっ

ているみたいだ。

クラスは四つのチームに分かれ、コートの半分を使った試合が同時にふたつおこなわれた。その間、アレイクと先生は、ドリブルしながらコートをまわり続けた。

アレイクは小さいころ、もてなしの心がどんなものか知っていた。アレイクの家族は、みんなを家に招《まね》き入《い》れた。住まいというのは、人をもてなすためにあるのだ。その人たちに部屋を使ってもらい、帰るときにはお土産《みやげ》をあげる。近いうちに、今度は自分たちがその人たちの家を訪ねていくことだろう。

だが、もてなしの心は内戦で失われてしまった。戦争の間に訪ねてきたのは、殺人者だけだった。

今再びアレイクはもてなしの心のまっただなかにいた。ひとつの家族が家を、ベッドを、冷《れい》蔵庫《ぞうこ》を開いてくれた（冷蔵庫というのは、なんてすばらしいのだろう）。ひとつの教会の会衆《かいしゅう》が扉《とびら》を開け、衣服や食料、仕事や医療《いりょう》を提供《ていきょう》してくれた。ひとつの学校が授業を開放してくれた。そして今度はテイというひとりの女の子が両腕《りょううで》を広げてくれた。体育の先生もそうだ。それからバスケットボールまでも。

体育の先生がさけんだ。

「アレイク、よくやったわ！」

夕食のとき、アメリカ人の両親は子どもたちに今日一日何をしたかたずねる。子どもが何と答えようと、アメリカ人の親は「よくやった！」と言う。先生たちは「よくがんばりました！」、カウンセラーは「よい選択《せんたく》をしました！」、美術の先生でさえ、「いい色ね！」と言った。

もちろん、牧師も「よい」ということについて話をした。だが牧師は、別の意味でその言葉を使っている。それは、アレイクがもう決してなることができないものだった。

高校のカフェテリアは中学のとそっくりだが、もっと広かった。テイがテーブルのひとつに向かうと、そこにいた女の子たちはアレイクとテイが隣《となり》にすわれるように場所を空《あ》けてくれた。

アレイクは、女の子たちが理由もなく笑うのにとまどった。

みんながアレイクを歓迎《かんげい》していた。

みんなの声が聞こえる。みんなの姿《すがた》が見える。注意深く椅子《いす》にすわると、ひんやりしたプラスチックの感触《かんしょく》がある。女の子たちが飲むスープのにおいがする。〈アレイクは生きていた〉

ジャレッドが別のテーブルから椅子を引きずってきてすわった。

「ほら、アレイク、このサンドイッチを食べたらいい。うまいよ」

ジャレッドはいい人だ、とアレイクは思った。フィンチ家の人はみんないい人だ。悪意のかけらもない。

夜にシャッターを閉《し》めず、かんぬきをかけなくていい家があるなんて、想像できるだろうか。ドアの鍵《かぎ》をかけ忘《わす》れても笑ってすませられるなんて。家に武器がないなんて。

この女の子たちみたいに幸せになりたい、とアレイクは思った。この子たちのようにおしゃべりして、友だちをつくりたい。怖《こわ》い夢にうなされずに眠《ねむ》りたい。吐《は》いてしまうことなく食べたい。

「いい調子！」

アレイクがサンドイッチを手に取ると、テイがさけんだ。

「そのままガブッといくのよ」

アレイクは雪の日の冷たい空気を吸《す》いこみたかった。モプシーと本が読みたかった。数学を学びたかった。車を運転したかった。茶色い紙袋《かみぶくろ》に食料品をつめこみたかった。

悪い人でいたくなかった。

あのときは十二歳《さい》だった。今は千歳だ。元には決してもどれない。生きているかぎり、千歳でいるだろう。

カフェテリアの壁《かべ》は生徒のアート作品で飾《かざ》られ、無数の色におおわれていた。あの教会の色とりどりの窓《まど》のようだ。あの教会では、許すことについて話す。だがアレイクは、決して許されないことをしたのだった。

アレイクは口をつけずにサンドイッチを置いた。

◆

その日の最後の授業は体育だった。ジャレッドがジーンズのボタンをはずさないうちに、マトゥはもう着替《きが》えをすませ、ロッカールームを飛び出していた。ジャレッドのジーンズは、五日間はき続けていたため、カンペキな状態だった。洗《あら》い立《た》てのぱりぱりごわごわしたジーンズをはく最初の五分間は最悪だ。だから、いい感じにやわらかくなったジーンズを、母さんが奪《うば》いとって洗濯機《せんたくき》に入れようとするたびに、毎回抵抗《ていこう》することになる。ジャレッドがそのジーンズを脱《ぬ》いでロッカーに投げこんだとき、ポケットから何かが落ちて床《ゆか》のタイルをすべっていった。

ハンターが、ジャレッドのために拾おうとしてかがみ、笑い出した。

「おまえ、石なんか集めだしたのかよ？」

ダイヤモンドだ。その小さなでっぱりに、ジャレッドは慣れてしまっていた。ポケットに入れていたことさえ忘《わす》れていた。母さんにジーンズを取られていたら、見つかっていたかもしれない。見たら、ダイヤモンド原石だとわかるだろうか？　母さんにどんなことがわかるのか、ジャレッドはいつもはかりかねていた。まるでわかっていないときもあれば、カンペキに気づいているときもある。

ハンターは遠くのゴミ箱にねらいをつけると、オーバーハンドで小石を投げ、シュートを決めた。そして自分に声援《せいえん》を送りながら、ロッカールームから走り去った。

あれがダイヤモンドかどうかもまだわからない、とジャレッドは思った。だが、あのゴミの中にまぎれこんでしまえば、なくしただけでなく、元にもどせなくなる。

おれは、ブレイディ・ウォールと同じだ。

舌《した》がかわいて、腫《は》れぼったい感じになっている。心臓《しんぞう》が年取って、きしんでいる気がする。

ジャレッドはゴミ箱をひっくり返して、床に落ちた中身を足でかきまわした。体育の補助《ほじょ》教員が入ってきた。

「つまずいて倒《たお》しちゃって」ジャレッドは弁明した。「だいじょうぶです、今かたづけます」

「手伝うよ」補助教員が言った。

一番いやな展開《てんかい》になった。そのときジャレッドは、誰《だれ》かが家に持ち帰って洗うかわりに捨《す》てたらしい、汚《よご》れた短パンの下に、小石を見つけた。

手に取ると、温かく、すっとなじむ。やっぱりダイヤモンドだ。ジャレッドは確信した。

◆

ダウリング先生は自宅のパソコンの前にすわった。

気の毒なマトゥには友だちが必要だ。同じ境遇《きょうぐう》の人がいい。理解してもらえるだろうから。ダウリング先生は、自分の念入りな調査を、ジャレッドのようなだらけた怠け者《なまもの》が活用してくれるとは思えなかった。しかも当のマトゥは、迷信的《めいしんてき》にインターネットを避《さ》けている。

ダウリング先生は行動を起こした。自分で調べたいくつかのサイトを比較《ひかく》し、最も活発にやりとりがおこなわれているところを選んだ。そして、マトゥ・アマボに関する好意的でくわしい情報と、その家族について知っているかぎりのことを書きこんだ。

10 運転レッスン

マトゥはアメリカ人一家に愛情を抱《いだ》くようになるとは思ってもいなかった。感謝はしていたし、料理もありがたく食べていたが、好きになるつもりはなかった。せかせか動きまわり、絶え間なくしゃべる、やせぎすの母親が、有無《うむ》を言わさずに人に何かを押《お》しつけたり、かぞえきれない活動をしたりすることに、はじめはうんざりしていた。だが牧師や教会の委員たちがだんだんに消えていったのに対し、フィンチ夫人はあいかわらず、すべての問題は克服《こくふく》でき、すべての傷《きず》ついた魂《たましい》は救われ、すべての失われた手のかわりに新しい手がつけられると信じていた。

一家の父親はほとんど外出していて、この驚《おどろ》くべき家や車やパソコンを維持《いじ》するために働いていた。見るからに落ちこんでいて疲《つか》れている。だが家にいるときは、教会に着ていく上等なスーツやネクタイを貸してくれ、辛抱《しんぼう》強く車の運転を教えてくれた。

ジャレッドは、自分の部屋や友だちや時間をマトゥと分けあうのを、あからさまにいやがっていた。だがマトゥのことを気にかけ、いろんなことを教えてくれ、ときには踏《ふ》みこんで守ろうとしてくれるのは、ジャレッドだった。自衛《じえい》のために短機関銃《たんきかんじゅう》が必要な世界から来たばかりのマトゥが、ハンターのような中途半端《ちゅうとはんぱ》ないじめっ子を気にするとでも思っているかのように。ジャレッドはアレイクにまで手を差《さ》し伸《の》べようとしている。アレイクは自分から人とつながることができないのに。また、そうしてはいけないのに。

だがマトゥがアメリカ人一家を好きになった本当の理由はモプシーだった。この小さな女の子は、さまざまな問題や要求や秘密《ひみつ》を抱《かか》えて押《お》しよせてきた、四人の赤の他人《たにん》を、心から好きになってくれた。モプシーが、どうでもいいようなことでくるくるまわったりおどったり手をたたいたりするたびに、マトゥは、昔、まだ喜びというものがあったときの、自分の母親の笑い声が聞こえてくるような気がした。

マトゥはフィンチ一家が大好きだった。だが黒人たちの中に入っていきたいという強い気持ちもあった。だから、肌《はだ》の色が同じダニエルの家族といっしょにレストランに行ったときはうれしかった。しかも、なんとすごい家族だろう。母親は大学教授《きょうじゅ》で父親は医者。マトゥはできれば、ひとりでこの家族とすごしたかった。アレイクとセレスティーヌとアンドレといっしょではなく。

レストランは花々が生けられ、鮮《あざ》やかな色にあふれ、座席《ざせき》はやわらかかった。料理は芸術のように盛《も》りつけられていた。マトゥはダニエルの家族がほかの人以上に、アフリカや過去のこと、難民《なんみん》キャンプや苦しみについて、質問攻《ぜ》めにするだろうと思っていた。だが予想は外《はず》れた。会話はすべて未来のことだった。セレスティーヌの未来、アンドレの、マトゥの、そしてアレイクの未来までも。

「ダニエルは医者になりたいの。臨床《りんしょう》より基礎《きそ》研究に興味があるのよ。マトゥ、あなたは将《しょう》来《らい》何をしたいか考えているの？」

ダニエルの母親は、カーラ・フィンチと同じような熱心さで身を乗り出してきた。

ぼくは安全でいたい、とマトゥは思った。

だが、その思いを口には出さなかった。ダニエルの母親は職業《しょくぎょう》や学問の話をしている。マトゥは、自分がどこまで深い不安と恐怖《きょうふ》とともに夜は眠《ねむ》り、昼はのみこまれそうになっているか、このすばらしい人たちに知られたくなかった。

セレスティーヌは、マトゥとちがい、安全について考えていないようだった。まるで母親が本当の息子《むすこ》を見守るようなまなざしでマトゥを見つめている。将来、医者になる息子だというように。

ダニエルの父親が微笑《ほほえ》んだ。

「将来《しょうらい》のことを考えるのは早すぎるかね、マトゥ？」

マトゥは微笑《ほほえ》み返した。

「今は目の前のことで精一杯《せいいっぱい》です。どの授業でもおくれを取っていますから。でも、追いつきます」

「どの科目が得意なの？」ダニエルの母親がきいた。

「得意な科目はありません。どのクラスでも最下位です。内戦が起きると、学校にあまり通えなくなるんです。ぼくはいろんな分野で知識が不足しています」

「それなら、何が一番好きなの？」

鍵《かぎ》のかかるドア。殺人者が隠《かく》れていない木々。食べ物が載《の》っている皿。

「数学です」

マトゥは礼儀《れいぎ》正しく答えた。

◆

図書館を見つけるのに数日かかった。

図書館員たちはこのうえなく親切だった。アメリカに難民《なんみん》を再定住させる認可《にんか》を受けた組織を十さがしだしたが、ヴィクターの大事な友人であるアマボ一家については、手がかりを見つけられなかった。

「引き続き調べていきます」夜の閉館《へいかん》の時間に図書館員たちは言った。「やりがいがありますよ。お友だちと再会するお手伝いができるなんて、こんなうれしいことはありませんからね」

◆

「セレスティーヌが初めて預金口座《よきんこうざ》を開いたんですよ」母さんがカーク・クリックに伝えた。「小切手帳の絵柄《えがら》はね、野生動物なの。セレスティーヌはアフリカ人なのに、ヒョウやトラやゾウを見たことがないんですって。信じられます？　だから今週末、みんなでブロンクス動物園に行くつもりなんです。アレイクは高校に通い始めて、すばらしい案内役のお友だちをつけてもらったんですよ。アレイクのすてきな髪型《かみがた》を見たらびっくりするわ。それからみんなで、いろんな物の種類選びを楽しんでいるのよ。もうみんな、ペプシとコークのちがいも、バーキングとマクドナルドのちがいも、全乳《ぜんにゅう》と無脂肪乳《むしぼうにゅう》もわかるようになったわ。セレスティーヌはミント味のデンタルフロスがお気に入りだし、アンドレはヘーゼルナッツ風味のコーヒーが好きなんですよ」

ジャレッドはブロンクス動物園に行く計画は知らなかった。マンハッタンの一画にダイヤモンド地区という場所がある。母さんにたのんで、動物園のかわりに、マンハッタンにあるエンパイアステートビルを見学することにしてもらえれば、途中《とちゅう》で抜《ぬ》け出《だ》してダイヤモンド地区の店のひとつに行って、小石を鑑定《かんてい》してもらえるだろう。

先日の午後、ジャレッドは実際にプロスペクト・ヒルの宝石店《ほうせきてん》の前にいた。ウィンドウにならぶ白いベルベットの首にはネックレスが光り、黒いベルベットのトレイには婚約《こんやく》指輪が輝《かがや》いていた。だが中にいた女性店員はジャレッドより一、二時間くらいしか年上に見えなかった。ダイヤモンド原石なんて聞いたことがないだろうし、ましてや鑑定などできないだろう。それに、教会から一ブロックしかはなれていない、家から八百メートルほどのこの大通りで、具体的にどうやってダイヤモンド原石を手に入れたのか、きかれるのもどうだろう。

ダイヤモンド地区に行きたいと思っている人は、この家でおれだけじゃないかもしれない、とジャレッドはふと思った。

カーク・クリックはため息をついた。

「カーラ、あなたはアマボ一家をペットあつかいしています。あなたの仕事は、彼《かれ》らをあと押《お》しして、家から追い出すことです。鳥が巣から飛びたつようにね。あなたの計画はどれもやりすぎだ。彼らのためになりません。こういうことは、自分たちでしないといけないんです」

「まだ運転もできないんですよ。わたしがいなくて、どうやってやっていけるというの？　教会ボランティアがいなければ、そもそも買い物にも銀行にも行けないんですから」

カーク・クリックは困ったように肩《かた》をすくめた。

「公共交通機関は？」

「そんなの、ありません」ジャレッドが指摘《してき》した。

カーク・クリックはアマボ家のファイルをかばんにしまった。

「それなら公共交通機関がある地域《ちいき》でアパートをさがします。また来週来ます」

「まだ早いわ！　しなきゃいけないことが、まだいっぱいあるんですから！」母さんがさけんだ。

「カーラ、聞いてください」車に向かいながら、カーク・クリックが言った。「あなたは宿屋の主人です。人は宿屋に一時的に泊《と》まります。よいおこないというのは、彼らの旅立ちを助けることなんです」

◆

日曜日、アレイクはモプシーの隣《となり》にすわり、讃美歌《さんびか》集をいっしょに見た。音楽が、熱をやわらげる冷たい水のように、アレイクにふりかかる。讃美歌《さんびか》も、会衆《かいしゅう》の熱心な歌声も、アレイクは大好きだった。パイプオルガンの響《ひび》きに、足も心もぞくぞくふるえた。

「主はあなたがたとともに」牧師が言った。

「またあなたとともに」会衆が答えた。

そうなっただろうか、とアレイクは思った。神さまはこの人たちとともにいるのだろうか？

アレイクのそばにもいるのだろうか？

「わたしの目を開いてください　はっきりと見えるように」最初の讃美歌が始まった。

アレイクは、人がこんなに祈《いの》れるだろうかと思うくらい、一生懸命《けんめい》に祈った。わたしの目を開いてください！　と、神さまにお願いした。ほかの人たちと同じように、神さまが見えるようにしてください。悪いおこないのベールの向こう側からではなくて。

「わたしの心を開いてください」讃美歌が続いた。

ああ、神さま！　わたしの人生を開いてください。この世界の一員にしてください！

「今　静かに　主をお待ちします」讃美歌が続いた。

いやです、神さま。静かにしているのはいや。声を出したいんです。

教会の中には、たくさんの答えがあるように思えた。アレイクが思いきって手を伸《の》ばせば、言葉をひとつ、あるいはふたつ、つかむことができるかもしれない。答えだって手に入るかもしれない。

だがこの教会の人々は手を伸ばしたり、とび上がったり、おどったり、大声でさけんだりしなかった。

人々は静かにすわっていた。

◆

日曜日の午後、フィンチ一家は全員疲《つか》れきっているようだった。フィンチ氏はテレビの前で昼寝《ひるね》をしていた。モプシーは父親に寄りかかって眠《ねむ》ってしまった。ジャレッドはゲームをしながら眠ってしまった。フィンチ夫人は編み物をしながらうとうとしていた。

アレイクは勇気がわくのを感じた。そして、モプシーといっしょに使っている寝室《しんしつ》に、ひとりで行ってみることにした。アメリカ人は、やりなおしができると信じている。アレイクのような人間でも、新しい人間になって新しい未来が築けると信じている。だから、鏡を見てみたら、お祈りでお願いしたことが少しは自分の顔に表れているかもしれない。新しい自分。過去のすべてから清められた自分。

アレイクはゆっくりと階段《かいだん》を上がっていった。勇気をもって神さまに祈った。許してくれる神さまに。

だが廊下《ろうか》の向こうから、アンドレがやってきた。アンドレは決してアレイクのほうを見なかった。今もアレイクに目もくれない。アンドレは、アレイクが何者か知っている。難民《なんみん》キャンプでは、誰《だれ》もが知っていた。

アレイクは話しかけるに値《あたい》する人間ではない。見るに値する人間ではない。人殺しなのだ。神さまからメッセージがあったとしたら、これがそうだった。

自分のしたことからは逃《に》げられない、と神さまは伝えてきたのだ。アフリカは、おまえとともにこの家にある。ヴィクターの兵士がアンドレの手に何をしたか見るがいい。二度と取り返しがつかないのだ。

おまえが許されることはない。

◆

図書館員たちがヴィクターをさがしにきた。求めていた情報が見つかったのだ。彼《かれ》らは喜んでいた。ヴィクターも喜んだ。そのプロスペクト・ヒルという場所がどこなのか、ヴィクターはたずねた。

彼らは地図を印刷した。運転の道順も印刷した。

「ニューヨークシティくらい遠いのか？」

「もっと遠いですよ。ニューヨークを通りすぎた先にあります。二百四十キロくらい北のほうです」

ヴィクターは地図を受け取って図書館を出た。運転するには車がいる。ヴィクターは街《まち》で車を手に入れることにした。

◆

雪が溶《と》けたが、夜の間にまた凍《こお》り、道路は氷におおわれた。トラックが何台も来て、茶色い砂《すな》をレース模様《もよう》のようにまいたが、坂道はまだ危険《きけん》だった。

凍りつくような寒い日には、母さんはクッキーを焼くことにしていた。それは人として好ましい習慣だ、とジャレッドは思う。母さんがセレスティーヌにさまざまなクッキーの型抜《かたぬ》きを見せている間、ジャレッドは生地《きじ》を少し失敬した。

父さんはアンドレとマトゥに地図の読み方を教えていた。アマボ一家のいた世界では、地図にわずらわされなければならないほど舗装《ほそう》道路が多くなかった。地図は難《むずか》しい。アンドレは自分が自転車で通った道が、地図のどの細かい線に相当するのか解明しようとがんばっていた。

「これは？」セレスティーヌが母さんにたずねた。

「復活祭《イースター》のときに使うの。それがウサギさんで、それがタマゴ」

「セレスティーヌ、アフリカではどうやってイースターを祝うんですか？」

ジャレッドはたずねた。イースターのときに出まわるマシュマロ菓子《がし》のヒヨコやプラスチック製の草などは、アフリカでは圧倒的《あっとうてき》に不足しているにちがいない。

セレスティーヌは最初に焼く分のクッキーをオーブンに入れた。ジャレッドが驚《おどろ》いたことに、セレスティーヌは自分の過去に関する質問にちゃんと答えた。

「去年のイースターは、難民《なんみん》キャンプで、おおぜいの幼《おさな》い子どもが下痢《げり》をして亡《な》くなり、悲しみがたくさんありました。でも、イースターが来るのをみんな喜んだのよ」

「え、どうして喜べたんですか？　赤ちゃんが亡くなってるのに」ジャレッドがきいた。

「キリストさまが復活なさり、わたしたちといっしょに苦しまれたからよ。イースターの朝、わたしは娘《むすめ》を亡くしたことを心おだやかに受け入れました」

モプシーは本を読むのをやめた。

父さんは地図を見るのをやめた。

母さんはクッキーの生地《きじ》を伸《の》ばすのをやめた。

「別の娘がいたのです」アンドレが静かに言った。「今は天国にいます。わたしたちはその話をしません」

つまり、アレイクはどうでもいい娘だったのだ。生き残ってしまった娘。両親はアレイクが生きていることを憎《にく》んでいる。それでは救いようがない。

◆

ヴィクターはこれまでに手に入れた物を取りに、せまいアパートにもどった。その中には武器もふくまれていた。

難民担当者《なんみんたんとうしゃ》が、アパートの前で待ちうけていた。

「難民の地位を受け入れたとき、約束をしましたね」彼《かれ》はそう言った。そのあとに致命的《ちめいてき》な失敗をした。「仕事をすると約束しました。明日もし職場《しょくば》に来なければ、移民局《いみんきょく》に通報せざるを得ません」

◆

セレスティーヌとマトゥは、これから銃《じゅう》で撃《う》たれるとでも思っているように、車庫に背中《せなか》をぴったりつけて立っていた。

「バカ野郎《やろう》！」父さんが怒鳴《どな》っている。

父さんは、決して悪態《あくたい》をつかない。何が起こったのか、ジャレッドには想像できなかった。

父さんは怒《いか》りのあまり、息も絶え絶えだった。

「家の私道《しどう》を往復しただけじゃ、まだ練習が足りないんだ。それなのに町に出ていって、幹線道路も走っただと！　免許《めんきょ》がなきゃ公道を運転できないんだぞ、マトゥ！　そもそもなんだってストップアンドショップに行ったんだ？　この家にはもうシリアルひと箱だってつめこむ余《よ》裕《ゆう》はない。ともかく勝手におれの車に乗ってはだめだ！　何かにぶつけてないだろうな？」

父さんは、幼児《ようじ》の死体やつぶれた車やへこんだスクールバスが道路にあふれているのを、ありありと思《おも》い描《えが》いているように怒鳴った。

マトゥとセレスティーヌはおびえたように顔を見合わせた。

やっぱり何かにぶつけたんだ。

それが生きていたものではありませんように、とジャレッドは念じた。

「ショッピングカート」マトゥはささやいた。「帰るときでした。いきなり、そこにあったんです。駐車《ちゅうしゃ》スペースのまんなかに。車にくっついて、どうしてもはなれなかったんです。でも最後には、向こうに転がっていきました」

ジャレッドは大笑いした。

「ホテルではなくて、あのスーパーで働きたかったんです」セレスティーヌが必死に弁明した。「それで電話をかけて面接の申しこみをしたんです。マニュアルに書いてあったとおりに」

「すごいじゃない、お父さん」モプシーが言った。「自分から行動し、能力を試し、知らない場所を探険《たんけん》する。まるで、人生の生き方のチェックリストみたい。セレスティーヌ、面接はうまくいったの？」

「月曜日から仕事を始めてくださいって」セレスティーヌがささやいた。

「わあ、おめでとう！」モプシーが甲高《かんだか》い声をあげた。「セレスティーヌ、本当によかったね！　あたしはレジ打ちするくらいなら死んだほうがましだけど」

「わたしは売り場担当《たんとう》になったの。商品を棚《たな》にならべるのよ。食べ物をね」

モプシーはセレスティーヌに飛びつき、ふたりはキスをして抱《だ》きあった。父さんは冷静さを取りもどして、セレスティーヌの肩《かた》を優《やさ》しくたたいた。それからマトゥに、もう運転レッスンはおしまいだと告げた。

「ぎゃくにさ」ジャレッドは言った。「ぼくのほうが大人《おとな》なんだから、運転レッスンを受けるべきだと思うな」

「いい考えだ」父さんが答えた。「おれもそんな気分だ。この家から車で出かけられるなら、何だっていい」

「でももう夕食の時間だわ。わたしの予定はあなたの予定に優先《ゆうせん》するのよ」母さんが言った。

「まったくそのとおり」父さんが不服そうに答えた。

みんなは台所になだれこんだ。台所というのは家族のお気に入りの場所だが、とくにこの家では、すべての食べ物が台所にあったから、本当に家族が一番好きな場所だった。

寒い車庫を最後に出たジャレッドだけが、アレイクの姿《すがた》を目にした。アレイクは今回の騒《さわ》ぎの原因にも結果にも参加していなかった。誰《だれ》もアレイクを抱《だ》きしめなかったし、抱きしめようと思いもしなかった。抱きしめることのほうが食べ物より重要かもしれないのに。だが、ジャレッドもアレイクを抱きしめることはできなかった。

「アレイク、だいじょうぶ？」

つまらない質問だった。

ところがアレイクは、つまらない質問だとは受け取らなかった。アレイクはジャレッドのほうをちゃんと見た。人間らしい目で。悲しい目で。

◆

アレイクはモプシーとふたりだけで留守番していた。

モプシーには計画があった。アレイクのためにいつも計画を立てている。モプシーは古い絵本をまた一冊《さつ》引っぱり出してきて、単語をひとつひとつ指さしながら、アレイクに読み聞かせた。フリースのブランケットにくるまって、アレイクは誇《ほこ》らしさにふるえていた。単語をひとつ残らず自分で読むことができたのだ。人生がおかしくなる前に、アフリカで習ったことすべてが頭の中によみがえってきた。字が読める！

モプシーがページをめくった。木陰《こかげ》でピクニックをする、笑顔いっぱいの幸せな子どもたちの絵が現れた。ふいにアレイクの頭に美しい思い出が浮《う》かび上《あ》がった。それは血や邪悪《じゃあく》なもので汚《けが》されていない。アレイクの家族が木陰でにこにこ笑っている思い出だった。

突然《とつぜん》、外でガーガーといやな音がした。オートバイのようだが、もっとうるさい。

「うちの車とはちがう。マフラーを交換《こうかん》したほうがいいんじゃない。全部交換したほうがいいかも」モプシーは窓《まど》にかけより、外を見た。「ぼこぼこで錆《さ》びだらけ」モプシーが報告する。

「古い車よ。今の車より長くて背《せ》が低いもの。それに変な色。あんなの、誰《だれ》が運転するのかな」

アレイクは立ち上がった。ブランケットが床《ゆか》に落ちる。

アレイクはモプシーについて、家の正面の部屋に入った。窓《まど》からのぞかれても見えないように背中《せなか》を壁《かべ》につけながら。カーテンまで走り、すきまからそっとのぞく。それからぎょっとして息をもらすと、モプシーより先に玄関《げんかん》ホールに飛びこんだ。毎晩《まいばん》、セレスティーヌが玄関のドアのかんぬきを確かめていた。取っ手の上に、太い金属製のかんぬきを動かすつまみがある。そのつまみが正しい方向、つまり安全な方向にまわしてあればだいじょうぶだ。だいじょうぶではなかった。ドアの鍵《かぎ》がかかっていない。

アレイクは勢いよくかんぬきをかけた。

◆

モプシーは、アレイクにがまんしきれなくなった。

「だいじょうぶだってば」

アレイクが意味もなく怖《こわ》がっているのに、いらいらしてくる。

玄関のベルが鳴った。

アレイクは二階にかけ上がった。寝室《しんしつ》に逃《に》げこんだだけでなく、クローゼットに入ったことが、音でわかった。

モプシーは知らない人のためにドアを開けた。

知らない人は大好きだった。すでに知っている人よりずっと興味深い。人の人生の細かいあれこれについて聞き出すのは、モプシーの得意分野だ。考えてみたら、将来《しょうらい》はテレビのトーク番組の司会者になるのが一番いいかもね、とモプシーは思った。

「こんにちは！」モプシーはにっこり微笑《ほほえ》んだ。「アマボさんたちに会いにきたんですか？」

11 子犬

ジャレッドとマトゥはおそい時間のバスに乗っていた。暖房《だんぼう》のききすぎたバスの中で、ジャレッドはうつらうつらしていた。

突然《とつぜん》、マトゥがきいてきた。

「教会で、あなたの罪は許されました、と言うのは、どういう意味だと思う？」

「そんなの嘘《うそ》だよ」ジャレッドは目を開こうともしなかった。「そもそも、罪なんてものはないと思うな。テレビを見てみろ。やりたいことをやりたい人とやりたい理由でやってても、何も起こらないじゃん。悪いことやって刑務所《けいむしょ》に入れられるやつもいるけど、全員じゃないし。ブレイディ・ウォールはどうせ刑罰を免《まぬが》れるぜ」

「でも人の手を切り落としたら、罪にならないか？」

アフリカ人たちがひとこと口にするだけで、ジャレッドの頭の中は混乱《こんらん》におちいってしまう。

そうだ。今も罪は存在《そんざい》する。人の手を切り落とすのは罪のひとつだ。

マトゥは低い真剣《しんけん》な声で言った。

「人の手を切り落としても、許されると思う？」

ジャレッドはバスから飛びおりて歩いて帰りたくなった。マトゥは誰《だれ》かの手を切り落としたのか？　たとえばアンドレの？　どうりで、この人たちはたがいに口をきかないわけだ。

「イエスさまは許してくれると思う？」

ジャレッドはこういう話題は苦手だった。

「うちの親にきけよ」

ジャレッドはなぜか息切れしていた。パニック状態。

「きみの考えが知りたいんだ」

「イエスさまだって、人の手を切り落とした人を許せるわけないよ。ホロコーストを許すようなもんじゃん」

「ホロコーストというのは？」

ジャレッドは、マトゥが西洋世界についてどんなに知らないかということに、いつも驚《おど》かされていた。それをいちいち説明してやるのもうんざりだった。ひとつだけ、いいことがある。これで、自分が教師には向いていないことがわかった。職業《しょくぎょう》の選択肢《せんたくし》は無数にあるが、ひとつつぶすことができた。

「一九四〇年代にドイツで起こった悪夢のこと。悪いやつらがユダヤ人を何百万人も閉《と》じこめて虐殺《ぎゃくさつ》したんだ。それをホロコーストっていうんだよ」

マトゥはうなずいた。

「アフリカにもそういうのがある。ぼくも経験した」

◆

ケネディ空港で、アマボ一家がフィンチ一家とともに去っていったとき、ジョージ・ネヴィルはあまりにも緊張《きんちょう》していたため、このフィンチ家の小さな女の子のことを覚えていなかった。だから女の子が自分のことを覚えていてくれたのはうれしかった。もっとも女の子にとっては、アマボ一家が来るまでは、おそらく自分が初めて会う黒人だっただろうから、覚えているのもそれほど難《むずか》しいことではないのだろう。

女の子はピンクと白の砂糖衣《さとうごろも》が光るクッキーを皿に盛《も》って出してくれた。おいしいクッキーだった。

「セレスティーヌが焼いたんです」女の子が言った。「セレスティーヌにはできないことなんかないんです。新しい仕事まで見つけたんだから。しかも自力で。すごいでしょ。それからマトゥはつい最近、同じ学校のイアンっていう男の子が放課後にアルバイトしているのを知ったんです。それまで、アルバイトっていうものを知らなかったの。それで昨日《きのう》、イアンについていったら、マトゥもいいってことになって、来週から働き始めるんです」

すばらしい知らせだった。ジョージはアフリカ人一家のことを心配し、それ以上にアメリカ人一家のことを心配していた。週一回の訪問を今回だけかわってくれないか、とカーク・クリックに電話でたのまれたとき、ジョージは負担《ふたん》に思うどころか、むしろほっとした。

「アマボ家のお父さんはどうしていますか？」

ジョージは、くたびれたスウェットの上着をはおり、悲しそうにちぢこまっていた父親と、手を切り落とされたあとの、むきだしの腕先《うでさき》を思い出した。

「とても元気。お母さんといっしょに、一回目の手術の前の、最後の説明を聞きに、お医者さんのところに行ってます。信じられないくらいうまくいってるの。腕に鉤爪《かぎづめ》がついたらどうしようって思ってたけど、まずは手首の近くまで残っているほうの腕に取り組んで、うまくいけば、本物みたいな手がつくんです。くわしい写真、見たいですか？」

「いや、けっこうです。娘《むすめ》さんはどうしていますか？」

「アレイクは二階よ。呼《よ》んできましょうか。新しい髪型《かみがた》がすごくかっこいいの。あたしが切ったんだから。自分で言うのもなんだけど、すごくうまくいったの。右と左で長さがちがうのを、お母さんがちょっとなおさないといけなかったけど。アレイクは今はジャレッドの高校に通っていて、テイが案内役だから、みんなうらやましがってるんです。だってテイといっしょにいたくない人なんていないもの」

モプシーは階段《かいだん》に向かった。

玄関《げんかん》のドアが開いて、マトゥとジャレッドが雪をはらい落とし、笑いながら入ってきた。

「ネヴィルさん、こんにちは！」マトゥがさけんだ。「またお会いできてうれしいです」

◆

二階で、モプシーはきびしい口調で言った。

「人から隠《かく》れてちゃだめ。人は親切なんだから。あの人、難民担当《なんみんたんとう》の人でしょ？　アレイクを送り返したりなんかしない。あの人を見たとき、それが心配だったの？」

それでも、ネヴィルさんがいる間、アレイクはどうしても一階におりようとしなかった。かえってそれでよかったのかもしれない。アレイクがまだしゃべれないことを、わざわざ教えるまでもない。

モプシーは、アレイクがなぜ新しい髪型《かみがた》を自慢《じまん》しにかけおりていかないのか、うまい言い訳《いわけ》をいろいろ考えたが、結局言い訳しないですんだ。ちょうどそのとき、教会ボランティアの人に送られて、セレスティーヌが帰ってきたのだ。これでネヴィルさんはアレイクのことをすっかり忘《わす》れてしまうだろう、とモプシーは思った。誰《だれ》もがそうだから。

モプシーはベッドに飛びのり、着地するときに、自分のパソコンの画面が目に入った。

「いいこと思いついた。アレイクが高校に行くようになったから、会えないし、どうしているかわからないでしょ。だから、もう一回だけメールの送り方を教えるから、あたしに何か書いて。絶対よ。字が読めるのはわかってるんだから。本を見ているとき、アレイクの目が字を追って動いているのを、あたし、ちゃんと目の端《はし》っこで見てたんだからね。それにね、メールだったら、しゃべらなくていいでしょ。アレイクにぴったりじゃない」

モプシーはアレイクを椅子《いす》に押《お》しこみ、アレイクの手をキーボードに載《の》せた。

「字を打って！」モプシーは甲高《かんだか》い声でさけんだ。「そうしないと蹴《け》っとばしちゃうから。あたしに何か書いて！」

アレイクの口の端に、微笑《ほほえ》みのかけらが浮《う》かんだようだった。アレイクは両手を持ち上げた。

そしてモプシーがしたように指を曲げると、字を打ち出した。ひと文字ずつ、画面に文字が現れる。

モプシーは息をひそめた。神さま、今度こそ、アレイクが本当の人間だってことを示してください。そして本当の人間はほかの人間と話をするんだってことをわからせてください。

だが、画面に現れたのは、ただの文字の羅列《られつ》だった。

何の意味もなさない。

〈じょぷしいえだ　いすきよ〉

アレイクは話をするつもりなどなかったのだ。ただキーボードをたたいただけ。

これだって進歩なのよ、とモプシーは自分に言い聞かせた。少なくともアレイクの手は、もうぬいぐるみのようにひざに置かれてはいないのだから。それにアレイクは文字を打ったことがない。これが初めてのキーボード体験だ。だからそんなに期待をふくらませてはいけなかったのだ。それでも、モプシーはがっかりした。クイニーは、「アレイクって何もできないんだね」と言っていた。モプシーはゆうゆうと教室に入っていって、「アレイクは何だってできるのよ」と言い返したかった。

アレイクの姿勢《しせい》が変だった。アレイクのほうが息をひそめているようだった。モプシーを見つめ、何かを求めているように見える。何を？

モプシーはもう一度画面の文字を見つめた。

〈じょぷしいえだ　いすきよ〉

〈ジョプシーへ　だいすきよ〉

モプシーは泣き出した。

「いいの、その『じょ』を『も』に変えないで。そのままでカンペキよ。Mを打とうとして、一列上を押《お》しちゃっただけだから。あたし、この新しい名前、大好きよ。これから、アレイクの人生初メールをクイニーに転送しようよ。そうしたら、あたしにジョプシーって名前をつけてくれたことも教えてあげられるから」

モプシーは画面にアドレス帳を出した。クイニーの名前をクリックする。メッセージを書く欄《らん》が現れた。モプシーは立ったまま、両腕《りょううで》でアレイクの顔をはさむようにして、メールを書き始めた。

〈アレイクの初メールよ。すごいでしょ？　あたし、クイニーにとってはマーサだけど、アレイクにとってはジョプシーなの。すぐ返信して。そしたらアレイクもメール好きになって、いつでもメールするようになるから〉

アレイクが肘《ひじ》でモプシーをキーボードの前から押しのけた。

この数週間で一番すばらしいことが起きた！　と、モプシーは思った。こういうのを意思疎《そ》通《つう》っていうんだから。姉妹ってこういうことするものでしょ。相手を押しのけるのよ。

モプシーは心から喜んでいたが、それはアレイクがクイニーの名前を消して、苦心しながら

〈テイ〉と打ちこむまでだった。

　モプシーはテイにあこがれていて、大きくなったらテイのようになりたいと思っていたが（そうできればの話で、見こみはなさそうだった）、アレイクにとって大事な人がテイになってしまうのはいやだった。自分が一番大事な人になりたかった。モプシーはため息をついたが、携帯《けいたい》でジャレッドに電話をかけ、テイのメールアドレスをきいた。

「ジャレッド、嘘《うそ》つかないで。知ってるんでしょ。あたしに教えたくないだけでしょ。テイが昼間に様子を知らせるためにメールしてくるの、知ってるんだからね」

　ジャレッドは、携帯電話を十台中継《ちゅうけい》しても聞こえるくらい、大きなため息をついた。それからテイのメールアドレスを暗唱し、モプシーはそれを打ちこんだ。

◆

　難民担当者《なんみんたんとうしゃ》の遺体《いたい》は、駐車場《ちゅうしゃじょう》で発見された。両手が切り落とされていた。検死官《けんしかん》によると、被害者《ひがいしゃ》が死亡《しぼう》する前に切断されたということだった。

　この殺人事件はテキサス州でニュースになった。

　だがコネティカット州ではならなかった。

◆

ネヴィルさんが帰ってからだいぶたち、ジャレッドとマトゥとアレイクが一階でテレビを見ていたとき、ついにモプシーのパソコンにメールが届《とど》いた。

「アレイク！」モプシーは金切り声をあげた。「こっちに上がってきて！　テイから返信があったの！　アレイク宛《あて》だから、アレイクが読まなくちゃ！」

アレイクは弾丸《だんがん》のように階段《かいだん》をかけ上がった。本当のことを本当に心から言いたいと思っている、本当の人間のように。アレイクはそっとモプシーの部屋に入った。ゆっくりとパソコンの正面にすわった。服のしわを伸《の》ばした。

アレイクにとって、これは大事なことなんだ、とモプシーは思った。テイにメッセージを送り、そのテイから返事が来たのだから。

アレイクは字を読んでいた。モプシーは字を追うアレイクの目を見ていたが、念のため、声に出して読んだ。

「親愛なるアレイクへ　お祝いをしなくちゃ。アレイクにぴったりのプレゼントがあるの。今からそっちに行くからね。愛をこめて。テイ」

◆

だが、最初に私道《しどう》に入ってきたのは、残念ながらエミー・ウォールの車だった。

モプシーはうめき声をあげ、テイからのメールを印刷してアレイクに手わたすと、階段《かいだん》をぱたぱたかけおりて玄関《げんかん》のドアを開けた。

「ウォールさん、こんばんは。お母さんはもうすぐ帰ってきます。アレイクとココアをつくるところなんですけど、いかがですか？」

アレイクは階段をおりかけていて、まるで三賢人《けんじん》がイエスさま誕生《たんじょう》の贈《おく》り物《もの》を持つように、印刷されたメールを持っていた。みんなに知らせたいけど、どうしたらいいかわからないんだ、とモプシーは思った。

モプシーはウォールさんを台所に案内した。

ふつうの状況《じょうきょう》では、六年生の子どもと言葉を発しないアフリカ人とおしゃべりするために、台所にすわろうとする大人《おとな》はいない。だがエミー・ウォールは絶望に打ちひしがれていた。アレイクとならんで、カウンターに向いた高いスツールにすわり、モプシーはココアをつくった。

「おれたちの分もつくれよ！」ジャレッドが怒鳴《どな》った。

「自分でつくれば！」モプシーは怒鳴り返した。

ジャレッドとモプシーは数メートルもはなれていなかったので、怒鳴る必要はないのだが、男のきょうだいと女のきょうだいは怒鳴りあうものなのだ。

また玄関のベルが鳴った。だがスツールから転げ落ちそうになったのは、今度はアレイクではなく、ウォールさんだった。

「警察《けいさつ》だったらどうしよう」エミー・ウォールはわなわなとふるえていた。「ききたいことがあるって言われたら」

「テレビだと、家の主人がいいって言わなければ、警察は中に入れないでしょ？」モプシーが言った。「だから、あたしがこの家の主人になります。警察が入れないように。でも、たぶん、テイが来たんだと思います。アレイクにプレゼントを持ってくるって言ってたから。アレイク、玄関に出て。あたし、ココアをかきまぜてないといけないの。今、手を放したら、こがしちゃう」

アレイクはモプシーに、意味がはっきりわかる目つきを向けた。頭がおかしいの？　わたしは玄関に出ないわよ、という目つきだ。

ところがウォールさんを通したあとに、鍵《かぎ》をかけていなかったため、訪問者はそのまま中に入ってきた。

「アレイクにはね」テイが言った。「好きになる相手が必要なのよ。場合によっては、その相手が人間より、子犬のほうが楽なんじゃないかな」

◆

アレイクは、自分よりもおなかを空《す》かせ、しつけされず、そこそこはいまわる野良犬《のらいぬ》しか、アフリカで犬を見たことがなかった。犬は好きではない。だけど、テイが抱《だ》かせてくれたこのオレンジと茶色と白の子犬はちがう。こんなにかわいくて温かいなんて！　大きな茶色い目が、アレイクの目をのぞきこんだ。小さな舌《した》が、アレイクの手のひらをぺろぺろなめた。

アレイクはもう何年も、生きている相手を抱いたことがなかった。子犬の温かさが、アレイクの心にじわりとしみこんだ。

「コリーの子犬が四匹《ひき》いるの」テイが言った。「全部、誰《だれ》かにあげないといけないのよ」

アメリカ人はなんてたくさんのものを持っているのだろう。人にただで食料や衣服を分《わ》け与《あた》え、家や車を提供《ていきょう》し、キスをし、抱きしめ……今度は子犬まで。

「その子犬、高いんでしょ？」モプシーがきいた。

「ううん。父親が誰だかわからないから。だから本当はコリーじゃないのかもね。でも、この子はお母さんそっくりよ」

アレイクは自分が母親に似ているかどうかわからなかった。写真がないから、一生わからないままだろう。アレイクは子犬も自分も楽な姿勢《しせい》になるように、子犬を抱きなおした。子犬はアレイクをなめた。アレイクは子犬の毛に顔をうずめた。

「うまくいきそうね」テイが言った。「車からその子の毛布と餌《えさ》のボウルを取ってくる。そうしたら準備万端《ばんたん》よ」

「待って」モプシーが言った。「お母さんがだめって言うと思うの。前にいたジッパーが死んじゃってから、もう犬は飼《か》いたくないんだって」

すでにアレイクは、子犬を失うなんて恐《おそ》ろしいと思うようになっていた。アレイクは泣き出した。熱い涙《なみだ》が頬《ほお》をつたい落ちる。心臓《しんぞう》の鼓動《こどう》が早くなる。アレイクは実際に血液《けつえき》が脈《みゃく》打つのを感じた。体液が再びめぐりだす。希望が浮《う》かび上《あ》がる。子犬がアレイクの涙をなめたのが、ばかばかしくて、楽しくて、アレイクはわざと泣き続けた。

「泣かないで！」モプシーが甲高《かんだか》い声をあげた。「あたしがお母さんを説得するから。約束よ。だって、その子はうちの子犬じゃなくて、アレイクの子犬だもの。だから飼っていいのよ。泣かないで！」

テキサス州警察《けいさつ》はヴィクターの所在をつきとめられなかった。原因のひとつは、入手した写真（ヴィクターの書類についていた写真）が、実際にはヴィクターのものではなかったことだ。

高速道路に乗って、ヴィクターはすでにテキサス州をはなれていた。車は飛ぶように走った。三千キロ以上ものへだたりが、挽回《ばんかい》不可能から可能になりそうだった。夜も走り続けた。ガソリンが必要になると、道沿いの巨大《きょだい》なレストランと給油所のある駐車場《ちゅうしゃじょう》で待った。ハンドバッグを持つ女を待ち伏《ま》《ぶ》せる。女は抵抗《ていこう》したが、じゅうぶんではなかった。ヴィクターは女のクレジットカードでガソリン代をはらった。

高速道路は、飛行機と同じように、独立《どくりつ》した世界だった。飛行機では、ヴィクターは無力だった。だが高速道路では、何もかも支配できた。

◆　◆

マトゥは、いつもにぎやかな家の音に耳をすました。低くうなり続ける機械装置《そうち》、フルートを練習するモプシー、ｉＰｏｄに合わせて歌うジャレッド、テレビで声を張りあげるスポーツ中継《ちゅうけい》のアナウンサー、電話口に向かって笑うフィンチ夫人、パソコンのキーボードを軽やかにたたくフィンチ氏、外で吹《ふ》いている風。

じっと耳をすますたびに、じっとにおいもかいでいることにマトゥは気づいた。洗剤《せんざい》や、フィンチ一家が大好きな消臭剤《しょうしゅうざい》、ツナやピーナッツバターを食べたばかりのモプシーの息、フィンチ氏がいつも奥《おく》さんにプレゼントする花、バターを塗《ぬ》ったトーストにふりかけられたシナモン。

「話があるの」セレスティーヌがとても静かな声で言った。「散歩に行きましょう」

これまでセレスティーヌと話をしたことがなかった。マトゥはうれしさに身ぶるいした。これからふたりで、アメリカ人たちに期待されていることをするのだろう。将来《しょうらい》の計画を立てるのだ。

コネティカットの基準《きじゅん》からするとおだやかな日だったが、アフリカ人にとっては恐《おそ》ろしく寒かった。セレスティーヌは真新しいふかふかのコートを着て、厚手のつやつやした手袋《てぶくろ》をはめた。首には長いウールのマフラーを巻《ま》き、ニットの帽子《ぼうし》を耳が隠《かく》れるまで深くかぶった。マトゥは急いで重ね着をした。ジャレッドは決して帽子やマフラーで頭や耳をおおわないし、高校のほかの男子生徒もそうしない。だが、マトゥは教会の寄付の箱に、耳当てのついたフェイクファーの巨大《きょだい》な帽子《ぼうし》を見つけた。マトゥがそれをかぶっているときは、ジャレッドはマトゥと関わろうとしない。

セレスティーヌとマトゥはプロスペクト・ヒルの坂をくだり、町に入った。ふったばかりの雪が、そこここに薄汚《うすぎたな》く積みあげられている。歩道はすべりやすい。

「これから大事なことを話すわ」セレスティーヌが口火を切った。「主人が義手をつけてもらえることになったの。少なくとも片手《かたて》はね。右手がうまくいきそうなの。手首に装具《そうぐ》をつけて、プラスチックの指の動かし方を教えてくれるらしいわ」

「白い指がつくんですか？」

「いいえ。肌《はだ》の色にぴったりあわせるみたい」

「ここは信じられないような国です」

「だから、わたしたちの未来をだめにしたくないの。マトゥ、ヴィクターをさがしなさい。ダイヤモンドを返すのよ」

マトゥは立ち止まった。厚手のジャケットでも寒さがしのげない。重い帽子もマトゥを守ってはくれない。セレスティーヌの顔を見ることができない。どこにも目を向けられない。恐《きょう》怖《ふ》が背骨《せぼね》に入りこんだ。骨の間の、ナイフが入りこみそうな場所に。

「ヴィクターがまともな仕事をするはずがないわ」

確かにそうだ。ヴィクターには技能がない。いや、実際にはたくさんの技能があった。ジープを運転し、機関銃《きかんじゅう》でねらいを定め、子どもを殺し、家を焼きはらうことができた。

「ヴィクターがほしいのはただひとつ、ダイヤモンドよ。空港でヴィクターより前に出たとき、早く進めば逃《に》げられると思ったの。でもなぜかフィンチ家の人といっしょにされて、逃げられなくなった。そうしたら、ここに着いたでしょ。もしかしたら逃げきれたんじゃないかと思ったの。地図を見ると、この国がどんなに大きいかわかるでしょ。この町がどんなに小さくて隠《かく》れた場所にあるかも。でも、ヴィクターは絶対にあきらめないわ」

マトゥは、郵便局《ゆうびんきょく》レッスンの日に、モプシーが連れていってくれた細道を見つめた。小さな港がほんの少し見える。弱い日差しの中で冷たい海の水が光っている。あの海の向こうにアフリカがある。信じられない気持ちだ。

ヴィクターのことを忘《わす》れかけていたのも、マトゥには信じられなかった。

ヴィクターは難民《なんみん》キャンプを取りしきっていた殺人者のひとりだった。職員《しょくいん》たちは、自分たちが取りしきっていると思いこんでいるだけなのだ。実際には、どんな刑務所《けいむしょ》にもあるように、派閥《はばつ》や暴力《ぼうりょく》組織がある。

ある四人家族が、アメリカに行ける難民のリストの最上位にいた。彼《かれ》らの名字がアマボだった。だが彼らはヴィクターへの協力を拒《こば》んだ。決してヴィクターの手助けはしない。どんなにたのまれても、自分たちだけで飛行機に乗るつもりだ。自分たちはアメリカに行くが、ヴィクターはこのままここで骨《ほね》をうずめるがいい、と言ったのだ。

ヴィクターと議論して勝つ人はいない。ヴィクターは議論をしないからだ。ただ相手を殺す。ヴィクターはアマボ一家の書類を奪《うば》い、かわりの四人を見つけた。

おびえる人間。たとえば、アンドレとセレスティーヌとなった夫婦者。ヴィクターは、協力しなければ、手だけでなく足も失うことになると告げた。

自分ではどうすることもできない人間。たとえば、アレイクとなった少女。

アメリカに行くためにはどんなことでもする人間。たとえば、マトゥとなった少年。

少年は、ヴィクターが本物のアマボ一家に何をしたのか知っていた。職員《しょくいん》以外は誰《だれ》もが知っていた。あの人たちは死んでしまったんだ、と十代の少年は自分に言い聞かせた。今さら救うことはできない。でも、自分はアメリカに行ける。

今ではマトゥという名前になじんでいるが、いつまでもその名前で通すつもりはない。セレスティーヌとアンドレにもなじんでいる。だが、アレイクには誰もなじめなかった。

ヴィクターはアフリカから出るために、ダイヤモンドをいくらでもばらまいた。だが一番の難所《なんしょ》はそのあとだ。アメリカに入国しなければならない。ダイヤモンドはX線に映《うつ》らないし、金属探知機《たんちき》でも感知されない。それでも、ヴィクターは自分でダイヤモンドを運びたくなかった。二十代の独り者《ひと》《もの》の男はつねに疑《うたが》われるが、四人家族なら同情してもらえる。二十代の独り者の男は箱に何を隠《かく》し持っているかわからないため、念入りに調べられるが、祖父母の死を嘆《なげ》く、ほっそりして疲《つか》れきった悲しそうな少女なら、まぬけなアメリカ人たちになぐさめられこそすれ、何もかも調べられはしないだろう。

ところがアレイクの手も表情も、ヴィクターの命令に反応しなかった。箱を持てと命じても、アレイクは要求に応《こた》えられなかった。ヴィクターはアレイクを傷《きず》つけるわけにいかなかった。書類には四人と明記され、十代の少女がふくまれている。飛行機の出発時刻《じこく》が迫っていて、アレイクが必要だった。だから、少年がヴィクターの箱を運ばされることになった。

計画では、五人の難民はニューヨークでおりて、入国審査《しんさ》を通るはずだった。そしてヴィクターは、買い取りを約束した業者にダイヤモンドを持ちこみ、にせのアマボ一家の未来は運命に任されることになっていた。だが、計画どおりにはならなかった。

「マトゥ、ヴィクターはダイヤモンドを運ぶ仕事をあなたに任せたの。だから最後までやりとげて。見つかる前に、見つけなさい。ヴィクターにダイヤモンドをわたしに行くのよ」

いやだ、とマトゥは思った。できない。やりたくない。

「ヴィクターと別れたら、あとをつけられないようにしなさい」

それに、もしかしたらヴィクターはアメリカ人になる道をつっぱしっているかもしれない。

マトゥとセレスティーヌとアンドレのように、高速で、ブレーキもかけず、驚《おどろ》きながら、あえぎながら、でもわくわくして助けあいながら。もしかしたらヴィクターは心を入れかえ、せっせと働いてお金を稼《かせ》いだり、料理用コンロを使ったり、野菜に見とれたりしているかもしれない。

だが、そうでないかもしれない。

「もし、あとをつけられたら、」セレスティーヌが続けた。「ここにもどってきてはいけません。二度とね」

◆

ジャレッドはダイヤモンド原石について調べていた。

ダイヤモンド原石を研磨《けんま》（カットともいう）して、さまざまな角度の面をつくると、あのきらきらした輝《かがや》きを持つ宝石《ほうせき》のダイヤモンドになる。研磨作業は難《むずか》しく、失敗の危険《きけん》がともなう。一歩まちがえば、高価な宝石ではなく、ダイヤモンドの粉になってしまうからだ。研磨業者の多くは、アントワープなど、ヨーロッパの特定の都市にいる。ダイヤモンドを売買する業者の一部はニューヨークにいる。なかにはアフリカで買いつけ、アメリカやヨーロッパで売るために、行ったり来たりする業者もいる。ダイヤモンドの研磨業者は、血のダイヤモンドを買ってはいけないことになっている。目の前に出されたダイヤモンド原石の出どころが疑《うたが》わしければ、買ってはいけないのだ。だが、倫理観《りんりかん》のない研磨業者は質のよい原石なら何でも買う。

ジャレッドは、ダイヤモンドかもしれない小石を見つめながら、身近にいるもうひとりの泥《どろ》棒《ぼう》について考えた。

ブレイディ・ウォールは刑務所《けいむしょ》に入っていた。困ったときに助けてくれそうな唯一《ゆいいつ》の人々から盗《ぬす》んだため、保釈金《ほしゃくきん》のお金を集められなかったのだ。エミー・ウォールも刑務所に入れられるかもしれないとうわさされていた。エミーは盗んでいない。だが、知ってはいた。

ウォール夫妻に子どもはいなかった。だが、ブレイディには最初の結婚《けっこん》で子どもがふたりいた。ジャレッドより一歳《さい》年上と一歳年下だ。教会の青少年部は年齢層《ねんれいそう》が幅広《はばひろ》く、ジャレッドが中学生グループにいたとき、ウォール家のふたりもいっしょだった。ふたりは今はお母さんと暮《く》らしている。そのお母さんは再婚し、引《ひ》っ越《こ》していった。

ジャレッドがいい人だったなら、はげましのメールを送っていただろう。でも、何と書けばいい？　お父さんは教会から盗んだ何十万ドルものお金を賭博《とばく》でドブに捨《す》てた犯罪者だけど、きみたちは元気で新しい学校を気に入っているといいね、とでも？

おれだって泥棒だ、とジャレッドは思った。ブレイディ・ウォールとのちがいは、まだ捕《つか》まってないってことだけ。

ジャレッドは二階の自分の部屋に上がった。マトゥがシャワーを浴びている。マトゥは、フィンチ家の人がこんなに水を使えることが、いまだに信じられないようだった。今でも、蛇口《じゃぐち》からいくらでも水が出てくることや、うんと冷たい水でも、やけどしそうに熱いお湯でも、好きなときに出せることに感心していた。冷蔵庫《れいぞうこ》のドアにコップを押《お》しつけると、冷水や氷が出てくることにも驚《おどろ》いていた。そして大喜びで、学校でボトル入りの水を持ち歩き、水飲み機で水を飲んだ。何よりもシャワーを浴びるのが大好きだった。

ジャレッドはタッパー容器のひとつを開け、ダイヤモンド（あるいは霊《れい》が取《と》り憑《つ》いた骨《ほね》）を灰《はい》の中に落とすと、急いでふたをしっかりしめ、軽くゆすってからその場をはなれた。

ジャレッドが泥棒《どろぼう》であることに変わりはない。だが元にもどしはしたのだ。

◆

アレイクがしゃべらないので、子犬にはまだ名前がなかった。

「子犬を飼《か》うだけでもいやなのに」母さんは不機嫌《ふきげん》だった。「しかりつけることもできない子犬なんて、飼いませんからね！」

モプシーは両手でアレイクの顔をはさみ、自分の顔に向けさせた。そしてアレイクの目をのぞきこんで言った。

「子犬に、名前を、つけて」

アレイクは黙《だま》っていた。

「ジョプシーはどう？」テイが言った。「コリーにぴったりの名前よ」

「ジョプシー、おいで」母さんが呼《よ》んだ。

子犬はぱっと走っていった。名前がわかったからではなく、母さんが、ジッパーが生きていたときから取ってあった犬のおやつを手に持っていたからだ。魔法《まほう》みたいだった。

だが、もしかしたら子犬への愛情というのは魔法なのかもしれない。アレイクの顔は、モプシーが想像したこともなかったくらい、明るく輝《かがや》いていた。

◆

ヴィクターをさがすと考えただけで、マトゥは吐《は》き気《け》がした。

ヴィクターはアメリカで金持ちになりたいんだ、とマトゥは思った。だからダイヤモンドが必要なんだ。この家みたいな家や、車やパソコンや服が買いたいんだ。それともヴィクターは、アフリカで戦争を続ける資金にするためにダイヤモンドがほしいのか？　もし、アメリカの不《ふ》利益《りえき》になるように、ダイヤモンドの資金を使いたいのだとしたら？　ヴィクターは何のために戦っているか気にしないだろう。暴力《ぼうりょく》が好きな者同士は、出会うようになっている。

だがアフリカにいたころ、ヴィクターは自分のために戦争を利用していただけだった。信念も関心も政治的目的もなかった。だからヴィクターには、アメリカの利益や害になるような計画はないはずだ。自分のための計画しかないのだろう。

今度はマトゥが計画を立てる番だ。ダイヤモンドを処理しなくてはならない。それも、マトゥ自身がヴィクターに処理されないですむ方法で。

ぼくは卑怯者《ひきょうもの》だった、とマトゥは思った。ぼくたちはみんな卑怯者だった。ぼくは死んだ少年のかわりにならないで、ヴィクターのことを職員《しょくいん》に通報することもできた。

だが実際には、難民《なんみん》キャンプでは誰《だれ》もヴィクターのことを通報できなかった。なぜなら、ヴィクターはどんなことも賄賂《わいろ》ですり抜《ぬ》けてしまうからだ。またひとつのダイヤモンドで、また一歩アメリカに近づく。

笑ってしまうような状況《じょうきょう》だった。ダイヤモンドを山ほど持っているのに、必死で手放そうとしていて、しかもそれができないのだ。

マトゥはジャレッドが一階におりる音が聞こえるまで、バスルームにいた。それからベッドに横たわった。これまで寝《ね》た中で一番やわらかいベッド、いや唯一《ゆいいつ》のやわらかいベッドだった。しばらくしてから、むりやりタッパー容器に目をやった。

売ればものすごい金額になる小石。マトゥは牛乳《ぎゅうにゅう》一本の値段《ねだん》も、ガソリン一ガロン（三・七八五リットル）あたりの値段も知っていた。だがダイヤモンド原石ひと粒《つぶ》の値段は、まったく見当もつかなかった。

空港のX線装置《そうち》では、ダイヤモンドの影《かげ》は映《うつ》らない。だが血のダイヤモンドには、必ず影がある。死の影だ。

待てよ！　マトゥはがばっと起き上がった。ジョージ・ネヴィルは、ヴィクターがテキサス州に行くようなことを言っていた。ジャレッドがグーグル検索《けんさく》しているのを見たことがある。ぼくも検索すればいいんだ。キーワードは「テキサス」と「難民」。「テキサス」と「難民支援《しえん》組織」。「テキサス」と「アフリカ難民」。これでヴィクターを引き受けた組織が見つかるはずだ。

マトゥはひどく興奮《こうふん》して、ノートパソコンを開けた。

それから、がっくり落ちこんだ。その組織を見つけたとして、そのあとどうすればいいのだろう？　インターネット上を流れるのは言葉だけだ。ダイヤモンドは運ばなければならない。この世で最も会いたくない人に、直接ダイヤモンドを手わたすしかない。それを逃《のが》れるすべはないのだ。

マトゥは詮索好《せんさくず》きな人の多い家に住み、授業ごとに出欠をとる学校に通っていた。コネティカット州からテキサス州まで行くには、アメリカの国土の半分くらい移動《いどう》しなければならない。どうやってそこまで行けるだろう？　交通費だってばかにならない。もちろん一番の問題は、もしヴィクターを見つけたら、マトゥは殺される、ということだった。ヴィクターは人を放っておかない。マトゥが犠牲《ぎせい》になれば、セレスティーヌとアンドレの未来は安全だ。皮肉なことに、アレイクの未来も安全になる。だが、自分の未来は？　ダニエルの母親が話してくれた未来は？　高校で勉強した先にある未来は？

マトゥはフィンチ一家があがめる神さまに祈《いの》った。それはセレスティーヌとアンドレがあがめる神さまに似ているが、微妙《びみょう》にちがっていた。

学校に行かせてください、とマトゥは祈った。アルバイトもしたいし、自分たちのアパートで暮《く》らしたいのです。ダイヤモンドからも過去からもヴィクターからも自由になりたいのです。ぼくはすでにアメリカ人になっている、とマトゥは思った。アフリカでは、一回の食事を与《あた》えてくださいと祈る。アメリカでは、すべてを手に入れるために祈る。

モプシーが二階に向かってさけんでいた。

「お父さんが映画《えいが》を借りてきて、アイスクリームにかけるチョコレートソースを温めているの。

マトゥ、休憩《きゅうけい》しなさいよ。宿題するのって、すごくつらいと思わない？」

学校の勉強がつらいだなんて、なんてアメリカ人的なんだろう。マトゥは一階におりて、お気に入りの小さくて重みがある赤いボウルに入った、ホットチョコレートソースがけの、こくのあるバニラとキャラメルのアイスクリームを食べた。

フィンチ夫人が、胸《むね》の悪くなるようなにおいの缶詰《かんづめ》を開け、すべてをだいなしにした。ふだんなら、家の中で決してそんなにおいをさせておかないはずだ。

「それは？」マトゥはたずねた。

「ドッグフードよ」

フィンチ夫人は、それをスプーンで少しすくってボウルに入れると、床《ゆか》に置いて、アレイクの子犬に食べさせた。

マトゥはこれ以上、アメリカ人のおかしな習慣について悩《なや》みたくなかった。だからモプシーの隣《となり》のクッションにしずみこみ、映画が始まると、その動きにのめりこんだ。ソファにすわっている自分はいなくなり、完全に映画に入りこむ。ヴィクターのことはまた忘《わす》れてしまった。

◆

ソファから二メートルほどはなれた台所のカウンターで、ウォール夫人とフィンチ夫人が小声で話していた。

アレイクはすぐ横の床《ゆか》にすわり、子犬のやわらかくてかわいい耳をなでていた。ドッグフードとはまったくちがう、温かくてふかふかしたにおいがする。特別な一日が終わって疲《つか》れたのか、子犬はご飯を食べ終わると、満足そうにアレイクのひざで丸くなった。

「エミー、今度の日曜日、いっしょに教会に行きましょう」フィンチ夫人が言った。「わたしの隣《となり》にすわったらいいわ。いっしょにがんばりましょうよ」

「ううん。わたし、ウィスコンシン州に帰るわ」

「ウィスコンシン州に？　だって、ここにもう二十年も住んでるじゃない！」

「だからここを出ていくの。みんなにあわせる顔がないもの」

アレイクには理解できた。アレイクは三年間、自分が傷《きず》つけた人々とともにいたが、一度もその人たちと顔をあわせることができなかった。顔を上げられず、話しかけることもできなかった。ウィスコンシン州はどこにあるのだろう。そこでウォール夫人はみんなと顔をあわせられるのだろうか。

〈神さま〉アレイクは心の中で祈《いの》った。〈ウォール夫人を助けてください〉

神さまが聞いているのをアレイクは感じた。

アレイクの祈りが神さまのところまで伝わったのだ。神さまはアレイクの言葉を聞いて喜んでいるようだった。

アレイクはウォール夫人のほうをじっと見た。神さまがウォール夫人を助けるのが見えるかしら？　目を見ればわかるかしら？

子犬がクンクン鳴いた。アレイクの注意がよそに行ってしまったのに気づいたらしい。アレイクは子犬のやわらかくてすてきな毛に顔をうずめた。

◆

ジャレッドは母さんとウォールさんの奥《おく》さんの会話に耳を傾《かたむ》けた。

その日、学校で、ジャレッドとテイは、それぞれの担当《たんとう》のアフリカ人が生徒指導室で用事をすませるのを待っている間、議論のようなものをした。

「最近、教会で見ないね」

ジャレッドは何気なく口にしたのだった。できることなら毎日でもテイを見たい。

「もう教会に行かないことにしたの。うちの両親、あの窃盗《せっとう》事件に激怒《げきど》してるから。だって一生懸命《けんめい》働いて稼《かせ》いだ大切なお金を寄付したら、どうなったっていうの？　教会の執事《しつじ》が盗《ぬす》んだのよ。教会は人を成長させるところなのに、どうやらそうなってないみたいね」

ジャレッドは、教会の目的が人間の自己成長にあるのかどうか、よくわからなかった。とりあえずこう答えた。

「うちの親も激怒《げきど》してるよ」

「教会に行く人は偽善者《ぎぜんしゃ》よ。おしゃれして高級な服を着て、服にあわせたバッグを持って、どっかりベンチに腰《こし》をおろして、委員会に申しこんで、信仰心《しんこうしん》が厚いふりをしてるけど、本当はただ注目されたいだけなんじゃない」

それぞれの服にあうバッグを必要とする母さんを、ジャレッドは何度もばかにして笑ったものだった。それに母さんはもちろん注目されたいと思っていた。そう思わない人なんているだろうか？

だが、委員会に参加するのは、世の中のためになることをしたいからだ、とジャレッドは思った。母さんは、神さまが自分にそれを望んでいると信じているのだ。母さんは信じている。

「教会で言うようなことなんか、どうせ誰《だれ》も信じてないのよ。少なくとも本心ではね」テイが言った。

母さんは信じている。アンドレも。セレスティーヌも。もしかしたら父さんも。よくわからないけど。すっかり意気消沈《しょうちん》しているから。で、おれは？　おれはどうなんだろう？

◆

「まだ荷造りしないで」フィンチ夫人が説得している。「日曜日に教会に行きましょうよ」

「そんなこと、できないわ」エミー・ウォールが言った。

「できるわよ」カーラ・フィンチが答えた。

そこがちがいなのね、とアレイクは思った。アフリカでは、何もできない。でもアメリカでは、何でもできる。

12 それぞれの思惑《おもわく》

子犬にはみんなの心をやわらげる力があった。父さんでさえ、アレイクに何度もこう言った。

「子犬に話しかけてごらん。ジョプシーはきみの声を覚えないといけないんだぞ」

妻や子どもたちより、子犬のほうが、父さんを家につなぎとめておくのがうまいかもしれない、とジャレッドは思った。

アレイクは今にもしゃべりだしそうに見えた。ただ、あと一歩が踏《ふ》み出《だ》せないようだ。

「ジョプシーは『おすわり』と『待て』と『つけ』を覚えないといけないが」父さんがアレイクに言った。「何よりも、食べ物をねだらないようにしないとな。もういっぺん食卓《しょくたく》でジョプシーに食べ物をやったら、きみもジョプシーも車庫で寝《ね》ることになるぞ」

そう言いながらも、父さんは微笑《ほほえ》んでいた。ジャレッドには、アレイクの唇《くちびる》にもかすかな微笑みが浮《う》かび、もうすぐ笑えそうになっているように見えた。

玄関《げんかん》のベルが鳴ったとき、アマボ一家は今度こそ、誰《だれ》かが爆弾《ばくだん》を投げたかのような反応をしなかった。だが訪れたのはカーク・クリックで、爆弾のような知らせを持ってきた。

「アパートを見つけました」カーク・クリックはきびきびと言った。「ノーウィッチにあります。ここから車で北西に四十五分くらいです。安くていいアパートです。ノーウィッチは不景気な小さい町ですから。あまり広くないし、きれいでもないですが、ボランティアの人に掃除《そうじ》を手伝ってもらえるし、家具も入れてもらえます。ノーウィッチ自由学園というすばらしい高校もあります。ストップアンドショップのスーパーもあるんですよ、セレスティーヌ。連絡《れんらく》したら、喜んで向こうに転属してくれると言っていました。マトゥ、きみのアルバイトのことはどうしようもないが、おそらく別の仕事が見つかるよ。大事なことは、マトゥがもうすぐ運転免許《めんきょ》を取得できることです。車は寄付されていますから、これでアマボ一家は交通手段《しゅだん》を持つことになり、本当に自由に動けるようになります。今の住人は今日引《ひ》っ越《こ》していくそうですから、みなさんは来週のなかばには引っ越せますよ」

セレスティーヌは顔を輝《かがや》かせた。あごの角度には決意がみなぎり、背筋《せすじ》はますます伸《の》びていた。

アンドレはきらきら光る目を上に向けた。唇が神さまへの感謝を唱えるように動いた。

ジャレッドは初めて、難民《なんみん》は難民でいることがいやなのだと気づいた。

施《ほどこ》しを受けたい人などいるだろうか？　いないだろう。自分たちの家なら、どんなにさびれた町だろうと、どんなにみすぼらしいアパートだろうと、アマボ一家は難民《なんみん》ではなくなる。

「まだ早すぎます！」モプシーがさけんだ。

「水泳といっしょです」カーク・クリックが優《やさ》しく言い聞かせた。「いつまでも誰《だれ》かに支えられていたら、泳げるようにならない。ひとりで水をかぶって初めて、手でかき始めるんです」

「それか、おぼれちゃうのよ」モプシーが言った。

カーク・クリックはセレスティーヌとアンドレのほうを見て微笑《ほほえ》んだ。

「彼《かれ》らはおぼれません」

ジャレッドはカーク・クリックの言うとおりだと思った。セレスティーヌは、いい大学を目指す高校の優等生《ゆうとうせい》と同じくらい意欲的《いよくてき》に、新しい人生でうまくやっていこうとしている。マトゥはどんな学校に行っても知識を吸収《きゅうしゅう》するはずだ。アンドレは手をつけてもらい、ふたりに負けないくらいしっかり泳いでいくにちがいない。

そしてアレイクは、モプシーがいてもいなくても、心がこわれたままでいるだろう。

◆

自分たちのアパート。そこで新しい人生を築ける。新しい高校。「自由」というすばらしい名前がついている。新しい場所ではすべてから自由になれる。過去からも、フィンチ家とその至《いた》れり尽《つ》くせりの親切からも。

カーク・クリックは寄付された車の登録の仕方を説明してくれた。

運転できるのは自分だけだ、とマトゥは思った。

自分が、家族が生き延《い　の》びるために、重要な役割《やくわり》を果たすのだ。自分がその車にガソリンや食料品をつめこむ。自分がセレスティーヌを職場《しょくば》に送り、帰りに迎《むか》えに行く。アンドレに手がついて、仕事をするようになったら、自分がアンドレを送り迎えする。そして新しい町で、自分は放課後のアルバイトを見つけ、家族に収入をもたらすのだ。

だが、五人目の難民からは自由になれないだろう。

固定電話をつけるのはやめよう、とマトゥは思った。固定電話があると、番号が公開される。住所が印刷物やインターネットに出てしまう。携帯《けいたい》電話を持とう。そうすれば誰にも見つからずにすむ。

そこまで考えたとたん、新たな解決策《かいけつさく》がひらめいた。ダイヤモンドをどう処理したらいいか、思いついたのだ。

この一時的な八人家族のうち、心の準備ができていないのはモプシーだけだった。

「ノーウィッチは遠すぎて、すぐには助けに行けないじゃない。アレイクにはまだわたしたちが必要なのに」

カーク・クリックは取りあわなかった。

「どの学校にも特殊《とくしゅ》教育プログラムがあります。アレイクのことはカウンセラーが面倒《めんどう》を見ます。それで思い出しました。そのアパートはペット禁止なんです」

◆

アレイクはこれまで、ペットというものを知らなかった。スーパーにペットフードだけがならぶ棚《たな》が一列あるなんて、言われても信じなかっただろう。だが自分のペットを持った今、何でもしてくれる人々のいるこの国で、ペットを飼《か》えないと言われたことが信じられなかった。

カーク・クリックは、子犬を連れもどしてもらうためにテイに電話すると言った。ほうきで掃《は》くようにさっさと進んでいくこの世の中で、アレイクはゴミくずだった。

アマボ一家の中でも、アレイクはゴミくずになるだろう。四人はヴィクターのダイヤモンドを運ぶために寄せ集められた。ヴィクターは賄賂《わいろ》と脅迫《きょうはく》と殺人によって、アメリカを入国にふさわしくない人間から守る（ときに失敗する）ベールを通《とお》り抜《ぬ》けて、この国に入ってきた。

今はもう「血のダイヤモンド」とは呼《よ》ばない。西洋人は臆病《おくびょう》で、流血について聞きたくないからだ。アメリカ人は悪いことなんか起こっていないふりをしたがる。だから「紛争《ふんそう》ダイヤモンド」と呼ぶ。まるで短いもめごとのあとに、きらきら光る小石を持つ手が、別の人の手に変わるだけだとでもいうように。だがヴィクターが持っているのは「血のダイヤモンド」だ、とアレイクは思った。しかもそれを持つ手は変わらない。さからう相手の手は切り落とされてしまう。

にせものの娘《むすめ》になれそうな人は、難民《なんみん》キャンプにいくらでもいたはずなのに、なぜヴィクターはアレイクを選んだのだろう。

きっと前にヴィクターの命令にしたがったからだ。ヴィクターはまたアレイクに服従《ふくじゅう》を求めるかもしれない。ヴィクターがマトゥに、自分の鉈《なた》の刃にむりやりキスさせたのを、アレイクは思い出した。言うとおりにしなければ、アンドレのように手を失うぞ、とヴィクターは迫《せま》った。人はいつもヴィクターに服従した。

「別のアパートをさがしてください」モプシーがカーク・クリックに言っていた。「アレイクはジョプシーが大好きなんです。ジョプシーが必要なの」

「これまで経験してきたことに比べれば、子犬と別れるなんてどうってことない」

「ここはアメリカよ」モプシーが言った。「自分の子犬とはなれればなれにならなくていい国なの。それが一番大事なことでしょ。そのために、この人たちはこの国に来たんだから」

「子犬は、アメリカに来る理由のリストには載《の》っていません。それにアマボ家は、この古いアパートを維持《いじ》するにも収入が足りないんです。支援《しえん》が必要になる。マトゥが放課後のアルバイトを見つけて、アンドレが就 職《しゅうしょく》すれば、なんとかなります。ですが、まちがいなくドッグフードは買えません」

◆

マトゥは、ジャレッドほどすばやくインターネット検索《けんさく》ができなかった。見こみのありそうな電話番号を四つ見つけるまでに、何時間もかかった。学校で、マトゥはダウリング先生に嘘《うそ》をついて、生徒指導室に呼《よ》ばれていると言った。それからセレスティーヌにもらった十ドル分の二十五セント硬貨《こうか》を持って、男子ロッカールームの外にある公衆《こうしゅう》電話に行った。ジャレッドとモプシーは携帯《けいたい》電話に出てしゃべる前に、必ず発信者番号を確かめる。もしテキサスの人も発信者番号通知サービスに加入していたとしても、公衆電話からならマトゥがかけているとはわからないし、フィンチという家族に結びつけることもないだろう。

最初に電話したテキサスの難民支援《なんみんしえん》組織は、マトゥの要望に耳を傾《かたむ》けた。だが現在世話をしている中に、ヴィクターという難民はいないとのことだった。二番目の組織にも、ヴィクターという名前の人はいなかった。だが三番目の組織で電話を取った人はこう言った。

「はい、それはできますよ。でもお待ちください。まずその前に……」

マトゥは電話を切った。電話線をたった一本へだてた向こうにヴィクターがいるという恐怖《きょう》に、汗《あせ》が噴《ふ》き出《だ》してくる。マトゥは前もって、テキサス州の場所を地図で調べ、フィンチ氏の定規《じょうぎ》で測り、縮尺《しゅくしゃく》の数字をかけあわせ、ヴィクターまでの距離《きょり》を計算していた。三千キロくらいあり、じゅうぶんに遠く思われた。だがマトゥは今、ヴィクターと話をしたことのある人と話したのだった。

気持ちが落ち着くまで、何時間もかかった。

それからマトゥは自分の計画をもう一度検討《けんとう》した。

やはりすばらしい計画だった。

◆

ヴィクターは、ペンシルヴェニア州やニュージャージー州といった場所で、有料道路を乗りまちがえて別の方向に行き、貴重な時間を無駄《むだ》にした。睡眠《すいみん》や食事にも時間を取られた。あと数日しかない。死んだ女のハンドバッグから盗《ぬす》んだ携帯《けいたい》電話で、例のニューヨークの電話番号にかけた。今回は業者が電話に出た。ああ、シティにいます。ええ、見せていただいた極上のダイヤモンドを覚えています。はい、現金で支払《しはら》います。

待ち合わせ場所は、と業者は言った。グランドセントラル駅の時計の下。そこで宝石《ほうせき》や現金を受けわたすのは安全ではありません。駅には警察官《けいさつかん》や守衛《しゅえい》がおおぜいいます。そこからいっしょに歩いていき、別の場所で取り引きをしましょう。

その別の場所でなら、業者を殺せるだろう、とヴィクターは思った。ダイヤモンドをわたさずに現金を奪《うば》えばいい。

あとはダイヤモンドを手に入れるだけだ。

◆

土曜日に、寄付された家具が集められて、フィンチ家に届《とど》いた。寄付された食器や鍋《なべ》や電子レンジの箱が分類されていった。アメリカ人は使っていない余分な物をいつも驚《おどろ》くほどたくさん持っている。掃除《そうじ》用具や缶詰《かんづめ》は買った。それがすべて、借りてきたトラックに積みこまれた。トラックは引《ひ》っ越《こ》しの日まで私道《しどう》に駐車《ちゅうしゃ》しておく。

アレイクはじゃまにならない場所にいた。ジョプシーを抱《だ》きしめていた。テイが来ませんように、それともモプシーがフィンチ夫妻を説得して、アレイクがここにいられるようにしてくれますように、と祈《いの》った。だがそれは、アレイクの過去を消せないのと同じように、むりなことだった。

日曜日になり、エミー・ウォールは本当に教会に来た。一列にならんですわるには人数が多すぎた。モプシー、フィンチ夫人、エミー・ウォール、ジャレッド、フィンチ氏が一列にすわった。そしてアマボ一家は初めて四人だけで別のベンチにすわった。本物の家族のように。

ほかの三人は家族になっている、とアレイクは思った。マトゥはセレスティーヌとアンドレの息子《むすこ》になりつつあった。ふたりはマトゥを必要としていたし、マトゥは必要とされることに誇《ほこ》りと喜びを感じていた。それにマトゥは息子にふさわしい資質をすべて備えていた。背《せ》が高く、ハンサムで、頭がよく、運動神経が発達している。三人は家族になり、家庭を築き、人生をいっしょに歩んでいくだろう。

でも三人は、できればアレイクを仲間に入れたくないと思っている。セレスティーヌの本当の娘《むすめ》は殺され、アレイクはそのかわりにあてがわれた。かわりの子を受け入れられる母親など、いるわけないのに。最初は受け入れるしかない。カーク・クリックやフィンチ家の四人が、アマボ家の様子を見にくるはずだから。でもそれもいつまでも続かないだろう。すぐに来なくなるかもしれない。

会衆《かいしゅう》は讃美歌を歌った。美しい曲だが、歌詞《かし》は悲しい。

「イエスは荒涼《こうりょう》とした谷間を歩いた
ひとりで歩かねばならなかった」

アレイクは怖《こわ》くなった。ひとりで歩くのは、この世で最もきびしい罰だ。最後の歌詞はもっと恐《おそ》ろしかった。

「あなたは試練に立ち向かわねばならない
ひとりで立ち向かわねばならない」

キリスト教の本質は、試練にひとりで立ち向かわなくていいということじゃなかったの？ だって、神さまがそばにいてくださるのだから。福音《ふくいん》の教えと矛盾《むじゅん》するような、こんな恐ろしい讃美歌を、どうしてみんなは歌っているの？

それが真実だからだ、とアレイクは思った。わたしはひとりで試練に立ち向かわなくてはならない。わたしを憎《にく》む人といっしょに暮《く》らさなくてはならない。子犬を飼《か》ってはならない。ひとりで歩かなければならない。

アレイクはこれまで何にでも注意深く耳をすませてきた。シートベルトのしめ方。割《わ》り引《び》きが二倍になるダブルクーポン券や、クレジットカード、自動販売機《はんばいき》、回転ドア、インターネットの使い方。

でもそんなことを覚えて何になるんだろう。ひとりで歩かなければならないのに。

◆

教会のベンチで、ジャレッドはあまりやわらかくないクッションにすわり、隣《となり》にいる父さんが牧師の話を聞かず、祈《いの》らないのを見ていた。

ニッカーソン先生のお知らせは延々《えんえん》と続いた。洗礼式《せんれいしき》、結婚式《けっこんしき》、病気の人の名前、重要な会合、そしてやっと、難民《なんみん》たちのアパートが見つかったという喜ばしい知らせ。

ぼくたちはみんな難民なんだ、とジャレッドは思った。誰《だれ》だって安全な家がほしい。困ったことから守ってくれる強い壁《かべ》のある家。だが父さんにとって安全だったふたつの家、家と教会は、安全でなくなってしまった。しかも母さんは教会で、父さんを敵である男の妻と同じベンチにすわらせている。事態はどこまでキリスト教的でうっとうしくなっていくんだろう。ジャレッドは声に出さないで笑った。

「教会って悪くないね」ジャレッドは父さんにささやいた。「めちゃくちゃでさ」

父さんはジャレッドの告白を聞いても、喜んでいないようだった。

ジャレッドの家族もこの教会も、人前で抱《だ》きあう習慣はなかった。だが式次第によっては、会衆《かいしゅう》がたがいに、「主の平和」のあいさつを交わさなければならないときもある。誰《だれ》もがいやがった。たがいに抱きあって、親しげにならないといけないのだが、この教会では握手《あくしゅ》するのがせいぜいだった。ジャレッドは今日、これまで教会でしたことのないことをした。父さんの肩《かた》に片腕《かたうで》をまわし、ぎゅっと引きよせたのだった。

父さんの背中《せなか》の緊張《きんちょう》がゆるんだ。肩が下がった。歯を食いしばっていたのが楽になった。父さんもジャレッドのことをぎゅっと引きよせた。

ジャレッドは思わずアレイクのことを考えた。アレイクは抱きしめられたことがないし、これからもないだろう。しかも抱きしめることのできる唯一《ゆいいつ》の相手を、もうすぐ失ってしまう。

みんなで滅入《めい》るような古い民謡《みんよう》調の讃美歌を歌った。ちっともニッカーソン先生の趣味《しゅみ》らしくない。きっと年取った人が要望したのだろう。ジャレッドは、未来を予言されている気がして、気分が悪くなりそうだった。ひとりでさびしい谷間を歩かねばならないなんて。

「あなたは試練に立ち向かわねばならない」みんなは歌った。

ウォールさんの奥《おく》さんが泣き出し、すぐに自分を抑《おさ》えた。

だが、この讃美歌は裁判《さいばん》の試練のことを言っているのだろうか。それとも日常的な試練のことを言っているのだろうか。寝室《しんしつ》を分けあったり、灰《はい》の中にダイヤモンドを見つけたりするような。

「あなたのかわりになってくれる人はいない」歌が続いた。

母さんがエミー・ウォールの手を取った。母さんの標語は正反対だ。かわりになってくれる人は、いつでもいる。かわりまでできなくても、いっしょにいることはできる。

ジャレッドは父さんの耳にささやいた。

「母さんが、難民《なんみん》に家を提供《ていきょう》し終わったとたんに、裁判所に通う犯罪者の奥《おく》さんのつきそいを始めるってことに、いくら賭《か》ける？」

「全財産を賭けるよ」父さんはささやき返して、笑った。

◆

「イエスはおっしゃった」牧師が言った。「イエスの民のうち最も小さい者のためによいおこないをすれば、それはイエスのためにしたのと同じなのです」

最も小さい、最低の人間はわたしだ、とアレイクは思った。この教会にいるすべての人が、わたしよりもよい人間だから。

セレスティーヌとアンドレとマトゥは、アレイクが何をしたのか、正確には知らなかった。

何を何度したのか、どんなふうに脅迫《きょうはく》されたのか、知らなかった。でも、それはどうでもいい。ノーウィッチという町で暮《く》らすことになる家族に、アレイクは入れないのだ。ある日、マトゥがアレイクを車で遠い場所に連れていくだろう。ニューヨークという広大な空間に連れていくかもしれない。そしてドアを開けて、出ていけ、と言うにちがいない。

礼拝《れいはい》の終わりに、会衆《かいしゅう》は短い静かな歌を歌って、たがいに別れを告げた。

「平和のうちに行きなさい
恐《おそ》れることはありません
神さまはいつもついていらっしゃいます
平和と信仰《しんこう》と愛のうちに行きなさい」

アレイクは平和を知らなかった。アレイクの人生に平和はなかった。信仰はどうだろう？それも持っていないものだった。だが、愛なら、ときどき垣間《かいま》見ることができた。アレイクを受け入れてくれた家族の愛。教会の愛。子犬の愛。

〈ひとりで歩かねばならない〉

ジョプシーがいっしょなら、どこにでも歩いていける、とアレイクは思った。わたしは今、歩かなければならない。子犬を連れもどしにくる前に。

アフリカでは、どこまでも歩いていけた。そうすればやはり歩き続けているほかの人に出会える。その人たちとなら、道端《みちばた》でいっしょに眠《ねむ》り、助けられるか死ぬかするのを待つことができる。でもアメリカでは、そうはいかないようだった。アメリカでいなくなるには、お金がいる。

わたしには社会保障番号がある、とアレイクは思った。四人ともそれを取得させられた。法《ほう》律的《りってき》には、わたしは働くには若《わか》すぎる。でもセレスティーヌが働いていた宿では、客室清掃《せいそう》の女の子の半分は書類を持っていないか、若すぎた。そのうち、どこかで仕事を見つけて、お金を稼《かせ》げるだろう。でも、ジョプシーの面倒《めんどう》を見るのには、今すぐお金がいる。

ダイヤモンドはお金だ。

13 危険《きけん》な男

月曜日の朝は、ひどくあわただしかった。まるで初めて学校に行った日のように。あのときは、アマボ家の四人は、封《ふう》のしてあるオレンジジュースのパックの開け方も、なぜ電話が鳴るのかも知らなかった。今、アレイクはジョプシーをぎゅっと抱《だ》きしめていた。このくらいぎゅっと誰《だれ》かの腕《うで》に抱きしめられたらいいのに。ぎゅっと抱きしめてさえいれば、その抱きしめている相手とはなれなくてすむようになればいいのに。

その日は、セレスティーヌが時間外勤務《きんむ》を認《みと》められていたため、フィンチ氏は早くに送っていった。ふたりはもう出かけていた。

フィンチ夫人はアンドレをボストンという遠くの都市に連れていき、セカンドオピニオンというものを受けることになっていた。フィンチ夫人はみんなにさけんでいた。宿題はやった？　お昼を買うお金は持った？　携帯《けいたい》電話は充電《じゅうでん》してある？　アンドレ、急いで車に乗ってちょうだい。

こうしてフィンチ夫人とアンドレが出かけると、今度はジャレッドがさけびだした。忘《わす》れ物《もの》はないか？　マトゥ、遅刻《ちこく》するぞ！　モプシー、トーストが残ってるよ、持ってけ！　アレイク、ジョプシーを台所に入れてドアを閉《し》めとけよ！

前の晩《ばん》、テイがジャレッドに電話してきた。ジャレッドはテイの話を母さんに伝えるため、家じゅうに聞こえる大声を張りあげた。

「テイのお母さんが、明日の朝、子犬を引き取りにくるって」ジャレッドはさけんだ。「車庫のシャッターを一枚《まい》開けっぱなしにして、子犬を台所に入れておいて、勝手口の鍵《かぎ》を開けておけって。そしたら、車庫から台所に入って子犬を連れて帰るってさ」

アレイクは打ちのめされた。フィンチ夫人はこう言った。

「アレイク、今晩ジョプシーにお別れしなさいね。こんなことになってごめんなさい。でも、子犬は来たばかりだから、いなくなってもそんなにさびしくないわよね。勇気を出してちょうだい」

わたしは勇気なんか出したくない。ジョプシーといっしょにいたい。それに、来たばかりの子犬だって、心から愛せるのよ。

アレイクは一晩じゅう祈《いの》っていた。ジョプシーといっしょにいられますように。家族とも家とも故郷《こきょう》の村とももふたりの先生とも妹ともいっしょにいられなかったけれど。神さま、お願いです。

だが、もう月曜日の朝になってしまった。台所から車庫に通じる勝手口のドアは鍵《かぎ》が開けられ、車庫の自動シャッターの一枚《まい》が上がっていた。何時かわからないが、今日、テイのお母さんが車で私道《しどう》に入ってくる。家に入り、ジョプシーを片腕《かたうで》に抱《かか》え、勝手口を閉《し》めたときに鍵がかかるように、取っ手についている小さな突起《とっき》をまわしておき、ジョプシーを車に入れる。車庫の内側のボタンを押《お》して、重いシャッターにはさまれる前に、すばやくはなれ、それから車で走り去る。空《から》っぽの家を残して。

アレイクの空っぽの心も残して。

イエスさまでさえ、さびしい谷間をひとりで歩かなくてはならなかった。さびしい谷間って何だろう？　アレイクはもうそこにいるのだろうか？　それは人生？　それはアメリカ？

「アレイク」ジャレッドが言った。「もう時間がない。モプシーといっしょに坂をおりていけ」

アレイクはジョプシーに強くしがみついたが、強さが足りなかった。ジャレッドが子犬を連れていってしまった。ジョプシーはこの家でひとりぼっちになってしまう。ひとりぼっちになるのは、誰《だれ》だっていや。子犬だっていやよ、とアレイクは思った。

子犬はとくにいや。

ジャレッドはジョプシーを台所の床《ゆか》に置いた。子犬はまたアレイクの元に走ってきた。ジャレッドは大きなスニーカーをはいた足で、子犬をそっと台所に押しもどし、ドアを閉めた。

◆

マトゥはいい気分だった。すべてを自分で解決できたからだ。フィンチ夫人が何かを教えてくれるたびに、注意深く聞いていて本当によかった。

アメリカのすばらしいところ、それは解決策《かいけつさく》があることだ。

アフリカでは、戦争や飢餓《きが》やエイズや干《かん》ばつや蚊《か》や孤児《こじ》などさまざまな問題があったが、誰も解決策を見い出せなかった。たとえ解決策があっても、それを実行するためのお金や時間がなかったり、味方がいなかったりした。だがアメリカでは、フィンチ夫人が毎日示してくれるように、必ず解決策がある。マトゥはとてもアメリカ人的な気分になっていた。何もかも自分で管理できているのだ。マトゥはゆったりとスクールバスの座席《ざせき》にすわった。

「ジャレッド、ききたかったことがある。先週、エリックが授業にいなくて、先生がものすごく怒《おこ》ったけど、実際には何があったのか？」

「あいつ、サボったんだ。学校に行きたくなかったから、来なかった。それでたいへんなことになったんだ」

「どうなったのか？」

「拘束《こうそく》」

マトゥはアメリカにこのような面があるのを知らなかった。

「囚人《しゅうじん》キャンプに拘束されるのか？」

「まさか」

ジャレッドが、どんなまぬけでも「拘束」の意味くらいわかるだろうといった口調で答えた。

「エリックはバスケのレギュラーだから、罰として放課後の練習に出られなくなるんだ。かわりに数日間、校長室ですわらされるってわけ。今じゃチーム全員にきらわれてるよ」

マトゥのいたところでは、罰というのは手を切り落とされることだった。マトゥはバスの窓《まど》から外をながめながら、微笑《ほほえ》んだ。ここはすばらしい国だ。

◆

アレイクとマトゥとジャレッドを乗せた高校行きのバスが去ったあと、中学校行きのバスがプロスペクト・ヒルの坂の下に着いた。中学校はそんなに遠くない。春と秋には、モプシーは家まで歩いて帰ることも多かった。だが、行きに学校に歩いていくほど、朝早く家を出られたことはない。

　モプシーは考えていた。あたしがアレイクだったら、じたばた泣きさけんだだろうな。アレイクのために、そうすればよかったのかも。カーク・クリックに、「でしゃばらないで」って言ってやればよかった。子犬は絶対に手放しませんって。

　モプシーは、自分が難民担当者《なんみんたんとうしゃ》に言い返しているところを想像して、誇《ほこ》らしくなった。数か月前なら、誰《だれ》かに「でしゃばらないで」なんて、絶対に言えなかった。あたし、大人《おとな》になってるのよ。そろそろ、マーサと呼《よ》ばれてもいいころだ。もう時間を無駄《むだ》にしない。今度はみんなにむりやり言うことをきかせよう。まずは、クイニーからね。

　モプシーはバスに飛びのった。頭の中は大人っぽくふるまう計画でいっぱいだった。もう誰にもじゃまさせない。

　モプシーはアレイクのことを忘《わす》れていた。

◆

　ジャレッドとマトゥはバスのうしろにすわっていた。男子生徒は必ずそこにすわり、騒《さわ》いだり問題を起こしたりした。一方、アレイクはたったひとりで前にすわった。聞き耳を立てている運転手の近くには誰《だれ》もすわりたがらなかったし、アレイクはおしゃべりの仲間には入っていない。

反対方向に行く別のスクールバスが、道路の反対側で待っている子どもたちを乗せるために止まった。するとアレイクのバスをふくめ、ほかの車が全部止まった。

アレイクがバスに乗っていて一番好きな瞬間《しゅんかん》は、こうしてアメリカの車がみんなスクールバスにしたがうときだった。車を運転する人たちはみんなドルーとカーラ・フィンチと同じだ。誰もが急いでいる！　やるべきことのリストを持っている！　大事な用をいっぱい抱《かか》えている！　遅刻《ちこく》してはいけない！　だが、彼《かれ》らは止まっているスクールバスを決して追《お》い越《こ》さないのだ。

子どもたちはバスに乗り、見送りの母親たちに手をふった。母親たちが手をふり返し、バスの運転手も手をふり、バスの前に出ていた安全バーの装置《そうち》が元の位置にもどると、二台のバスは反対方向に走り出した。まるでアメリカのテレビを見ているようだった。だが、これは現実だ。幸せな子どもたち、幸せな母親たち、幸せな学校の一日。

そこにアレイクがいる。

綱《つな》をつけた犬がちらっと見えた。おおぜいの人のうしろに隠《かく》れて、さっきまで見えなかったのだ。飼《か》い主《ぬし》の母親が犬に向かって微笑《ほほえ》むと、犬はしっぽをふり、いっしょに私道《しどう》を走っていった。母親は笑いながら、犬は吠《ほ》えながら。

◆

高校のバスはキーッと音を立てて、最後の停留所《ていりゅうしょ》に止まった。

マトゥは背《せ》が高く、窓《まど》ぎわにすわっていたため、道路の様子がよく見えた。スクールバスの外側についているいくつものライトが点滅《てんめつ》しているのに、こっちに近づいてくる一台の車が、スピードをゆるめようとしない。その車は、スクールバスの横に飛び出している「止まれ」の標識にしたがわなかった。そのまま走り続ける。この重要なアメリカのルールをやぶった車を、マトゥはこれまで見たことがなかった。

どんな人がこの規則違反《いはん》の車を運転しているのかと思い、マトゥは窓から見おろした。

◆

モプシーの学校をすぎて一・六キロほど行ったところにある高校で、アレイクのバスが止まった。のんびり歩くには、空気がひりひり冷たすぎる。生徒たちはバスから飛びおり、温かい場所へと急いだ。さけんだり笑ったり、悪口を言ったり、自慢《じまん》したりして、自分のことしか目に入っていない。

アレイクはひとりで、車道からかき出された汚《きたな》い雪の山に囲まれていた。きれいだった雪も、今は排気《はいき》ガスや砂《すな》で黒ずんでいる。

アレイクのリュックには教科書が入っていなかった。かわいたドッグフードとサンドイッチ用のパンがひと袋《ふくろ》、社会保障カードと地図が入っている。ニューヨーク行きの列車の時刻表《じこくひょう》もあった。駅はここからたった六キロだ。ダイヤモンドを利用する方法がわかるまで使うために、セレスティーヌから盗《ぬす》んだ現金もある。

アレイクは頭にフードをかぶり、両手に手袋《てぶくろ》をはめた。顔は下に向けていた。白人ばかりの町にいる黒人の女の子にできるかぎり、目立たないかっこうだった。たとえ高校の誰《だれ》かがこっちを見ていても、その視線《しせん》が茂《しげ》みにさえぎられるような場所まで来ると、アレイクは走りだした。テイのお母さんが、どのくらい早く来るかわからない。アレイクはその前に、子犬を連れ、勝手口と車庫の鍵《かぎ》をかけて出ていくつもりだった。テイのお母さんは、フィンチ夫人が鍵を開けておくのを忘《わす》れたと思い、わざわざ電話してこないだろう。そうすればアレイクは一日じゅう使える。フィンチ夫人自身は、ボストンという場所に行っていて、おそくまで帰らない。

◆

モプシーは校舎に入っていかなかった。凍《い》てつく風の中に立っていた。

あたし、アレイクのことを忘《わす》れていた。ジョプシーのことで、なぐさめてあげなかった。母さんも、ほかのことがいそがしくて忘れていた。あたしは、アレイクのことを見ているようにって、ジャレッドにたのまなかった。アレイクにとって、この先この世にどんないいことがあるっていうの？　うちを出ていかないといけないのに、セレスティーヌに抱《だ》きしめられたことさえないんだから。一度だって。

そう思ったとたん、モプシーは恐《おそ》ろしさに打ちのめされた。アレイクは、自分をきらっている人と暮《く》らさなければいけないのだ。

アレイクにメールを送ろうかと思ったが、アレイクは昼休みになるまで学校のコンピューターでメールを確認《かくにん》しない。それに、メールを見ても、どのくらいなぐさめられるものなんだろう。ジャレッドに電話して、アレイクに替《か》わってもらうこともできる。でもモプシーの声を聞いても、アレイクはなぐさめられるだろうか？　アレイクは声なんかどうでもいいのだから。

モプシーは迷《まよ》った。

たった一・六キロ。高校まで歩いていけばいい。でも、それでどうするの？　何を言えばいいの？　結局、カーク・クリックの言うとおりだった。アレイクは自分で泳がなければいけない。

そのとき、信じられないことに、ソフトボール場の向こうで、アレイクが歩道を走っていくのが見えた。細長い脚《あし》を力いっぱい動かして。リュックをしっかりしょって。家に向かって。モプシーは胸《むね》がつぶれた。アレイクはジョプシーを迎《むか》えにいこうとしているんだ。でも、そのあとどうするの？　子犬を連れていかないように、テイのお母さんを説得するの？　あり得ない。学校に子犬を連れていくの？　むり。

アレイクにできるのはただひとつ、逃《に》げ出《だ》すことだけだ。

モプシーは許可をもらわないで行動する人間ではなかった。学校の事務所では、アレイクを追いかける許可をくれないだろう。父さんと母さんがもしここにいても、許可するわけがない。でも、「しゃべれなくて愛されていないアレイク」より悪いことがあるとすれば、それは「しゃべれなくて愛されていなくて逃げているアレイク」だった。

モプシーはアレイクほど速く走れなかった。二十歩も走ったら疲《つか》れてしまい、歩くことにした。まずは一ブロック。それからもう一ブロック。さらにまた一ブロック。モプシーはプロスペクト・ヒルの坂道を見上げた。いつか自分の家を持つときは、土地が平らな場所にしよう。

◆

鉈《なた》の刃から逃げて以来、マトゥの心臓《しんぞう》がこれほどはげしく打ったことはなかった。

〈ヴィクターが〉

〈ここにいる〉

スクールバスを追《お》い越《こ》した車を運転して。

マトゥは学校に意識を向けようとした。広い廊下《ろうか》に、ペナントや美術の授業の作品や使わなくなった学校代表スポーツチームのジャージなどが飾《かざ》られている。おおぜいの満ちたりた生徒がいて、誰《だれ》もが笑い、しゃべり、さけび、走り、自分に満足している。こんなに自分に満足している人たちがほかにいるだろうか！

あれはヴィクターではない、とマトゥは自分に言い聞かせた。

でも、まちがいなくヴィクターだ。

ぼくは安全がほしくて、解決策《かいけつさく》を見つけたと信じていた。何もかもうまくいって、悪いものは消えてしまうと思いこんでいた。モプシーと同じくらい子どもっぽいじゃないか。悪というものを知っている、ぼくとしたことが。

誰《だれ》か権威《けんい》のある人に、ヴィクターがここにいると通報しなければならない。だが、誰が信じてくれるだろう。この町にはヴィクターのような人間はいない。ここの人たちは、悪が存在《そんざい》することも、悪い人間が日常的に悪いことをすることも、本気で信じてはいない。彼《かれ》らはこう言うだろう。いや、マトゥ、それはアフリカの話だよ。ここはちがう。

しかも彼らは、アフリカでそういうことがあることも、本気で信じてはいない。車にいたのがヴィクターだとしたら、暴力的《ぼうりょくてき》な結末しか考えられない。マトゥは当局に通報しなかった責任を取らされる。アフリカの難民《なんみん》キャンプに送り返されるにちがいない。そうなれば、もう「自由」と名のつく高校に通うことも、アンドレとセレスティーヌといっしょに新しいアパートで暮《く》らすことも、自分たちの車を運転することもできなくなってしまう。

だが実際問題、誰に通報できるだろう？

この高校が受け持ち地区になっている、あのにこやかな中年の警官《けいかん》か？　それとも、三つある信号のひとつの近くにたいていパトカーを停《と》めている、あの太ったおじいさん警官か？　彼らだって、フィンチ家の人以上には本当の危険《きけん》について知らないだろう。

そのときマトゥは、セレスティーヌがなぜ、ヴィクターがついてきたら絶対にもどってきてはいけないと、あれほどきつく言ったのか、初めて気づいた。あれはセレスティーヌやアンドレの身を守るためではなかった。

フィンチ家を守るためだったのだ。

アメリカ人一家はアフリカ人一家よりずっと危険《きけん》な立場にいた。人をおどしたり傷《きず》つけたりしようと思ったら（ヴィクターはそれしかしない）、まずは弱い者から始める。アメリカ人は苦痛《くつう》や恐怖《きょうふ》について何も知らない。彼らはマトゥやアンドレやセレスティーヌのように強くない。ヴィクターに何かされたら、耐《た》えられないだろう。

ヴィクターにはそれがわかるはずだ。

フィンチ家の父親は夜おそくまで家に帰らないから、家族を守る役目の人が、その役目を果たせないことになる。だがフィンチ氏が家にいても（あるいは恐《おそ》ろしいことが起きて、ヴィクターがフィンチ氏を待ちかまえていたとしても）、ヴィクターは父親をねらわないだろう。父親の弱みをねらうはずだ。

通常、それは子どもたちになる。だがマトゥは、この一家で一番弱いのは母親のカーラだと思った。何でも管理して、どんな問題でも解決できると信じている。カーラは、ヴィクターのような人のあつかい方はわからない。

だがヴィクターのような人は、いつでもカーラのような人をあつかえる。

マトゥは、カーラ・フィンチとアンドレが車で遠くの都市まで出かけたことを神さまに感謝した。

アレイクは未知数だ。体も心も、ふつうの人間になろうとがんばっている。だが、あのような過去を持っていれば、決してふつうにはなれない。アレイクの弱みは子犬だろう。

もちろん、ヴィクターはフィンチ一家を殺しにきたわけでも、アレイクをさがしにきたわけでも、子犬を処理しにきたわけでもない。ダイヤモンドを取りにきたのだ。

最悪のタイミングだった。

今はだいじょうぶだ、とマトゥは思った。家には誰《だれ》もいない。家族全員に電話して、家に帰らないように言おう。それから警察《けいさつ》に行って、ヴィクターが何者なのか、なんとか説明しよう。

マトゥはこれまで自分の犯してきた過ちをかぞえあげて、気分が悪くなりそうだった。

「ジャレッド」マトゥはささやいた。

「あとでいい？　微分《びぶん》積分の宿題が終わってない」

マトゥはジャレッドのそでを引っぱった。

「もっと大事なことだ」

ジャレッドはマトゥの手をふりはらった。

「おれにはこっちが大事なんだ」

怒《おこ》ってそう言うと、ジャレッドは歩き去った。

14 氷の海

アレイクがプロスペクト・ヒルの坂道を半分ほど上がったとき、うしろで車の音がした。ここは家が少ないから、どの車の人も、アレイクが学校に行っていなければならないことに気づくはずだ。アレイクは道をそれ、うっそうと枝をつけた横幅《よこはば》のある大きなアメリカツガの木のうしろに隠《かく》れた。テイのお母さんでないことを願った。車が通りすぎたとたん、アレイクは坂道をかけ上がった。脚《あし》がふるえ、息が苦しくなっている。

車はやっぱりフィンチ家の私道《しどう》に入っていった。美しい車だった。前後の長さがあり、ぴかぴかで、このあたりの車のように雪や道にまいた砂《すな》で汚《よご》れていない。どうしてだろう？　神さま、あと十分くらい時間をくださったら……。

ぴかぴかの車を運転していた人がおりた。

ここ何日も、いや何週間も、アレイクは忘《わす》れていた。恐《おそ》ろしい夢や、ひっきりなしに浮《う》かび上がってくる記憶《きおく》に、ヴィクターは必ず登場していたが、そのヴィクターが生きてアメリカにいることをすっかり忘《わす》れていた。

ヴィクターの後援者《こうえんしゃ》があんなにりっぱな車をくれたなんて、驚《おどろ》きだった。

アレイクは、はっとした。アレイクはモプシーになってしまっていた。あれは絶対にもらった車ではない。

車庫のシャッターが開いているから、テイのお母さんはまだ来ていない。だが空《から》っぽの車庫を見れば、ひと目で留守だとわかる。ヴィクターはさっと家を見まわした。うしろはふり返らなかった。隠《かく》れる場所がなく、完全に姿《すがた》が見える道路にいたアレイクは助かった。ヴィクターはすばやく歩き、開かれた車庫の暗がりに入っていった。アレイクは身をかがめ、葉の落ちた小さな茂《しげ》みのうしろに走りこんだ。ヴィクターは鍵《かぎ》のかかっていない勝手口に手を伸《の》ばすだろう。そのドアの向こう側にジョプシーがいる。ヴィクターとアレイクのいたところでは、犬をかわいがる風習はなかった。犬は蹴《け》りつけるか殺すものだった。

アレイクは妹を守れなかった。先生も、両親も、この世の誰《だれ》をも守ることができなかった。だが、この子犬を守るチャンスは残されている。

ヴィクターはダイヤモンドがほしい。アレイクはそれがどこにあるか知っている。ダイヤモンドと引《ひ》き換《か》えに、ヴィクターはアレイクとジョプシーをニューヨークまで車で連れていってくれるだろうか？　ヴィクターはニューヨークに行かなければいけない。そこにダイヤモンドを買う業者がいるからだ。その広い大都市のどこかにアレイクをおろし、二度と関わりを持たないと約束してくれるだろうか？　アレイクはヴィクターを知っていた。ヴィクターは何でも約束したあとに、かまわず撃《う》ち殺《ころ》すだろう。

子犬はすでに、ドアが開いたら（じゅうぶん待っていればドアは必ず開く）、捕《つか》まらないためにはスピードが大事だと学んでいた。ヴィクターはドアを開けたようだった。ジョプシーは車庫からいちもくさんに飛び出し、凍《こお》った地面の上を懸命《けんめい》に走っている。逃亡《とうぼう》に成功《せいこう》し、新鮮《しんせん》な空気を味わえて、なんてうれしそうだろう！

走り続けるのよ！　アレイクは念じた。

もちろん、ジョプシーは走り続けた。嗅覚《きゅうかく》をたよりに、まっすぐアレイクのもとに走ってきた。そしてアレイクを見つけると、大喜びでワンと吠《ほ》えた。

◆

わあ、テイのお母さんの車はりっぱね！　モプシーは感心した。しかもモプシーはちょうどいいときに来た。もしかしたら子犬と面会する権利について交渉《こうしょう》できるかもしれない。アレイクが子犬に会えるように送《おく》り迎《むか》えしてくれる、教会ボランティアの人が見つかるといいけど。

モプシーは車庫のセメントの床《ゆか》を歩いた。底が厚めのスニーカーだから、音はしない。そのまま台所に入っていった。

ひとりの男がアレイクの顔をつかんでいた。まるでフットボールをつかむように、片手《かたて》でアレイクのあごと口と鼻を押《お》さえている。もう片方の手に銃《じゅう》を持っていた。

モプシーはテレビでしか銃を見たことがなかった。

男はアレイクを薪《たきぎ》のように放り出した。アレイクの体は壁《かべ》にはげしくぶつかり、飾《かざ》ってあった水彩画《すいさいが》が釘《くぎ》からはずれて落ちた。絵をおおっていたガラスが割《わ》れ、破片《はへん》がアレイクと床の上にふりそそいだ。

男はにやりとした。

モプシーはやっと、アマボ一家が何を怖《こわ》がっていたのか、なぜドアが開く音や電話の鳴る音におびえていたのか理解した。この男だ。

子犬は注目されたくてクンクン鳴いた。

男は蹴《け》りつけようとしたが、アレイクが身を挺《てい》して、かわりに蹴りを受けた。蹴る音が聞こえたが、それはアレイクの肋骨《ろっこつ》の音だったかもしれない。それでもアレイクは黙《だま》っていた。ジョプシーを腕《うで》に抱《だ》きかかえ、向こうへ転がっていった。

「だいじょうぶよ」モプシーは急いで言った。「まだ子犬だから。かみつかれても怪我《けが》しないから」

男がモプシーに向きなおった。銃をカチッと鳴らす。撃《う》つときの音ではないが、むしろ恐《おそ》ろしい。モプシーは全身が凍《こお》りついた。恐怖《きょうふ》のあまり、何も考えられない。

「マトゥはどこだ？」

なまりが強く、引きずるような話し方で、セレスティーヌやアンドレの話し方に似ている。

「学校よ」

モプシーは麻痺《まひ》した頭でむりやり考えた。

「ダイヤモンドがほしいんでしょ？」

男の目と銃口がこっちを見つめている。

「ダイヤモンドを知ってるのか？」

「マトゥはあたしが知ってるのを知らないの。箱をこっそりのぞいたから」

「見せろ」

二階に上がったとたんに、アレイクは逃《に》げ出《だ》せるから助かるはず、とモプシーは思った。この男がダイヤモンドをかぞえ始めたら、あたしも一階にかけおりる。外に出たらすぐに携帯《けいたい》電話で警察《けいさつ》を呼《よ》ぼう。

男はモプシーに、先に上がれという身ぶりをした。モプシーが前に出るとき、男はモプシーの背中《せなか》から携帯《けいたい》電話の入ったリュックをむしり取って、部屋の向こうに投《な》げ捨《す》てた。アレイクにはあごで合図した。アレイクはモプシーのうしろにつき、小さな行列ができた。モプシー、アレイクと子犬、そして男。

階段《かいだん》の一段一段が高く感じられる。じゅうたんがでこぼこに感じられる。モプシーのスニーカーは引っかかったりつまずいたりした。ジャレッドの部屋につくまで、ものすごく時間がかかった。ジャレッドが使っているほうの半分はごちゃごちゃだった。マトゥのほうは整然ときれいになっている。自分の新しい持ち物をきちんとならべてながめるためだ。

広い窓台《まどだい》にタッパー容器がふたつならんでいる。

「紙箱がこわれたから」モプシーが説明した。「お母さんがマトゥにプラスチックの入れ物をあげたの」

容器のふたはしっかり閉《し》まっているはずだ。男は銃《じゅう》を持ちながら同時に箱を開けられない。モプシーにとってチャンスだ。

だが男はモプシーに、開けろと命じた。

容器をひとつ持ち上げたとたん、モプシーはたいへんだと思った。容器があまりにも軽すぎる。

モプシーは力をこめてふたを開けながらも、もうダイヤモンドも灰《はい》も入っていないとわかっていた。

◆

ジャレッドはいつになったら難民《なんみん》の悩《なや》みや要望や雑音に悩まされずにすむようになるのだろう？　もういいかげん、マトゥは黙《だま》っててくれないだろうか？

「たのむよ」ジャレッドは怒《おこ》った。「もう拷問《ごうもん》話はいいからさ。ヴィクターがそんなに重要なら、なんで前に言わなかったんだよ？」

ジャレッドはマトゥに一発食らわせてやってもいいくらいの反感を抱《いだ》いた。父さんもこう思っているのなら、毎朝毎晩《ばん》、夜明け前に出ていき、深夜すぎに帰ってくるのもむりはない。

「怖《こわ》かったんだ」マトゥが言った。「ジャレッド、ぼくは誤解《ごかい》していた。どういうわけか安全だと思っていた。少なくとも安全だと思っているふりをしていた。でも誰《だれ》も安全じゃない。きみは、家族がひとりも家にもどらないようにしないといけない」

「その男が車に乗ってるのを見たような気がするだけだろ。スピード出してたのに、顔がわかるのかよ」

「ぼくはヴィクターを知っている。あれは絶対ヴィクターだ。この町をつきとめた。たぶんインターネットで。それとも電話して、ここの難民《なんみん》再定住化支援《しえん》組織をさぐりあてたんだ。家だってすぐにつきとめるはずだ。家族全員に電話してくれ。誰《だれ》も家にもどってはいけないんだ」

「わかったよ。しょうがないな」

ジャレッドは携帯《けいたい》のふたを開けた。まずモプシーの番号を押《お》した。大学に行ったら、ひとり部屋で暮《く》らそう、とジャレッドは思った。こんなのは耐《た》えられない。おれは人とは距離《きょり》を置きたいんだ。

◆

アレイクが歩くと、ガラスのかけらが上着からいくつも落ちていった。ジャレッドの部屋のじゅうたんに落ちたかけらは、ダイヤモンド原石よりも明るく輝《かがや》いた。

アレイクの心はそのガラスのようにこなごなにこわれていた。どうしてモプシーは家に帰ってきたの？　アメリカの子どもは、いるべき場所に必ずいる。ひとりでうろうろ歩きまわらない。いつどこにいるべきか、信じられないくらい多くの規則をちゃんと守る。モプシーは安全な学校にいるはずなのに。

ジョプシーが吠《ほ》えた。床《ゆか》におりて、まわりにいるすばらしい人々をほめたたえたいのだ。

アレイクは子犬をぎゅっと抱《だ》きしめた。手が痛《いた》んだが、それは子犬を抱いているからではない。

アレイクはこの家の機械類に手を触《ふ》れないようにしていた。この家の人たちは、歯を磨《みが》くにも、料理するにも、床を掃除《そうじ》するにも、手紙を書くにも、機械を使う。アレイクが以前の人生で触《さわ》った唯一《ゆいいつ》の機械は、人を攻撃《こうげき》するための武器だった。アレイクの手はまだその感触《かんしょく》を覚えていた。今でも冷たいものに触れると、たとえそれがフォークであっても、ヴィクターに引けと命じられた金属の感触を思い出す。

今ではアレイクの心は、その手と同じくらい冷たく、希望もなくなっていた。

銃《じゅう》を持てと命じないで、とアレイクは願った。撃《う》つのは、わたしにさせないで。

ヴィクターはふたつの青い容器をふりまわした。それからモプシーを投げとばして、怒鳴《どな》った。

「ダイヤモンドはどこだ？」

モプシーは床に倒《たお》れていた。

アレイクは身じろぎせず、声も出さなかった。

だがヴィクターは人の弱みを必ず見つける。今もそうだった。ヴィクターはモプシーに言った。

「アレイクが何をしたか知りたいか？　アレイクは人殺しだ。子ども兵士だ。おれの仲間だ」

アレイクはどんなにか、その言葉を否定《ひてい》したかっただろう。

「アレイクは自分の親が殺されるのを、黙《だま》って見ていた。アレイクは自分の先生たちを殺した。妹が殺されるのを見ていた。それから、おれの仲間になったんだ」

それはすべて真実だった。ある意味では。これでモプシーも、アンドレとセレスティーヌと同じように、恐《おそ》ろしい事実を知った。だからモプシーも、汚《けが》されないように、アレイクを避《さ》けるようになるだろう。

「ばかなこと言わないで」

モプシーが言った。あの驚《おどろ》くべきアメリカ人的な言い方で。人が邪悪《じゃあく》だなんて絶対に信じないというきっぱりとした口調だった。モプシーはふらふらと立ち上がった。

ヴィクターがたたみかけた。

「アレイクというのも本当の名前ではない。おまえたちが受け入れた家族は、誰《だれ》もアマボではない。本物のアマボ家は協力しなかったから、おれが殺してやった。この家族はそのかわりだ」

ヴィクターはそのときのことを思い出して笑った。また一本、歯がなくなっている。アレイクはアメリカ人の笑顔をたくさん見てきたから、アメリカ人が汚《きたな》い歯を見るとひどく不安になるのを知っていた。だからモプシーが、ヴィクターの銃《じゅう》よりも腐《くさ》りかけた歯におびえたのを見ても驚かなかった。

アレイクは、しゃべれるようになったとき、最初にどんなことを言うだろうと、よく考えていた。きれいな言葉。温かい感謝の言葉。だが、ちがった。そうはいかなかった。アレイクがしゃべるのは、生き延《いの》びるためだった。アレイクは共通語である英語を使った。長い間、口から発しようとしていた美しい言葉はまだ出てこない。だが、恐ろしい言葉はするりと飛び出した。

「わたしがダイヤモンドを取ってくる」アレイクはヴィクターに言った。「そうしたら、わたしと子犬をニューヨークに連れていって、そこでおろして」

アレイクはモプシーのほうを見なかった。友情や優《やさ》しさは、もう過去のものだった。モプシーは息をのんだ。モプシーも、アレイクの最初の言葉はもっと別のものだろうと思っていた。

「ダイヤモンドのありかを知ってるのか？」ヴィクターがきいた。

「わたしがダイヤモンドを取った。子犬を連れもどしにきてから、ダイヤモンドを持って出ていくつもりだった」

ヴィクターが笑った。

「結局、おまえが一番強かったのだな」

ヴィクターは考えるようにアレイクを見つめた。

「うまくいくぞ。警察《けいさつ》はおれをさがしている。だが父親と娘《むすめ》と犬はさがしていない」

アレイクは、アメリカの警察がヴィクターをさがしているわけをたずねなかった。想像はできた。

「ダイヤモンドはこの家にはない。この家では、のぞき見される」アレイクは言った。

「こいつの言ったとおりだ」ヴィクターは同意し、モプシーに銃口《じゅうこう》を向けた。

「その子を傷《きず》つけたら、ダイヤモンドをわたさない」アレイクが言った。「車に乗せて。車でないと行けない」

ヴィクターは面倒《めんどう》くさそうに肩《かた》をすくめると、モプシーを強く押《お》して、階段《かいだん》をおり、家の外に出た。ヴィクターが今ではなく、ダイヤモンドを手に入れたあとにモプシーを傷つけるつもりだと、ヴィクターにもアレイクにもわかっていた。

「子犬が吠《ほ》えるかもしれない。台所に残しておいたほうがいい」アレイクが言った。

「ここにはもどらない。犬がほしいなら、連れてこい」

三人はりっぱな車に乗りこんだ。アレイクの指示で、ヴィクターの車は坂をおり、町を抜《ぬ》け、寒々としたマリーナに行きついた。ボートがびっしりならんでいたが、人っ子ひとりいなかった。

◆

ジャレッドはいらいらしていた。

モプシーは、携帯《けいたい》を充電《じゅうでん》して電源《でんげん》を入れておくと約束したはずだ。忘《わす》れたのだろうか？それとも授業中だから、出られないのだろうか？

「そもそもなんで騒《さわ》いでるんだよ、マトゥ？」ジャレッドは問いつめた。「ひとことで要約せよ。拷問《ごうもん》とか部族の将軍《しょうぐん》とか、長々としゃべるなよ。聞いてられないから」

「ダイヤモンド」マトゥは答えた。

◆

たくさんのボートをおおう青いビニールカバーに、風が強く吹《ふ》きつけていた。旗竿《はたざお》のロープが、下手なタイコたたきのようにバタバタ音を立てている。モプシーは車の前の座席《ざせき》に、ヴィクターとアレイクの間に押《お》しこまれてすわっていた。あまりにも恐《おそ》ろしくて何も考えられない。頭の中は恐怖《きょうふ》しかなかった。

「ここよ」アレイクが言った。

ヴィクターは車を停《と》め、外に出ると、モプシーを引きずり出した。アレイクはジョプシーを車に閉《と》じこめた。みぞれがふってきた。モプシーはみぞれがきらいだった。失敗して怒《おこ》っている雪みたいだからだ。

塩水にもかかわらず湾《わん》の端《はし》は凍《こお》っていた。凍っていない水は、石のように死んだ色をしている。風は荒々《あらあら》しく、モプシーの肺《はい》を切《き》り裂《さ》くナイフのようだった。

◆

「飛行機に五人目の難民《なんみん》がいたんだ」マトゥが言った。「それがヴィクターだ。ダイヤモンドはヴィクターのものなんだ」

ジャレッドは自分が時代おくれの機械になった気がした。歯車がゆっくりと位置にもどっていく。

「ヴィクターっていうのは……？」

「人の血を流して、ダイヤモンドを『血のダイヤモンド』にした男だ」

たとえば、アンドレの血。手を切り落とされて流れた血。

血のダイヤモンド。紛争《ふんそう》ダイヤモンドではない。

危険《きけん》だってわかってたんだ、とジャレッドは思った。だからモプシーに携帯《けいたい》を持ってろって言ったんだ。おれはバカか？　十一歳《さい》の子に、自分で自分の身を守れなんて言うやつがいるか？

ジャレッドは携帯を開いて、番号案内にかけた。

「話を続けろ」マトゥに指示する。

「ヴィクターは、四人家族のほうが怪《あや》しまれないから、自分で運ぶよりもかんたんにダイヤモンドを密輸《みつゆ》できると思った。ダイヤモンドの影《かげ》はX線装置《そうち》には映《うつ》らないから、運んでいる人が疑《うたが》わしくなければ、ほとんど見つからないんだ」

「コネティカット州プロスペクト・ヒル」ジャレッドは自動案内に答えた。「リヴァー中学校」

「全員ニューヨークシティでおりると思っていた」マトゥが続けた。「そうしたらヴィクターはダイヤモンドを受け取っていなくなる。ぼくたち四人は自分で家と仕事を見つけるつもりだった。でも、そうならなかった。ぼくはヴィクターから自由になったと思っていた。この小さな町で隠《かく》れることができたと。でも、ヴィクターはここに来た。ぼくは見たんだ」

「ウチに人殺しの所有物を持ちこんでたのか？　そいつが取りにくるってわかってたのに？」

電話会社は、１を押《お》せば無料でおつなぎします、と言ってきた。ジャレッドは１を押した。

「もしもし、ジャレッド・フィンチです。妹のマーサに緊急《きんきゅう》で連絡《れんらく》を取りたいんです。ジャクソン先生の六年生のクラスにいます」

ダニエルが廊下《ろうか》の向こうからやってきた。ゆったりとした、いつでも準備万端《ばんたん》の、「わたしは規則の特例です」とでもいうような、ちょっとテイのような態度で近づいてくる。ジャレッドはダニエルの腕《うで》をつかんだ。ダニエルは、腕を不法侵害《しんがい》してきたジャレッドの指をにらんだ。そして警告《けいこく》するような目つきを向けてきた。

「モプシーが今日は学校に来ていないって、どういうことですか？」ジャレッドは携帯《けいたい》に向かって声を張りあげた。何が起こってるんだ？　モプシーが学校にいないなんてあり得ない。ジャレッドは電話を切った。

「ダニエル、今日、車で学校に来た？」ジャレッドはきいた。

「ぼくは毎日、車で学校に来ているよ」

「おまえの車がいるんだ」

ジャレッドはダニエルをせきたてて、廊下を進んでいった。マトゥもついてくる。よかった。モプシーの安全が確認《かくにん》されたら、マトゥをひき殺してやる。

「ダニエル、運転しろ」ジャレッドは命じた。「すごい急ぎなんだ」

ジャレッドは家に電話した。誰《だれ》も出ない。

血のダイヤモンドの男は、中学校ではなく、家に来るはずだ、とジャレッドは思った。これでたくさんのことが断片的《だんぺんてき》にわかった。アマボ一家は難民《なんみん》だが、同時に密輸《みつゆ》の隠《かく》れ蓑《みの》でもあった。彼《かれ》らは、コネティカット州の木々や岩や曲がりくねった田舎道《いなかみち》が、殺人者から身を守ってくれると信じていた。そいつが電話をするかインターネットのサイトを開きさえすれば、彼らは見つかってしまうのに。

おれたちは見つかってしまうのに。

マトゥがダニエルに、ヴィクターのことを説明し始めた。ダニエルはゆっくり慎重《しんちょう》に運転する人だということが判明した。本当はティーンエイジャーの少年ではなく、十メートル先も見えないようなジジイなんじゃないか、とジャレッドは思った。

「もっと速く！」ジャレッドはさけんだ。「信号をつっきれ！」

ダニエルは完全に停止し、左右を見て、青信号を待った。

「ヴィクターは武装《ぶそう》しているだろう」マトゥが言った。

ダニエルがアクセルペダルから足をはずしてきき返した。

「どういうこと？　武装って？」

「あいつだ！」

マトゥがさけんだ。ぴかぴかの黒いレクサスを指さしている。その車は小さな大通りを曲がって、マリーナに行く細道をくだっていく。

「モプシーがいっしょだ！　アレイクも！」マトゥがさけぶ。

「嘘《うそ》だろ？」

なんで難民《なんみん》が最新型のレクサスに乗ってるんだ？　心配でいっぱいだったジャレッドは、今度は猜疑心《さいぎしん》でいっぱいになった。

一年のこの時期、マリーナに行く人などいない。ましてアフリカの密輸《みつゆ》業者が行くわけがない。今のがヴィクターだったと仮定《かてい》してだ。そもそもヴィクターはどうやってモプシーの居場所を知ったんだ。それにアレイクは、今は学校にいる。なにしろ最初にバスをおりたのだから、アレイクが学校にいることは確かだ。

「急げ！」

ジャレッドは念のためダニエルに言った。

ダニエルは急ぐようなドライバーではなかった。のそのそ進むようなドライバーだった。しかも今は片手《かたて》で運転している。もう片方の手で、正確には親指で、自分の携帯《けいたい》から警察《けいさつ》に電話していた。

「警察をお願いします」ダニエルは冷静だった。「マリーナ通り。暴力行為《ぼうりょくこうい》がおこなわれています」

ダニエルはマトゥに言った。

「きみの言ったことは本当だろうな。学校を抜《ぬ》け出《だ》して、警察に通報して、何でもないってことになったら、本気で怒《おこ》るよ」

◆

アレイクが防波堤《ぼうはてい》を歩いていく。

モプシーは信じられない気持ちだった。前に来たとき、アレイクは防波堤に近づくのもいやがったのに。

岩は凍《こお》ってつるつるしていた。半分凍《い》てついたような海水が、荒々《あらあら》しく岩に打ち当たる。アレイクがバランスをくずせば、軟氷《なんぴょう》のふたでおおわれた冷たい海の底深く落ちていってしまうだろう。

二十歩進んだところで、アレイクが転んだ。モプシーは悲鳴をあげた。

男がモプシーを殴《なぐ》った。

「黙《だま》れ」

モプシーは黙った。顔の骨《ほね》が折れた、とモプシーは思った。この男があたしの顔の骨を折った。

アレイクは岩の端《はし》をつかんだので、海に落ちなかった。歩くかわりに、はって進んでいる。

モプシーや男のほうはふり返らない。

これが、意識があるのかもわからないくらい反応のなかった、あのアレイクと同じ人なの？　モプシーは驚《おどろ》いた。その同じアレイクが、ダイヤモンドを持ち出し、ジップロックの袋《ふくろ》か何かに入れて、こっそり海辺まで行ったの？　その袋を、コンクリートがくずれてできた穴《あな》のひとつに隠《かく》したの？

完璧《かんぺき》な隠し場所のように見えたかもしれない、ひとけのない真冬のマリーナ。だが、海水が穴の底を浸食《しんしょく》していることだろう。穴は下の海につき抜《ぬ》けているはずだ。ダイヤモンドは荒《あ》れくるう潮《しお》の流れに吸《す》い出《だ》され、とっくに消えてしまっているにちがいない。

はげしい突風《とっぷう》で、溶《と》けかかった雪が、アレイクの顔や腕《うで》にかかった。アレイクは気づいた様子を見せない。ひたすら進み続けた。

ダイヤモンドのことを考える人は、ほかのことを考えないんだ。

あたしは結局、アレイクのことを知らないのね、とモプシーは思った。自分がほしかったお姉さん像に、アレイクを当てはめていただけだったんだ。

ヴィクターの息づかいは荒《あら》かった。目はアレイクに釘《くぎ》づけになっている。父親が娘《むすめ》とペットの子犬を連れているふりをすれば誰《だれ》も気づかないなんて、大まちがいよ、とモプシーは思った。あたしは知ってるもの。警察《けいさつ》に何もかもしゃべるんだから。車のナンバープレートだって覚えたんだから。

ヴィクターはふり返り、モプシーがうろうろしているのを見ると、ぐいっと顔をつかんだ。台所でアレイクをつかんだように。

やっぱりあたしは「年齢《ねんれい》のわりに幼《おさな》い」んだ、とモプシーは思い知った。しゃべることなどできない。ヴィクターはモプシーを生かしてはおかないだろう。

◆

アレイクは岩場の先端《せんたん》からわずか一メートルほど手前のところで、その穴を見つけた。せまい割《わ》れ目《め》で、片手《かたて》を入れるのがやっとだった。アレイクは凍《い》てついた未知のものへの恐怖《きょうふ》をのみこみ、腕を入れていった。

何にも触《ふ》れなかった。アレイクは腕を引っぱり出し、少しずつ移動しながら、岩場の先端にぞっとするくらい近づいていった。海水は何もかものみこみそうな音を立てている。風がジャッカルの歯のように、ぬれた腕《うで》に食いこむ。アレイクは別の角度から試してみた。

「箱があった！」アレイクはさけんだ。「でも底に凍《こお》りついている。引きはがせない」アレイクは穴《あな》のふちに目を近づけた。「あなたのほうが腕が長い」

◆

「先に行け」ヴィクターがモプシーの顔から手を放して命令した。

モプシーは水がどれほど深いか知っていた。もしすべり落ちれば、おぼれてしまう。自分の町の自分の海岸で。自分の難民《なんみん》がダイヤモンドをさがしている間に。

アレイクではない、アレイク。

本物のほうは、ヴィクターが殺してしまった。

モプシーは、はっていった。ヴィクターは自分のバランスを取るのにせいいっぱいで、何もしてこない。両手が自由になるように、銃《じゅう》をポケットにしまいこんだ。

アレイクはダイヤモンドを隠《かく》した穴の上にかがみこんでいる。大切なもののために必死になって。

◆

防波堤《ぼうはてい》に、三人いる。ジャレッドは、はっきりと見た。

ヴィクターだと、マトゥが言った男。

アレイク。

そしてモプシー。

あんなところで何してるんだ？　あんなところに何がある？　こんなばかげた……。

ジャレッドはダニエルの車から飛び出し、わめき声をあげ、手をふりまわした。

ヴィクターという男がふり向く。ポケットに手を入れる。男の姿勢《しせい》はどこかスポーツ選手を思わせた。いつでも勝負できるといった構えだ。男がポケットから取り出した手は、妙《みょう》に長かった。

〈ヴィクターは武装《ぶそう》しているだろう〉とマトゥが言っていたっけ。

◆

アレイクは立ち上がった。

ジャレッドが走りよってくる。氷をものともしない。

だが弾丸《だんがん》は人間より速い。

ヴィクターはモプシーを殺せる。ジャレッドも殺せる。マトゥとダニエルを撃《う》ち殺《ころ》せる。あっというまに。それがヴィクターの技能だ。

アレイクの計画はまだ失敗していない。まだ続けられる。

アレイクはこの家族のことを考えた。このアメリカ人たちはアレイクを歓迎《かんげい》し、見返りに何も求めなかった。アレイクは神さまのことを考えた。祈《いの》る時間はある。

わたしをいい人にしてください。一度だけでも。償《つぐな》いをさせてください。

アレイクはテイが読んだ詩について考えた。果たさねばならない約束について。

約束を交わす時間はない。それでも、その約束を守ろうと思った。

アレイクは前に踏《ふ》み出《だ》した。

そしてヴィクターの体に腕《うで》を巻《ま》きつけると、横ざまに勢いよく海に飛びこんだ。ヴィクターを道連れにして。

◆

サイレンの音が鳴《な》り響《ひび》いた。

ダニエルが携帯《けいたい》に向かってさけびながら、警察《けいさつ》を誘導《ゆうどう》している。

ジャレッドは血を流している妹を両腕《りょううで》に抱《だ》きかかえた。

マトゥがジャレッドに追いついてきた。

だが、アレイクとヴィクターが落ちたところには何もなかった。水面の軟氷《なんぴょう》に、穴《あな》ひとつ残されていない。冬の凍《い》てつくふたの下にある見えない波が、すでに穴を閉《と》ざしていた。

結局、貴重な宝石《ほうせき》は、アレイク自身だった。

アレイクは自分の命を犠牲《ぎせい》にしようとした。しゃべることができず、誰《だれ》にも愛されなかったアレイク。味わった喜びはただひとつ、子犬とすごした数日間だけ。そのアレイクが、友人たちのために、あっさりと命を捧《ささ》げたのだ。

ジャレッドは根っからのアメリカ人だった。アメリカ人の魂《たましい》には、人を助けたいという願望が組みこまれている。必ずしも賢《かしこ》くうまく助けられないが、少なくとも水に飛びこんではみるのだ。

「モプシーをはなすなよ」ジャレッドはマトゥに強く言った。「何があっても、おれの妹を守れ」

ジャレッドは水の中に入っていった。あまりに冷たくて目も開けられない。一瞬《いっしゅん》で息も体力もなくなった。

おれは死ぬ、とジャレッドは思った。自分がどんなにバカだったか思い知った。氷の海に飛びこむなんてバカだ。人生の目標のひとつが、「バカなことはするな」だったのに。

はげしくふりまわしていた腕《うで》が岩に当たった。防波堤《ぼうはてい》だ。そこに両足をつけ、両腕を思いきり外側に伸《の》ばし、軟氷《なんぴょう》の浮《う》かぶ海をさぐった。

〈神さま！〉そう祈《いの》る時間しかなかった。手がやわらかいものに当たり、それをつかんだ。

体が冷えて麻痺《まひ》している。自分のことも、手でつかんだものも、水面まで押《お》しあげることができない。

〈神さま〉

力がほんのわずかにもどった。ジャレッドは上に向かって蹴《け》った。

つかんだのはどっちだろう、とジャレッドは思った。アレイクではなく、殺人者だったらどうしよう。

◆

地味で慎重《しんちょう》なダニエルは、最高位のボーイスカウト団員でもあり、車のトランクにロープなど役に立つ物を備えていた。ダニエルは大きなループをつくって、ジャレッドに向かって放り、パトカーが到着《とうちゃく》したときには、ジャレッドを引っぱり上げていた。ダニエルはマトゥに言った。

「きみが警察《けいさつ》に説明しろよ。何を言っても、ぼくは支持する。何が起こっているのか、ぼくにはまったくわからないからね。マトゥ、きみには守るべき秘密《ひみつ》がある。今がそれを守るときなんだと思う」

モプシーは一台目の救急車に乗せられた。

ジャレッドはぬれた服を脱《ぬ》がされ、妹の隣《となり》の担架《たんか》に寝《ね》かされた。

生存者は二台目の救急車に乗せられた。

三台目の救急車が来るまで待たなくてはならなかったが、問題はなかった。死者は待つことが得意なのだ。

15　家族のきずな

モプシーは病院に長くいなかった。切《き》り傷《きず》やあざの治療《ちりょう》のため、抗生《こうせい》物質をたくさん投与《とうよ》され、鎮痛剤《ちんつうざい》のコデインを処方され、家に帰された。それからずっと眠《ねむ》り続けた。最初に目を覚ましたとき、ベッドのそばに母さんと父さんがすわっていた。家の中や防波堤《ぼうはてい》で起きたことは、すべてあり得ない非現実的なことのように思えた。つぎに目を覚ましたときは、セレスティーヌがいた。

モプシーは半分うとうとしながら、たずねた。

「みんなは本当はいったい誰《だれ》なの？」

セレスティーヌはとまどったような顔をした。

「アマボ一家よ。飛行機の中で、あのヴィクターって男に会って、とても怖《こわ》かったわ。ほら、あなたのために何を持ってきたと思う？　ボウルに入ったアイスクリームよ。やわらかくて食べやすくて、ちょうどいい具合。好きでしょ？」

モプシーは起き上がった。

「引《ひ》っ越《こ》し先のアパートからもどってきたところなの」セレスティーヌが続けた。あいかわらず話題を変えるのは得意だった。「せまくて汚《きたな》かったけど、わたしが仕事に行っている間、教会ボランティアの人たちがゴシゴシ磨《みが》いてくれたのよ。今だってせまいけど、とても清潔《せいけつ》になったわ」

モプシーはアイスクリームを受け取った。

「あのね、セレスティーヌ。セレスティーヌがいなくなったら、さびしいな」

◆

マトゥがようやくジャレッドをつかまえたとき、ルームメイトは目をあわせてくれなかった。マトゥも自分自身と目をあわせたくなかった。

「みんなに何て言うのか？」マトゥはジャレッドにたずねた。

「おまえは何て言ったんだよ？」

「嘘《うそ》を言った」

嘘《うそ》を言わなければ、全員アフリカに送り返されるだろうとマトゥは恐《おそ》れていた。

ジャレッドはため息をついた。それからやっとこう言った。

「おまえには、アメリカに来なければいけない事情があった。ほかのやり方をするべきだったと思うけど、おまえはそうしなかったし、できなかったのかもしれない。それに、とにかくモプシーは無事だった。明日、おまえがここに来た目的が実現するんだろ？　新しい人生がさ」

なんてアメリカ人的なんだろう、とマトゥは思った。そんなふうに前向きになれるなんて。そしてなんてキリスト教徒的なんだろう。受け入れ、許すなんて。

マトゥは、たいていのアメリカ人はものすごいクリスチャンなんだという結論に達した。たとえクリスチャンを名乗っていなくても。この人たちは、「隣人《りんじん》を助けよ」という大原則を信じている。

一番の助けになったのはアレイクだ。もちろん、アレイクは最初からダイヤモンドを持っていなかった。マトゥがダイヤモンドを持ち出していたからだ。容器が空《から》だと気づいたとき、アレイクは武器を使わないでヴィクターをどうにかする方法を、たった数秒で考えなければならなかった。それで、ヴィクターを海に連れていったのだ。

神さま、ぼくを許してください、とマトゥは祈《いの》った。このアメリカ人家族のことを第一に考えていたのはアレイクなのです。アレイクをどうか救ってください。

マトゥはジャレッドの部屋を最後にもう一度見わたした。そして、まだ自分をにらんでいるジャレッドに、そっと言った。

「部屋を分けあってくれて、ありがとう」

◆

ジャレッドは黙《だま》っていた。マトゥのあとについて階段《かいだん》をおり、私道《しどう》に出た。雪がわずかにふっていたが、雪には暖《あたた》かすぎるような陽気だ。空気は重く、やわらかいレースに包まれているようだった。

レーンさんが私道で目を光らせ、寄付しに来た人や荷造りの人に大声であれこれ指図していた。ジャレッドを見ると、満面の笑みを向けてきた。

「何週間もみんなでがんばって働いて、こんなに多くのことをなしとげたなんて、すばらしいわね！　自分が貢献《こうけん》できたことを誇《ほこ》りに思うわ」

レーンさんははたして少しでも働いたんだろうか、とジャレッドは思った。すべてをやったのは母さんだ。車での送《おく》り迎《むか》え以外のことは。ジャレッドはマトゥに追いついて言った。

「マトゥ、まだ教えてくれてないことがある。ダイヤモンドは今、どこにある？」

ジャレッドは自分がダイヤモンドを元にもどしたため、道徳的にマトゥよりえらいような気がしていた。

「おまえ、自分で持ってるんだろ？」

マトゥは頭《かぶり》をふった。

「ヴィクターに返さないといけなかった。だけど、ヴィクターは人を生かしておかない。だからインターネットで調べたんだ。ネヴィルさんが、ヴィクターはテキサスに行くと言っていたから、テキサスの難民支援《なんみんしえん》組織をさがした。ひとつずつ電話して、小包を送りたいけど、ヴィクターにわたしてもらえるか、たずねたんだ。最初のふたつの組織は、ヴィクターという人はいないと言った。でも三番目の組織が、わたしてくれると答えた。だから日曜日、きみのお父さんの書斎《しょさい》にこっそり入って、クッション封筒《ふうとう》をひとつ取った。灰《はい》を暖炉《だんろ》に捨《す》てて、ダイヤモンドを封筒に入れた。それからきみのお母さんが郵便局《ゆうびんきょく》レッスンのときに小包に貼《は》ったのと同じだけの切手を取って貼ったんだ。封筒に、テキサス州オースティン市にあるその組織の住所を書いた。差出人の住所は書かなかった。ヴィクターにどこから届《とど》いたかわかるといけないから。自分では、すごく賢《かしこ》いことをしてると思っていた」

たしかに賢いよ、とジャレッドは思った。モプシーだったら、手をたたいているところだ。ものすごくたくさんのことを覚えなければ、そんなことをやってのけられない。

テキサスの人たちはどうするだろう。彼《かれ》らの難民担当者《たんとうしゃ》を殺害したヴィクターに届いた小包を開けて、中を見たら、小石だと思って捨てるだろうか。それともダイヤモンドだと気づいて売りはらい、そのお金をよい目的に使うだろうか。あるいは懐《ふところ》に入れてしまう？　それとも警《けい》察《さつ》に届け、小包は開封されないまま、証拠《しょうこ》物件を入れる箱にしまわれるのだろうか。

「でもさ、消印に郵便番号の一部が表示されるんだ」ジャレッドは、教え癖《ぐせ》からまだ抜《ぬ》け出《だ》せなかった。「そこからいろいろ推測《すいそく》して、おまえが発送したってわかるよ。こんなにニュースになって、警察沙汰《けいさつざた》にもなってるから」

マトゥは頭《かぶり》をふった。

「カーラさんがセカンドオピニオンのためにアンドレをボストンに連れていったとき、アンドレがシャツの下に小包を隠《かく》して、向こうのポストに入れてきたんだ」

ジャレッドは心から感心してしまった。母さんの目をごまかすのだって大仕事なのに、母さんに見つからないように小包を持って、しかも郵便ポストまで見つけるとは。

「うまい計画だったな」

「いや、ひどい計画だった。何もかも、まちがいだった。ぼくたちは危険《きけん》な秘密《ひみつ》を持っていた。今でも秘密を持っている。危険ではなくなったけど」

「ダイヤモンドを持っていたいって思わなかったわけ？」

マトゥはまた頭《かぶり》をふった。

「あれは邪悪《じゃあく》な闇《やみ》のダイヤモンドだ」

ジャレッドは一瞬《いっしゅん》だけ、ぞくっとした。これで、お金が大事ではないと思う人をこの世で四人、知っていることになる。大事なのは愛。それと食べ物と、手と、自分の家。

レーンさんが許可を出し、寄付された品物をアマボ一家のアパートに運ぶ、最初のトラックが出発した。ジャレッドとマトゥは手をふった。二台目のトラックも出発した。ジャレッドとマトゥはまた手をふった。

「セレスティーヌは、おまえのお母さんなのか？」ジャレッドはたずねた。

「ちがう。でもセレスティーヌとアンドレは結婚《けっこん》している。子どももいた。みんな死んでしまったけど。アレイクの家族のことは知らない」

「そこのふたり、飛び乗って」

母さんが車をバックさせながら車庫から出てきて、ふたりの前で止まった。

「アンドレをアパートに送っていくの。それからみんなで最終確認《かくにん》をしましょう」

謎《なぞ》はすべて解けた、とジャレッドは思った。だが、すべてが終わったわけではない。まだやることがひとつ残っている。

◆

アレイクはまっ白な部屋にいた。まっ白なシーツ、まっ白なテーブル、まっ白な壁《かべ》。

みんなは親切だった。フィンチ夫人が来て、抱《だ》きしめてキスしてくれた。テイが来て、ジャレッドが来た。アレイクはお礼を言おうとしたが、言葉は口に届《とど》かず、口から発せられなかった。まるで唯一《ゆいいつ》の言葉がヴィクターとの会話で、それが永遠に残るのだとでもいうように。アレイクはいい人たちとは決してしゃべれないのだ。悪い人としか。

学校と教会から、お見舞《みま》いのカードや花が届いた。

アレイクは毛布の下でふるえた。

防波堤《ぼうはてい》の岩に頭をぶつけ、脳震盪《のうしんとう》を起こしていたが、じょじょに治りつつあった。

だが、そのほかのことはすべてこわれてしまった。もうみんなは真実をさぐりあてているだろう。アレイクはあの難民《なんみん》キャンプの囲いのようなところに、また入れられるにちがいない。

結局、あの讃美歌《さんびか》のとおりになるのだ。アレイクはひとりでさびしい谷間を歩かなければならない。

だから、歩こうとしないほうがいい。また元の自分にもどったほうがいい。何者でもない自分に。

病室のドアが再び開いた。入ってきたのは看護《かんご》助手でも看護師でも医者でもない。セレスティーヌだった。セレスティーヌはアレイクを憎《にく》んでいる。自分の娘《むすめ》が死んだのに、アレイクが生き残っているから。

こっちに来ないで、とアレイクは願った。

だがセレスティーヌはベッドに腰《こし》かけた。そしてアレイクのぐったりした手をにぎった。アメリカで、なんと多くの人がアレイクの手を取ってくれたことだろう。体の一部なのに、自分とはへだたりのある、一度引き金を引いたことのあるこの手を。

「あの人たちは何も知らないわ」セレスティーヌが言った。「モプシーがヴィクターに言われたことを教えてくれたとき、わたしは笑って、そんなことあるわけないって言ったの。もちろん、みんな信じてくれたわ。アメリカ人はみんな、悪なんてものはあるわけないって思いたいから」

フィンチ一家はアレイクが何者だか知らないということ？　モプシーは理解しなかったということ？　フィンチ一家は今もわたしがアレイクだと思っているの？

「新しいアパートに引《ひ》っ越《こ》したのよ」セレスティーヌが続けた。「娘がいないと、空《から》っぽな感じがするの。あなたは、わたしたちを救ってくれた家族の娘を救った。だから、あなたはわたしたちの娘よ。家に帰っていらっしゃい。新しい家から、また学校に通うのよ。そしてわたしがますます誇《ほこ》りに思うような娘になってちょうだい」

セレスティーヌはアレイクを両腕《りょううで》で抱《だ》きよせた。アフリカ人の黒い腕で、アレイクがかつて知っていたにおいと感触《かんしょく》と温かさで、セレスティーヌはアレイクを抱きしめて揺《ゆ》り動かした。セレスティーヌの指が、アレイクの短い髪《かみ》をなで、頬《ほお》をさすり、喉《のど》に触《ふ》れた。何もかもだいじょうぶかどうか確かめる母親のように。

アレイクの喉からしゃくりあげるような音がもれ、目からたくさんの涙《なみだ》があふれ出た。ふたりは抱きあって揺れながら、過去のできごとや、未来に実現するかもしれないことを思って泣き続けた。

再びドアが開いた。

アレイクはじゃまが入ってほしくなかった。子犬を抱きしめるのはすばらしいけれど、自分のお母さんに抱きしめられるほうが、果てしなくずっとすばらしかった。

モプシーとフィンチ夫人、それからアンドレとフィンチ氏が入ってきた。みんな、にこにこしている。

「アレイクの退院《たいいん》の手続きをしに来たの」モプシーがおどりまわりながら言った。「お医者さんがもう家に帰っていいって。あなたの家よ。でもね、あのアパートは完璧《かんぺき》じゃないの。自分の部屋もないんだから。昼間はソファで、夜はベッドになる、ソファベッドっていうもので寝《ね》るんだって。居間で寝るのよ」

お母さんがいればじゅうぶん、とアレイクは思った。そして居間にソファがあればじゅうぶん。それ以上は望めないもの。

だがアレイクはすでにアメリカ人になっていた。それ以上を望んでいた。

そしてその望みは叶《かな》った。

なぜなら、アメリカ人は、すべてを手に入れるチャンスがあるのなら、すべてを手に入れるべきだと考えるからだ。

ジャレッドがにこにこしながら入ってきた。マトゥがうしろからついてくる。異様《いよう》に大きなスキージャケットを着こんでいる。人がふたり入れそうなくらいだ。

アレイクはふたりに会えて本当にうれしかった。マトゥがわざわざ来てくれたことに驚《おどろ》いていた。

「大家《おおや》さんと話をしたんだ」ジャレッドが言った。「母さんの言うとおりだ。テレビの影響《えいきょう》力《りょく》はすごいよ。ダニエルが警察《けいさつ》だけじゃなくて、テレビ局にも電話したから、ヴィクターの死体が海から引き上げられる前から、もうカメラがまわってたんだ。きみがモプシーの命を救ったことなんかがすごいニュースになってる。で、大家さんを見つけて、『だからアレイクには子犬が必要なんです』って言ったんだ。大家さん、何て答えたと思う？」

マトゥがスキージャケットのファスナーをおろした。茶色と白の小さな鼻づらと、茶色い大きな目が現れた。

「『そりゃそうだ』だって。アレイクのしたことをテレビで見てたんだ。『あんなすごいヒロインは、もちろん子犬を飼《か》わなくちゃな』だって」

マトゥがアレイクのベッドにジョプシーをおろすと、ジョプシーはアレイクの体じゅうに飛びついて愛情をふりまいた。アレイクがうれし泣きすると、ジョプシーは涙《なみだ》をなめた。アレイクは言葉を発することはできなかったが、心の中では言葉を見つけていた。

神さま、わたしに家族をくださって、ありがとうございます。

◆

アマボという名の家族は、書類を完成させ、娘《むすめ》のアレイクを退院《たいいん》させた。

フィンチという名の家族は、エレベーターで一階までおり、自分たちの二台の車に向かった。

「わたしがアマボ一家をアパートに送っていこうかしら」母さんが言った。「あなたたち三人で家に帰ればいいわ」

「いい考えだ」

父さんは、誰《だれ》かをどこかに送らないですむのは、いつでも歓迎《かんげい》だった。

「ジャレッド、帰りに運転レッスンするか？」

ジャレッドはいつでも運転レッスンを受ける準備ができていた。だが、まず妹に腕《うで》をまわした。結局、それほどうっとうしい妹ではなかったようだ。

「マーサ、いっしょに来るか？　うしろの席で指くわえてていいぞ。おまえが運転できるのは、何年も先だもんな」

「でも、わたしは年齢《ねんれい》のわりに大人《おとな》なのよ」マーサ・フィンチは、にっこりした。「ジャレッドが縦列駐車《じゅうれつちゅうしゃ》できるようになる前に、絶対に運転免許《めんきょ》を取るからね」

ジャレッドは反論しなかった。重要なことを学ぶのに時間がかかるたちなのだ。だがジャレッドは幸運だった。いい先生の多い家族に生まれてきたのだから。

作者あとがき

ある教会で、わたしはオルガン奏者《そうしゃ》を務めたことがあります。その教会では、独自に難民支援《なんみんしえん》活動をおこなってきました。わたしが所属するのは、キリスト教の会衆派《かいしゅうは》あるいは組合派とも呼《よ》ばれる教派です。コネティカット州にあるこの教派の教会の多くが難民の後援をしました。アメリカに着いたばかりの難民は、教会が所有する集合住宅で暮《く》らします。その教会では、三年間で十か国から八十七人の難民を迎《むか》えました。

わたしの通う教会は、シエラレオネからイスラム教徒の四人家族を受け入れるよう依頼《いらい》されました。彼《かれ》らは最初の一か月間、わたしの家で暮らしました。けれども、これは彼らの物語ではありません。この作品はフィクションです。実在の人をモデルにした登場人物はひとりもいません。誤《あやま》って実際の難民の名前を使ってしまわないように、アマボ（ラテン語で「わたしは愛するだろう」の意味）という名字と、マトゥとアレイクという名前をつくりだしました。難民援助協会と難民支援協議会というのは架空《かくう》の組織ですし、プロスペクト・ヒルは架空の町です。

フィンチ夫人の言うとおり、わたしたちの多くはアフリカについて、聞くことも知ることもほとんどありません。

二〇〇四年には、アフリカに三百万人以上の難民《なんみん》がいました。それほどおおぜいの人のことを、いったいどこから考え始めたらいいのでしょうか？　彼《かれ》らの姿《すがた》をどうやって想像すればいいのでしょう？

運よく、わたしは難民の家族と知り合えましたが、それは誰《だれ》にでもできることではありません。そこでおすすめしたいのが、『地球の食卓』（TOTO出版）というすばらしい本です。フェイス・ダルージョが著《あらわ》し、ピーター・メンツェルのみごとな写真が掲載《けいさい》されています。この本はジェームズ・ビアード賞（アメリカの料理界で権威《けんい》のあるジェームズ・ビアード財団が主催《しゅさい》する賞）を受賞しました。アフリカの難民キャンプからエクアドルの農家、モンゴルの都市にいたるまで、地球上のさまざまな場所で、それぞれの家族がどのように食事をし、食べ物を手に入れているか、美しい写真で見ることができます。

国際連合やチャーチ・ワールド・サービス（アメリカのキリスト教系の国際救援《きゅうえん》組織）などの資料から、リベリアとシエラレオネの統計を知ることができましたが、やはり見てほしいのは『地球の食卓』です。その本に記された数字をいくつか紹介《しょうかい》します。

ダルフール地方について（アフリカのスーダンの一地方。本書執筆《しっぴつ》時点では戦争中）

難民キャンプ数：一六〇か所以上

ダルフールの人口のうち、難民キャンプで暮《く》らす割合《わりあい》：三〇％

難民キャンプでインタビューしたうち、家族が殺害されるところを目撃《もくげき》した人の割合：六一％
チャドについて（アフリカの国で、ダルフール地方に隣接《りんせつ》している）
ダルフールの難民のための難民キャンプ数：十一か所
ひとつの難民キャンプの人口：三万人以上
難民の家族の一週間分の主食：ソグラム（穀物《こくもつ》の一種）十九・七キログラム。未製粉のため、手で挽《ひ》かなければならない。
一九六〇年以降《いこう》の内戦の年数：三五年
電力使用可能世帯：二％
十万人当たりの医師の人数：三人

アフリカ大陸のこうした深刻な状況《じょうきょう》について、わたしたちは何ができるでしょうか。
今のところ、長期的な解決策《かいけつさく》は提案されていません。
もしかしたら支援の方法を考えつくのは、あなたかもしれません。

キャロライン・B・クーニー

訳者《やくしゃ》あとがき

もし明日から急に、アフリカから難民《なんみん》が家に来て、何か月か自分の寝室《しんしつ》でいっしょに寝《ね》ることになったら、どう思いますか？　この作品に出てくる高校生の少年ジャレッドは、いやがります。でも、教会のボランティア活動に熱心な母さんが決めたことにはさからえません。一方、妹のモプシーは、ルームメイトができると楽しみにしています。さて、いよいよアフリカから父親、母親、兄、妹の四人家族がやってきました。ところが何か様子が変です。母さんと父さんは何とも思っていないようですが、ジャレッドにはこの家族がどうしてもあやしく思えるのです……。

最初の疑念《ぎねん》から読者を引きこみ、さまざまな登場人物の視点《してん》を織《お》り交《ま》ぜながら、最後の最後まで目が離《はな》せない展開《てんかい》が続きます。多数のミステリー作品を世に出した作者クーニーの真骨頂《しんこっちょう》といえる作品でしょう。

けれども、この作品の魅力《みりょく》はミステリーやサスペンスのおもしろさにとどまりません。引《ひ》き締《し》まった文章の中にいろいろな要素が凝縮《ぎょうしゅく》されていて、奥行《おくゆ》きのある作品になっているのです。

特に次のようなことが印象に残ります。

ひとつは、物質的に豊かなアメリカ人と、内戦で何もかも失ったアフリカ人との対比です。服《ふく》装《そう》や食べ物にこだわり、宿題や友だちや将来《しょうらい》の職業などについて悩《なや》むアメリカの子どもと、自分や家族の生死と安全についてまず考えるアフリカの子どもとの間には、圧倒的《あっとうてき》な隔《へだ》たりがあります。同じ英語をしゃべっているのに、その背景《はいけい》にある状況《じょうきょう》がまったくちがうので、思わず笑ってしまうようなとんちんかんなやりとりになったり、読んでいてはっとさせられたりします。それでも、異種《いしゅ》の人間との交わりの中からこそ生まれてくるものがあることが力強く描《えが》かれています。

ふたつ目は、現代のアフリカで起きている深刻《しんこく》な問題をあつかっていることです。ダイヤモンドなどの資源《しげん》のために戦争が起こり、目を背《そむ》けたくなるような残虐《ざんぎゃく》な行為《こうい》がくり返されたのは事実です。作者あとがきにもあるように、作者がこの作品を書いたきっかけは、シエラレオネの難民を一時的に自宅《じたく》に受け入れたことでした。作品には難民の出身国ははっきり書かれていませんが、現代の世の中でこのような現実があることに目を向けてほしいという作者の願いがこめられています。

三つ目は、アメリカ人の、特に東海岸に暮《く》らす中産階級のプロテスタントの白人たちの、生活感覚やメンタリティーが的確に描写《びょうしゃ》されていることです。学校や買い物などの日常の暮らし、家での過ごし方、地元の教会との関わり方だけでなく、人を必ずほめるのがルールであるなどといった考え方にまで触《ふ》れられています。人を助けたいという善意《ぜんい》や、自分たちの見方をおしつけてしまいがちである特質も描かれ、まるで外国人がアメリカ人気質を知るための優《すぐ》れたテキストであるかのようです。作者が自分たちの文化を客観的に見る視点を持っているからこそ、日本人のわたしたちが読んでもわかりやすく、バスルームつきの広い子ども部屋にも、自分の家に縁もゆかりもない難民《なんみん》家族を受け入れる鷹揚《おうよう》さにも、素直に驚《おどろ》くことができるのです。

社会派《しゃかいは》のミステリーであり、宗教《しゅうきょう》や善悪《ぜんあく》といったことにも踏《ふ》みこんでいる大作であるにもかかわらず、重苦しくならないのは、書き方にユーモアがあるからでしょう。登場人物が多いのに、それぞれがくっきり描《えが》き分けられ、生き生きとしています。アメリカ人もアフリカ人も多様で、異《こと》なる個性を持ち、善意のある人もいれば、悪事を働く人もあり、思い悩《なや》む人も許す人もいます。人は自分の属する社会集団の影響《えいきょう》を受けるけれども、それでも生き方は個人で選べるのです。また、自分と異なる人とつきあうのはたいへんですが、それによって学び、成長することもできるのです。そんなことを、この作品を読んで感じました。「誰《だれ》かといっしょに暮《く》らすと、その人たちのことが大切になる」と登場人物が実感する場面が印象的でした。ほかに、涙《なみだ》ぐむような場面もありましたが、これから読む方もいるかもしれませんので、ここではこのくらいにしておきましょう。

原作*Diamonds in the Shadow*は二〇〇八年に、アメリカ探偵《たんてい》作家クラブが選ぶエドガー・アラン・ポー賞ヤングアダルト部門の候補《こうほ》になりました。作者のキャロライン・B・クーニーは一九四七年にニューヨーク州ジェニーヴァで生まれ、コネティカット州オールドグリニッチで育ち、幸せな子ども時代を過ごしたそうです。複数の大学で学び、いずれも卒業していないものの、学ぶのは大好きで、今も大学に通っているとか。学生時代に創作《そうさく》を始め、以来ずっと書くことを楽しんでいるそうです。現在は温暖《おんだん》なサウスカロライナ州に住み、三人の子どもと三人の孫に恵《めぐ》まれています。この作品は幼《おさな》い孫息子《まごむすこ》に献呈《けんてい》しています。これまでにティーン向けのミステリー、ホラー、ロマンスなど七十五作以上を発表、邦訳《ほうやく》作品に『ヴァンパイアの契約《けいやく》』『ヴァンパイアの帰還《きかん》』『ヴァンパイアの運命』（講談社）などがあります。一九九〇年に出版された*The Face on the Milk Carton*はベストセラーになり、テレビ映画《えいが》が制作されました。また、*If the Witness Lied*が二〇一〇年にエドガー・アラン・ポー賞の候補になるなど、クーニーの作品はアメリカで高く評価されています。

この作品に出てくる「遺灰《いはい》」という言葉について補足します。日本では人が亡《な》くなると、ほとんどの遺体が火葬《かそう》されます。火葬場で焼かれるときは、骨《ほね》の形が残るので、「遺骨《いこつ》」という言葉が使われます。一方、アメリカではキリスト教的な考えから土葬の習慣が根づいており、近年は火葬が増《ふ》えているものの、全体の三分の一程度にとどまっているようです。アメリカの火葬場では、焼かれた遺体の骨と灰を集めて機械にかけ、細かくきれいな灰にするのが一般的《いっぱんてき》です。したがって、この作品では、日本でなじみのある「遺骨」ではなく、アメリカ人の感覚に近い「遺灰」という言葉を使いました。

なお、作品内の詩は、ロバート・フロストの"*Stopping by Woods on a Snowy Evening*"という有名な詩の一部で、「雪の夜、森のそばに足をとめて」（川本皓嗣訳）などの邦訳《ほうやく》があります。

最後になりましたが、訳者《やくしゃ》の質問に快《こころよ》く答えてくださった作者のキャロライン・B・クーニーさん、この読《よ》み応《ごた》えのある作品を訳す機会をくださった評論社の竹下宣子さん、編集の岡本稚歩美さんに心から感謝いたします。

二〇一〇年十二月

武富博子

キャロライン・B・クーニー Caroline B. Cooney
1947年、アメリカのニューヨーク州に生まれ、コネティカット州で育つ。ティーン向けのミステリー、ホラー、ロマンスを中心に、75作以上もの作品を発表している。『闇のダイヤモンド』は、エドガー・アラン・ポー賞にノミネートされたほか、クリストファー賞を受賞。邦訳された作品に『ヴァンパイアの契約』『ヴァンパイアの帰還』『ヴァンパイアの運命』（以上講談社）などがある。

武富博子 Hiroko Taketomi
東京生まれ。幼少期にメルボルンとニューヨークで暮らす。上智大学法学部国際関係法学科卒業。訳書に『バレエなんて、きらい』『キャンプで、おおあわて』『いちばんに、なりたい！』の「ウィニーシリーズ」、『13の理由』、『アニーのかさ』（以上講談社）、『アトリエから戸外へ　印象派の時代』（国土社）、共訳書に「アンドルー・ラング世界童話集」（東京創元社）などがある。

海外ミステリー
BOX

闇のダイヤモンド

2011年4月10日　初版発行
2012年4月20日　3刷発行

●——著　者　キャロライン・B・クーニー
●——訳　者　武富博子
●——装　幀　水野哲也（Watermark）
●——装　画　ケッソク ヒデキ
●——発行者　竹下晴信
●——発行所　株式会社評論社
〒162-0815 東京都新宿区筑土八幡町2-21
電話　営業 03-3260-9409／編集 03-3260-9403
URL　http://www.hyoronsha.co.jp
●——印刷所　凸版印刷株式会社
●——製本所　凸版印刷株式会社

ISBN978-4-566-02428-1　NDC933　344p.　188mm×128mm

海外ミステリーBOX　エドガー・アラン・ポー賞傑作選

ウルフ谷の兄弟

デーナ・ブルッキンズ 作
宮下嶺夫 訳

母親を亡くし、伯父さんに預けられることになったバートとアーニーの兄弟。殺人事件の発見者になってしまった二人は……兄弟の健気さが胸を打つ秀作。

256ページ

とざされた時間のかなた

ロイス・ダンカン 作
佐藤見果夢 訳

十七歳のノアは、父の再婚相手の家族に会うため、初めて南部にやってきた。しかし、美しい義理の母ときょうだいには恐ろしい秘密があった。

304ページ

死の影の谷間

ロバート・C・オブライエン 作
越智道雄 訳

放射能汚染をまぬかれた谷間で、ただ一人生き残った少女アン。ある日、防護服に身をつつんだ見知らぬ男がやってきて……核戦争後の恐怖を描く傑作。

328ページ

マデックの罠

ロブ・ホワイト 作
宮下嶺夫 訳

ビッグホーンの狩猟で砂漠にやってきたマデックとガイドの大学生ベン。マデックがまちがって老人を撃ってしまったことから悪夢のような出来事が。

280ページ

海外ミステリーBOX　エドガー・アラン・ポー賞傑作選

危険ないとこ

ナンシー・ワーリン 作
越智道雄 訳

あやまってガールフレンドを死なせてしまったデイヴィッド。高校生活をやり直そうとやってきた街でまた新たな悪夢が……傑作サイコ・サスペンス。

344ページ

ラスト★ショット

ジョン・ファインスタイン 作
唐沢則幸 訳

カレッジバスケットボールの準決勝と決勝戦に記者として招待されたスティービー少年。そこで思わぬ事件に巻きこまれ……さわやかなスポーツ・ミステリー。

336ページ

深く、暗く、冷たい場所

メアリー・D・ハーン 作
せな あいこ 訳

屋根裏部屋で見つけた一枚の写真。そこから破り取られた少女は一体誰？　楽しいはずの夏休みが恐怖の日々に変わる！　ゴースト・ストーリーの傑作。

336ページ

闇のダイヤモンド

キャロライン・B・クーニー 作
武富博子 訳

フィンチ家では、アフリカからの難民家族を一時あずかることになった。ところが、この難民家族には、誰も想像もしなかったある「秘密」が……。

344ページ

クロニクル千古の闇シリーズ　全6巻

ミシェル・ペイヴァー＝作　さくまゆみこ＝訳　酒井駒子＝画

1 オオカミ族の少年

悪霊の宿るクマに父を殺された少年トラク。〈案内役〉の子オオカミ ウルフと共に〈精霊の山〉へと向かう。

2 生霊わたり

アザラシ族の島で、トラクのかくされた能力が明らかに。恐ろしい〈魂食らい〉がねらうものとは？

3 魂食らい

〈魂食らい〉が、大切なウルフを罠にかけ、さらっていった。目的は何？ ウルフを救うため、トラクは極北の地へ。

4 追放されしもの

胸に刻まれた邪悪なしるしゆえに、氏族から追放されたトラク。たった一人で生き残れるのか！

5 復讐の誓い

友人を〈魂食らい〉にうばわれ、復讐以外何も考えられないトラク。自分が生まれた深い森へと踏み入るが……。

6 決戦のとき

ついに最強の敵イオストラに向きあうトラク。決死の覚悟で幽霊山へ。壮大なスケールのシリーズ堂々の完結！